Monika Peetz

SOMMER-
SCHWESTERN

Monika Peetz

SOMMER-SCHWESTERN

Roman

Kiepenheuer & Witsch

Für Gesina,
meine Schwester für alle Jahreszeiten

1. Ins Ungewisse

Noch fünf Minuten. Yella sprintete von der Straßenbahnhaltestelle über den Europaplatz Richtung Hauptbahnhof. Panisch glitten ihre Augen über den Zuganzeiger, bis sie an *Amsterdam Centraal* kleben blieben. Gleis 14, oberste Ebene, auch das noch. Sie hatte zu Hause wertvolle Zeit damit vertan, in letzter Minute für ihre Familie den Frühstückstisch besonders schön zu decken. Mit Obstteller, frisch gepresstem Orangensaft, selbst gemachtem Granola, perfekt gekochten Eiern und drei Schokoladenherzen, um David und ihren beiden Jungs ihre ungewohnte Abwesenheit zu versüßen.

Noch vier Minuten. Wieso gehörte sie nicht zu der Sorte Frauen, die dank frühmorgendlicher Joggingrunden im Park mühelos einen Stadtmarathon absolvierten, oder wenigstens zu denjenigen, denen Zuspätkommen dank Yoga, Meditation und Tiefenentspannung egal war? Sie musste diesen Zug erreichen. Mit halbherzigen Entschuldigungen quetschte Yella sich durch eine Gruppe Geschäftsreisender, die ihre ultrawichtige Verhandlung über die Verteilung der Frühjahrsboni bereits auf der Rolltreppe aufgenommen hatte und nicht im Traum daran dachte, sie vorzulassen. Morgens um halb sieben hatten es alle eilig.

Noch drei Minuten. Vorfreude ist das Schönste am Reisen, sagte man. Die Plötzlichkeit der Einladung hatte Yella nicht allzu viel Zeit gelassen, sich vorzubereiten oder gar zu freuen. In letzter Minute hatte sie relativ wahllos Klamotten eingepackt, die das Spektrum der Wettereventualitäten zwischen tropischer Hitze und klirrender Eiszeit abdeckten. Der Rest des überdimensionierten Koffers war bis zum Rand gefüllt mit Mitbringseln für ihre Familie, die sie im Handumdrehen aus ihrer gut bestückten Geschenkeschublade hervorgezaubert hatte. Die Dusche allerdings hätte sie sich sparen können oder wenigstens die dicke Daunenjacke. Der Schweiß rann ihren Rücken hinunter, während sie mit letzter Kraft das schwere Gepäckstück die Zugtreppe hochwuchtete. Das T-Shirt klebte an ihrem Körper, ihre Lungen brannten, und die Wangen glänzten vermutlich in Tomatenrot. Aber wen interessierte schon ihre Gesichtsfarbe? Das Ergebnis allein zählte. ICE 240 rollte bereits Richtung Holland, als Yella sich überglücklich auf ihren Platz fallen ließ. Ihr blieben sechseinhalb Stunden, um wieder zu Atem zu kommen.

Yella hatte sich kaum aus ihrer Jacke geschält, den Koffer verstaut und den Ratgeber zum Thema Selbstoptimierung aufgeschlagen, der seit Ewigkeiten auf ihrem Nachttisch verstaubte, als ein Kind markerschütternd durchs Abteil rief: »Mama, aufstehen. Mama. Ich bin wach. Mama, darf ich aufstehen? Mama, was gibt es zum Frühstück? Mama. Mama aufstehen.« Die Stimme ihres Sohns schallte in peinlicher Lautstärke durch den Großraumwagen. Vorwurfsvolle Blicke prasselten auf sie nieder, während ihre Finger zwischen Mascara, Playmobilfiguren, einer halben Tüte Haribo-Schlümpfe, Feuchttüchern, Hausschlüssel, Notizblock und Ladekabel nach ihrem Handy fischten.

»Mama aufstehen. Mama. Ich bin wach«, begann der Text von vorne, diesmal noch etwas lauter.

In der morgendlichen Hektik hatte Yella vergessen, ihren Handywecker zu deaktivieren, dessen Sound Leo mithilfe seines Vaters für sie gestaltet hatte. Vor drei Jahren hatten sie Leos heisere Stimme und sein Gelispel, mit dem er die Worte kichernd für sie eingesprochen hatte, unter dem Weihnachtsbaum zu Tränen gerührt. Inzwischen hatte sie den Text so oft in Endlosschleife gehört, dass sie Davids Idee verfluchte. Dennoch brachte sie es nicht übers Herz, die Ansage zu löschen. Schließlich stieß ihr Erstklässler schon lange nicht mehr mit der Zunge an, und selbst sein kleiner Bruder Nick konnte schwierige Wörter unfallfrei aussprechen.

»Mama, darf ich aufstehen? Mama, ich bin wach. Mama, was gibt es zum Frühstück?«

Eine wohlfrisierte Businessfrau mit Angela-Merkel-Mundwinkeln feuerte vernichtende Blicke auf sie ab und stach ihren Zeigefinger wie einen Degen in Richtung des Logos *Ruhebereich,* das die Zone für Leute markierte, die Entspannung suchten. Für Yella im Moment ein unerreichbarer Zustand. Wie oft hatte sie sich, wenn sie vor ihren Söhnen beim abendlichen Vorlesen einnickte, ein paar Tage alleine gewünscht, ohne Pflichten, Termine, Wäscheberge und Wecker? Endlich war es so weit, und die Zeichen standen auf Sturm. Selbst mit stumm geschaltetem Handy gelang Yella das Kunststück, sich gleichzeitig an zwei Orten aufzuhalten. Ihre eine Hälfte versuchte den Kopf in die zusammengerollte Daunenjacke zu kuscheln und den verpassten Schlaf der letzten Wochen nachzuholen, die andere raste unentwegt durch ihre Wohnung in Berlin und organisierte den Tag. Pausenbrote, Turnbeutel, der Zettel für den Schulfotografen, die Zustimmung für den Kindergartenausflug: Im Geiste hakte sie die Punkte ihrer imaginären

To-do-Liste ab, bevor es ihr siedend heiß einfiel: *Nicks Schlamm-hose hängt noch auf der Wäscheleine,* schrieb sie auf WhatsApp. Sie bekam weder ein blaues Häkchen noch eine Antwort. Entweder war David im Stress oder immer noch sauer.

Als der Zug Stendal erreichte, hatte sie sich in der Vorstellung verloren, wie er versuchte, die Jungs pünktlich in Schule und Kindergarten abzuliefern. Keine Nachrichten waren gute Nachrichten, sagte sie sich vor und unterdrückte das quälende Bedürfnis, alle fünf Minuten nachzufragen, ob zu Hause alles in Ordnung war. Das tat sie sonst auch nicht, wenn David dienstags und donnerstags an der Reihe war, die Kinder wegzubringen, und Yella die Frühaufsteherschicht übernahm. Als Officemitarbeiterin eines rund um die Uhr operierenden Start-ups war sie damit betraut, Termine für andere zu organisieren. Sie selber war ungeübt in Reisen. Yella staunte, wie seltsam es sich anfühlte, ohne ihre kleine Familie unterwegs zu sein. Im Geiste hörte sie die Schulglocke klingeln und die Tür zur Kita geräuschvoll zufallen. Sie sah David vor sich, der in die leere Wohnung zurückkehrte, den Frühstückstisch ab- und die Spülmaschine einräumte, Müll und Altpapier entsorgte, den tropfenden Wasserhahn im Badezimmer reparierte, seufzend die Matschhose entdeckte und noch eine Tasse Kaffee trank, bis er keinen weiteren Grund fand, seiner Arbeit noch länger auszuweichen. In Yellas Kopf klangen seine schweren Schritte auf dem endlosen Gang und das charakteristische Knarzen seiner Bürotür, die sich ächzend hinter ihm schloss. Seit die Kinder aus dem Babyalter waren, hatte der Schriftsteller das Eckzimmer mit dem Bogenfenster für sich und seine Arbeit reklamiert. Das Muster der Tapete verschwand unter einer

Fülle handschriftlicher Notizen, unter Fotos, Zeitungsausschnitten, Kunstpostkarten, fiktiven Grundrissen, Rechercheergebnisse und dem selbst gefertigten Steckplan, auf dem David die farbigen Karteikarten mit Kurzangaben zu den hundertsiebzehn Kapiteln seines zweiten Romans jeden Tag aufs Neue umsortierte. Yella mied das Zimmer, das von Davids Seufzern durchtränkt war. Die unterdrückten Nachfragen, ob er vorankam, hatten sich im Lauf der Jahre, in denen der einst so gefeierte Autor auf seinem Material herumkaute, in ihrem Magen zu einer Art Klumpen geformt. Yella schob den nagenden Zweifel vorerst beiseite und beruhigte sich mit dem Gedanken, dass das ungute Ziehen in der Bauchgegend Hunger sein musste. Als sie das Käsebrot aus der Tasche hervorkramte, fiel ihr der mysteriöse Umschlag entgegen.

Draußen jagten Wolfsburg und das endlose VW-Werk vorbei, in ihr tobten widerstreitende Gefühle, als sie den rätselhaften Brief vom Boden des Abteils aufnahm. Obwohl sie die Nachricht erst vor vierzehn Tagen erhalten hatte, zeigte das Kuvert deutliche Gebrauchsspuren. Yella hatte das Schreiben in den Händen gedreht und gewendet, hatte es in die Ecke gepfeffert, neu hervorgeholt und jedes einzelne Wort so angestrengt angestarrt, bis die Buchstaben vor ihren Augen tanzten. Sie hatte tief aufgestöhnt, als die den Umschlag aufriss, sie stöhnte auch zwei Wochen später noch.

H. T. prangte in großen, selbstbewussten Lettern als Absender auf der Rückseite. Ihr Blut geriet angesichts der kunstvoll kalligrafierten Tintenschrift in Wallung. Die raumgreifenden Buchstaben, abgesetzt durch dicke Punkte, thronten wie zwei Ausrufezeichen auf dem Papier und verrieten das Temperament ihrer Mutter. Das hellgraue Seidenpapier knisterte leise, als

Yella den Umschlag, dessen Inhalt sie längst auswendig kannte, öffnete. *Ihr Lieben*, lautete die seltsam unspezifische Anrede, die Henriette Thalberg mit energischer Hand auf die altmodische Briefkarte gesetzt hatte. *Ich möchte gerne etwas in Ruhe mit euch allen besprechen. 4. bis 8. Mai. Ihr müsst euch um nichts kümmern, Unterkunft ist geregelt.*

Beigefügt lag ein kopierter Straßenplan, der mit einem roten X markiert war.

»Ist das eine Schatzkarte?«, hatte Leo aufgeregt gefragt und mit Marmeladenfingern nach dem Papier gegriffen.

»Oma lädt uns ein«, hatte sie verwirrt erklärt.

»Oma Lila?«, hatte Nick begeistert gerufen und seinem Bruder die Karte aus der Hand gerissen. »Hat sie einen Schatz für uns versteckt?«

Ihre Söhne liebten Davids Mutter, die ihren Spitznamen der leuchtend fliederfarbenen Haarfarbe verdankte, die sie alle zweiundzwanzig Tage in einem noblen Salon erneuern ließ. Die Jungs besuchten die Großeltern regelmäßig in ihrem Potsdamer Schrebergarten, wo Oma mit den beiden über offenem Feuer Hexensuppe aus selbst angebautem Gemüse kochte, während Opa Peter seine Enkel liebevoll in die Geheimnisse von Bienenzucht und Komposthaufen einweihte.

»Die andere«, hatte Yella gesagt. »Die Oma aus Köln.«

Ihre Söhne verloren augenblicklich das Interesse an der Einladung. Yella konnte es ihnen nicht verübeln. Ihre Mutter, gewöhnt an vier Töchter, hatte weder Geduld noch Verständnis für die lebhaften Jungen.

»Sie sind so beweglich«, klagte sie gerne. So abfällig, wie sie das Wort hinwarf, klang es, als wäre Temperament ein Schwerverbrechen.

Yellas Katastrophen-Radar hatte beim Lesen sofort Alarm geschlagen. Ein kurzfristiges Familientreffen? In nur zwei Wochen? Was für eine merkwürdig kryptische Einladung! Was um alles in der Welt wollte ihre Mutter besprechen? Das Rätselhafteste war jedoch das Ziel, das Henriette Thalberg für ihre Enthüllung auserkoren hatte. Der Ton war zwingend, der Anlass mysteriös, die Lokalität nachgerade alarmierend. Warum musste das Treffen ausgerechnet an dem Flecken Erde stattfinden, den die gesamte Familie Thalberg kollektiv seit zwanzig Jahren mied? Sie war fast zusammengebrochen, als sie erkannte, dass die Landkarte ein Stück niederländischer Nordseeküste zeigte. Warum Holland? Warum ausgerechnet Bergen? Warum das Dorf, wo ihr Vater vor über zwanzig Jahren bei einem Verkehrsunfall ums Leben gekommen war? Yella konnte immer noch nicht fassen, welch aufgeladenen Ort ihre Mutter für das Familientreffen gewählt hatte. Hatte Henriette Thalberg diese symbolträchtige Stelle ausgesucht, um gute oder schlechte Nachrichten zu überbringen?

»Was will sie von euch?«, hatte David gefragt, nachdem er den Brief ausführlich studiert hatte. Ihre Mutter hatte sich wenig Mühe gegeben, ihren Schwiegersohn in der Familie Thalberg willkommen zu heißen. Jetzt ging er selbstverständlich davon aus, dass mit *Ihr Lieben* vor allem die vier Schwestern gemeint waren. Auch jetzt konnte Yella mit keiner überzeugenden Antwort auf die Frage, was hinter der Einladung steckte, aufwarten. Ein Anfall von Nostalgie? Heimweh nach gestern und der intakten Familie, die sie einmal gewesen waren? Sehnsucht nach ihren Töchtern? Wollte sie den fünfundsechzigsten Geburtstag nachfeiern, der vor zwei Jahren wegen Covid ausgefallen war? Oder das Ende ihres Arbeitslebens?

Aber das lag auch schon wieder Jahre zurück. Gab es irgendein Jubiläum bei einem der zahlreichen Ehrenämter, die sie innehatte? War sie in den Kirchenvorstand gewählt oder für ihre Arbeit bei der Kölner Tafel mit einem Orden bedacht worden? Was um alles in der Welt wollte ihre Mutter ihnen auf diese umständliche Weise mitteilen? Und warum mussten sie dafür Hals über Kopf an die holländische Nordseeküste reisen? Gab es ein altes Familiengeheimnis, das man nur dort lüften konnte?

Yella wusste nicht, was sie fühlen sollte. Ihre größte Angst war, dass die Einladung etwas mit dem Unfall ihres Vaters zu tun haben könnte. Aber was gab es nach zwanzig Jahren Neues über ein Verkehrsunglück zu erfahren, bei dem ein Sturm Ursache und einziger Zeuge gewesen war? Es hatte sie und ihre Familie unendlich viel Zeit und Kraft gekostet, das Leben nach seinem Tod neu zu sortieren, und Yella legte nicht den geringsten Wert darauf, in die Erinnerungen an den fatalen Tag einzusteigen, der ihre Biografie in zwei Teile trennte. Ihr Familienalltag war auch ohne zusätzliche Baustellen aus der Vergangenheit fordernd genug.

Henriette Thalbergs Brief war wie eine Bombe in das Leben der Schwestern eingeschlagen. Ihre eilige Nachfrage hatte Yellas Mutter mit einer kühlen SMS abgeschmettert: *Ich will nicht alles viermal erklären,* hatte sie geschrieben.

Während sie hungrig ihr Käsebrot verschlang, scrollte Yella noch einmal durch die Diskussion, die nach dem Eintreffen der Einladung in der WhatsApp-Gruppe der Schwestern entbrannt war. Sie studierte jeden einzelnen Kommentar und suchte nach Informationen, die ihr bislang entgangen waren.

Yella wünschte sich die Abgeklärtheit ihrer kleinen Schwester Helen, die, ganz kühle Naturwissenschaftlerin, auf die Faktenlage verwies: *Ich weigere mich, mir präventiv Sorgen zu machen,* schrieb sie. *Dazu ist immer noch Zeit, wenn wir wissen, worum es geht.*

Ich habe es nicht ausgehalten, mischte sich Amelie ein, Helens Zwillingsschwester. *Ich habe Mama so lange gestalkt, bis sie ans Telefon gegangen ist. Sie wollte mir nichts verraten. Sie will nur mit allen gemeinsam sprechen.*

Warum sagt sie nicht einfach, was los ist, empörte sich Helen. *Wir sind doch nicht im Kino, wo man künstlich Spannung erzeugen muss.*

Ihre Reaktion offenbarte, dass sie die Angelegenheit nicht ganz so entspannt sah wie behauptet. Helen pflegte nur losen Kontakt mit ihren Schwestern. »Ich bin eben kein Telefonierer«, sagte sie immer. In Wahrheit ließ die ehrgeizige Wissenschaftlerin andere nur ungern an ihrem Leben und ihren Problemen teilhaben. Sie legte wenig Wert auf Familie. Weder darauf, mit ihrem langjährigen Freund Paul eine eigene zu gründen, noch, die bestehende zu pflegen. Yella hatte oft Probleme mit Helens Strenge und mangelnder Flexibilität. Jetzt war sie ausnahmsweise mit ihrer jüngeren Schwester einer Meinung.

Das muss nichts Schlechtes bedeuten, reagierte Amelie, ohne auf Helens wütende Bemerkung einzugehen. *Vielleicht will Mama uns wieder zusammenbringen. Es ist ewig her, dass wir etwas gemeinsam unternommen haben. Und das in Holland, schöner geht es nicht.*

Die ungebundene Amelie hatte leicht reden. In der Übergangsphase zwischen verschiedenen Jobs und ständig auf der

Flucht vor chronisch unsteten Beziehungen und Wohnsitzen hielten sie keinerlei Verpflichtungen von einer spontanen Reise in die Vergangenheit ab.

Die Einzige, die sich nicht an den Spekulationen beteiligte, war ihre große Schwester Doro. Die viel beschäftigte Kostümbildnerin navigierte im Eiltempo durch ein beneidenswert glamouröses Leben. Mit ihren preisgekrönten und extravaganten Bühnenoutfits hatte Doro Thalberg es zu internationaler Berühmtheit gebracht. Yella hütete die Ausgabe der *Vogue,* die den Entwürfen ihrer großen Schwester beeindruckende acht Hochglanzseiten gewidmet hatte, wie einen Schatz. Doro jettete unablässig zwischen ihrem Kölner Atelier, diversen Bühnen und Filmsets hin und her und managte ganz nebenbei auch noch ihre halbwüchsige Tochter. Sie konnte von Glück sagen, im zweiten Eheanlauf das bayerische Urgestein Ludwig gefunden zu haben, dessen Hobby es war, Lucy zu betreuen und seiner erfolgreichen Frau beruflich und familiär den Rücken freizuhalten. Niemand kam an dem fast zwei Meter großen, schweren Mann vorbei, an dem ein Rausschmeißer verloren gegangen war. Doro hatte anscheinend Besseres zu tun, als sich an der tobenden Diskussion um die Mutter zu beteiligen. Vermutlich war sie im Stress, in einer Besprechung, bei der Anprobe oder alles zusammen.

»4. bis 8. Mai, fünf Tage!«, hatte David gestöhnt. Er hatte die Einladung kritisch beäugt, während ihr Erstklässler stolz an den Familienkalender getreten war, um den Ausflug ans Meer einzutragen. Seit er zur Schule ging, versuchte Yella ihn darin zu unterstützen, seine Termine selbst zu organisieren.

»4. Mai«, hatte Yella vorgelesen.

Leo hatte die richtige Zahl gefunden und war postwendend in Tränen ausgebrochen, als ihm bewusst wurde, dass der Urlaub mit Penelopes Geburtstag kollidierte. Seit zwei Wochen hatte Leo über nichts anderes mehr gesprochen als über das Ritterfest seiner Schulfreundin und das Elsa-Kostüm, das er zu diesem Anlass tragen wollte.

Der Blick auf den übervollen Familienkalender am Kühlschrank hatte genügt, Yella endgültig in Panik zu versetzen. Erschreckend, wie viele soziale Verpflichtungen eine Familie mit einem Vier- und einem Sechsjährigen haben konnte. Nick feierte Ländertag im Kindergarten, wo er in der Gruppe »Italien« beim Pizzabacken eingeteilt war, bei Leo standen ein Zahnarztbesuch, die Chorprobe, Schwimmunterricht und Penelopes Rittergeburtstag an. Zu allem Überfluss hatte David an dem betreffenden Freitag den lang ersehnten Termin beim Chiropraktiker (»das verdammte Sitzen«) und am Wochenende ein zweitägiges Seminar mit seinen Schreibschülern. Wo sollten sie da ein verlängertes Überraschungswochenende an der holländischen Küste reinquetschen?

Nach einem halben Tag Nachdenken war die Sorge bei Yella einer guten Portion Ärger gewichen. Was konnte so wichtig sein, dass es unaufschiebbar war? Warum konnte ihre Mutter nicht langfristiger planen? Warum konnte sie den Termin nicht mit ihnen abstimmen? Wie stellte sie sich das vor?

Ich passe, hatte Yella getippt. *Für nur fünf Tage nach Holland mit den Jungs ist ein Albtraum. Und David kommt um vor Arbeit.*

Mitten in der Nacht hatte sie sich alle Einwände von der Seele geschrieben und nach zehn Minuten das Trommelfeuer an Argumenten, warum sie auf keinen Fall nach Holland kommen konnte, wieder gelöscht. Nach Amelies Beschwichtigungen in der Familiengruppe tauchte achtmal hintereinander ihr eigener Name und der Hinweis *Nachricht gelöscht* auf.

Was stand da?, hatte Amelie am nächsten Morgen unumwunden nachgefragt.

Dass ich im Stress bin, hatte Yella ehrlich geantwortet.

Amelie hatte postwendend eine Ladung Emojis mit vielen Herzen abgefeuert. *Fühl dich umarmt.*

Mir geht es genauso, schrieb Helen. *Ich musste alles umorganisieren.*

Yella war schon fast so weit, ihrer Mutter endgültig abzusagen, als endlich eine Nachricht von Doro einging. Mit keinem einzigen Wort ging ihre große Schwester auf die Diskussion über die Hintergründe der Einladung ein. *Ich freue mich so auf uns*, schrieb sie. *Ich kann es kaum erwarten.* Und darunter stand der entscheidende Hinweis, der für Yella alles veränderte. Beim Einrichten der Chatgruppe hatte Helen den prosaischen und ultrakurzen Namen *4 T* gewählt, als wären sie eine der chemischen Zusammensetzungen, mit denen sie tagtäglich im Labor eines Pharmagiganten experimentierte. Später ergänzte Amelie die allzu sachliche Benennung mit vier Glückskleeblättern. Jetzt hatte Doro das Profil erneut angepasst. Ihr Herz schlug höher, als Yella las, welchen Namen ihre große Schwester gewählt hatte. Es war, als hätte sie das Zauberwort gefunden, das den Zugang zu einer geheimen Welt öffnete. *Doro hat den Gruppennamen zu »Sommerschwestern« geändert.* Sommerschwestern! In dem Wort schwangen Tausende Erinnerungen an glücklichere Zeiten mit. Wie lange hatten Doro, Yella, Amelie und Helen sich nicht mehr als eine Einheit und als Sommerschwestern verstanden? Nie waren die vier Mädchen sich so nahe gewesen wie in den endlosen Ferien, die sie traditionell an der holländischen Nordseeküste in Bergen verbrachten. Jeden Sommer verwilderten sie im Dreieck zwischen Campingplatz, Strand und Dorf. Wenn die vier Mädchen nicht am Meer spielten und badeten, stromerten sie zwischen den Zelten herum, traten auf der improvisierten Bühne auf (ihre Gruppe hieß »Doro und der Rest«), verkauften Limonade, selbst gekochte Suppe, Muffins oder bemalte Steine. Wenn die Sonne am Ende eines langen Tages ins Wasser abtauchte, tobten sie durch die verwunschenen Dünenwälder rund um den Campingplatz, bis die Dunkelheit sie verschluckte. Die Erinnerungen an das Kindheitsparadies zauberten ein Lächeln auf Yellas Gesicht. Die Sommerschwestern hatten chronisch Sand zwischen den Zehen, den Wind in den Haaren und aßen den ganzen Sommer das, was sich auf den zwei Flammen des Gaskochers ohne allzu große Mühe zubereiten ließ: wochenlang Strand, Camping und Nudeln mit wahlweise roter, grüner und weißer Soße. Mehr brauchte es nicht zum Kinderglück! Am Ende jedes Sommers weinte Yella bitterlich, wenn sich im Rückfenster des dreireihigen Volkswagenbusses die Schranke zum Campingplatz schloss und kurz darauf Schule und Streitereien begannen. »Wir taugen nicht für den Alltag«, hatte Doro immer gesagt. »Wir sind eben Sommerschwestern.«

Doro war sechzehn, Yella dreizehn, die Zwillinge Helen und Amelie gerade mal neun, als ihr Vater auf der Straße zwischen Bergen Binnen und Bergen aan Zee mit dem Wagen tödlich verunglückte und ihre Kindheit und die Ferien an der holländischen Küste für immer endeten. Das war zwanzig Jahre her. Zwanzig Jahre, in denen ihre Leben auseinandergedriftet waren. Die Sommerschwestern existierten nur noch als losgelöste

Satelliten, jede der Schwestern gefangen auf ihrer eigenen Umlaufbahn. Yella war nach ihrem abgebrochenen Architekturstudium in Berlin hängen geblieben, Amelie nach ihrer letzten Beziehungspleite in Wuppertal gestrandet, wo sie eine Freundin beim Aufbau eines Unverpackt-Supermarkts unterstützte. Helen wohnte im Frankfurter Speckgürtel, und Doro gab als Wohnsitz Rimowa an, ihre bevorzugte Koffermarke. Dabei war sie die Einzige, die Köln nie verlassen hatte. Ihre Mutter sah sie aufgrund ihres anspruchsvollen Jobs dennoch wenig.

Die Großfamilie unter einen Hut zu bekommen, war mehr als schwierig. Das lag nicht an Covid oder den Kilometern, die zwischen ihnen lagen. Henriette Thalberg verpasste keine von Doros glamourösen Premieren, glänzte darüber hinaus im Leben ihrer Töchter jedoch vor allem durch Abwesenheit. »Ich will mich nicht aufdrängen«, sagte ihre Mutter oft, nicht ohne eine Prise Vorwurf in der Stimme. In Wahrheit begab sie sich nur ungern auf ein Terrain, wo sie sich an die Gewohnheiten und das Tempo anderer anpassen musste. Kompromisse lagen ihr nicht.

Die Sommerschwestern? Wollte ihre Mutter das einstige Ferienritual aufgreifen? Wollte sie die unbeschwerte und glückliche Familie heraufbeschwören, die sie einmal gewesen waren? Das mit so vielen Emotionen verbundene Zauberwort bewegte Yella schlussendlich zum Einlenken. Vielleicht bot das verlängerte Wochenende die letzte Chance, an die alte Familientradition anzuknüpfen und den Sommerschwestern neues Leben einzuhauchen?

Das Vibrieren ihres Handys riss Yella aus ihren Gedanken. Eine Push-up-Benachrichtigung informierte sie, dass Amelie eine Instagram-Story gepostet hatte.

Das kurze Stück Film zeigte startende Flugzeuge am Flughafen Köln/Bonn. »Flying into the weekend«, lautete die glitzernde Unterschrift.

Dann drehte die Kamera und zeigte Amelie, die mit einem Rucksack auf dem Rücken vor einem Flixbus Richtung Amsterdam herumtanzte. »Not. Kein Geld fürs Flugzeug«, gestand sie mit verblüffender Ehrlichkeit den 14.500 Followern ihres Accounts *Sachensuchen mit Amelie*. Anders als Yella, die häufig mit Heiserkeit kämpfte, und Doro, die ohnehin alle übertönte, klang Amelies Stimme wie weiches Karamell. Mit ihren langen blonden Locken, dem ultrakurzen schwarz-weiß karierten Kleid und den dicken Doc-Martens-Schuhen mit Blumenmuster sah sie immer noch aus wie eine Abiturientin. Ein ganzer Schwarm männlicher Follower und Bewunderer überhäufte sie in den Kommentaren mit Komplimenten. Viele machten keinen Hehl daraus, dass sie sich nur zu gerne einmal im realen Leben mit Amelie verabreden würden. Der kurze Film stammte bereits vom Vorabend. Es folgten Bilder aus dem nächtlichen Bus, auf denen kaum mehr zu sehen und zu hören war als das penetrante Schnarchen eines Sitznachbarn, dahinter reihten sich Aufnahmen von der endlosen Schlange vor dem Klo am Rastplatz, dem trostlosen Busbahnhof Amsterdam Sloterdijk im Regen und den Ringen unter ihren Augen, die außer Amelie natürlich niemandem auffielen. Am Ende stand ein Post mit einem Leihfahrrad. Yella beneidete ihre Schwester. Sie war längst in Holland angekommen.

2. Glück und Gegenwind

Amelie fand sich besonders verwegen. Nach der unbequemen Nacht im Flixbus und der kurzen Zugfahrt von Amsterdam Sloterdijk nach Alkmaar war sie am Bahnhof auf eines dieser blau-gelben Leihfahrräder der niederländischen Bahn umgestiegen, die man über eine App für ein paar Euro mieten konnte. Mithilfe der vorinstallierten Expander befestigte sie ihren Rucksack auf dem Gepäckträger. Skeptisch blickte sie auf die dunklen Wolken, die sich über Alkmaar zusammenbrauten. Zu Hause würde sie nie im Leben auf die Idee kommen, sich bei derart trüben Wetteraussichten mit dem Fahrrad auf die Landstraße zu wagen. Neben ihr nahm ein älteres Paar ungerührt seine Fahrräder in Betrieb. Amelie beschloss, sich an den Ortsansässigen zu orientieren, die sich über möglichen Regen keinerlei Sorgen zu machen schienen. Die mussten es doch am besten wissen. Sie schwang sich aufs Rad und trat energisch in die Pedale.

»Ich bin fast schon eine Holländerin«, sprach sie kichernd in die Linse ihres Telefons und postete das kurze Filmchen auf ihrem Instagram-Account. Google Maps wies ihr den Weg. Auf herrlich glattem Asphalt, unbehelligt von den anstrengenden Steigungen, die ihr in Wuppertal das Leben schwer machten, und mit reichlich autofreier Knautschzone um sich herum fühlte sich Radfahren selbst bei tief hängenden Regenwolken

so viel natürlicher an als im Stadtverkehr zu Hause. Mit ein
bisschen Glück schaffte sie vor der nächsten Dusche die zehn
Kilometer bis zum Ferienhaus.

Ihre Laune stieg mit jedem Meter, den sie trocken zurücklegte. Die Beziehungen in ihrer Familie bildeten ein kompli-
ziertes Geflecht, aber in diesem Moment hatte sie trotzdem das
Gefühl, einem familiären Neuanfang entgegenzuradeln.

Amelie teilte den perfekt ausgebauten Fahrradweg mit Trauben von Teenagern, die aus den Alkmaarer Schulen kilometerweit in die umliegenden Dörfer nach Hause radelten. Während
in Deutschland für diese Distanzen bestimmt Schulbusse ein-
gesetzt wurden, war es für Niederländer offenbar die normalste
Sache der Welt, ein paar Kilometer Schulweg bei Wind und
Wetter mit dem Drahtesel zurückzulegen. Kein Wunder bei einer Straßenführung, die Zweiräder und Autos fein säuberlich
voneinander trennte. Die Teenies zogen fröhlich schnatternd
an ihr vorbei und sahen dabei wahnsinnig lässig aus. Als ob sie
auf dem Fahrrad geboren waren. Ihre Schulrucksäcke trans-
portierten sie auf dem vorderen Gepäckträger in ausladenden
Apfelkisten, die die Fahrräder so breit machten, dass sie Amelie
beinahe in den Wassergraben abdrängten, wenn sie sie zu dritt
überholten. Amelie fühlte sich unglaublich einheimisch, bis sie
am Stadtrand von Alkmaar die volle Wucht des Gegenwindes
traf. Eine unsichtbare Wand bremste sie aus. Ihre Haare flogen
um ihren Kopf, der Wind zerrte an ihrem dünnen Kleidchen.
Auf Google Maps hatte die Strecke überschaubar gewirkt. Leider hatte die App nicht berücksichtigt, dass die Naturgewalten,
sobald man einmal die Stadt mit ihrer schützenden Bebauung
hinter sich gelassen hatte, im butterbrotflachen Holland freies
Spiel hatten. Der Wind fegte ihr kalten Nieselregen ins Ge-

sicht, drang durch den Stoff ihrer Kleidung und setzte alles daran, sie vom Rad zu reißen. Ihre Oberschenkel fühlten sich an wie Pudding, während sie sich mit tränenden Augen verzweifelt gegen die steife Brise stemmte.

Das Ferienhaus war weiter entfernt als erhofft. Scheinbar endlos erstreckte sich die schnurgerade Straße vor ihr. Zwischen den Grün-, Braun- und Ockertönen leuchteten vereinzelt rote, gelbe und lila Streifen, als wären sie mit Lineal und Farbstift in die Landschaft hineingezeichnet worden. Tulpenfelder, stellte sie begeistert fest. Amelie passierte eine Art Mähdrescher, der über das Feld donnerte und die letzten Tulpen kurz unter der Blüte köpfte. Stängel und Blätter blieben stehen. Doro arbeitete gerade in Berlin an einer Musicalversion von *Alice im Wunderland.* Drohte in dieser Geschichte die Herzkönigin nicht allen Blumen mit Enthauptung? Hier war die blutrünstige Dame in Gestalt einer Maschine bereits erfolgreich über die Felder gerast, denn am Rand der meisten Ackerflächen vertrockneten die Tulpenköpfe auf einem großen Haufen. So wie beim Radeln alle Kraft in ihre Beine ging, sollte die Pflanze sich nicht mit überschwänglichem Blühen aufhalten, sondern neue Knollen bilden, die von Holland aus in alle Welt verschickt wurden.

Das Thalberg'sche Urlaubsarchiv enthielt zahlreiche Schwesternporträts. Jedes Jahr wurden die vier beim obligatorischen Ausflug in den Amsterdamer Tierpark vor einem ewig schrumpfenden steinernen Gorilla vom Zoofotografen aufgestellt und abgelichtet. Es existierte auch eine Aufnahme, die das Quartett im knallbunten Tulpenfeld zeigte. Obwohl die Porträts ihre Anwesenheit bei allen Familienaktivitäten eindrucksvoll bewiesen, konnte Amelie sich kaum an die Holland-Trips erinnern. Weder an Tulpen noch an den Zoo oder an Unternehmungen mit ihrem Vater. Als ob jemand die Ordner Papa und Holland auf ihrer Festplatte gelöscht hätte.

Vollkommen aus der Puste bremste Amelie vor einem Bauernhof, dessen niedriges Erdgeschoss von einem pyramidenförmigen Dach fast erdrückt wurde. Für ein paar Euro boten die Bauersleute in einem Holzverschlag die überlebenden Tulpen an. Normalerweise konnte sie sich Schnittblumen nicht leisten, direkt vom Züchter reichte es für einen ganzen Arm voller Blumen. Sie hatte ihre Ausbeute kaum am Expander befestigt, als die Wettergötter auf einmal ein Einsehen mit ihr hatten. Über ihr riss der Himmel auf. Vorwitzige Sonnenstrahlen drängten durch das Grau und malten magische Flecken auf das flache Gebiet. Ein unerwartetes Glücksgefühl durchströmte Amelie, als sie die Landschaft endlich genauer aufnehmen konnte. Welcher Ignorant behauptete, dass man fürs Wetter nicht an die Nordsee fahren musste? Holland zählte vielleicht nicht zu den Urlaubszielen mit Sonnengarantie, aber das rasante Himmelsschauspiel entschädigte tausendfach für jegliche Wetterunbill. Der ständige Wind sorgte für ein nie enden wollendes flüchtiges Spektakel. In Wuppertal begrenzten Häuser, Straßenschluchten und die steilen Hügel des Bergischen Landes den Blick. Hier umarmte der Himmel sie geradezu. Die Wolken spiegelten sich in Pfützen, im Asphalt der regennassen Straße und in den Kanälen, die das Land schraffierten. Überall reflektierte Wasser jeden noch so kleinen Sonnenstrahl und verlieh den sattgrünen Wiesen einen eigentümlichen Glanz. Dünen und Nordsee waren allenfalls am Horizont zu erahnen, auch wenn sie sich einbildete, bereits den charakteristischen salzigen Duft des Meers wahrzunehmen. Amelie hatte vergessen, wie überwältigend die holländische Landschaft sein konnte. »Als Wolkenfänger darfst du nichts aufschieben«, sagte eine leise männliche Stimme. »Wenn du nicht aufpasst, nimmt der Wind den Moment einfach mit sich mit.«

Amelie fiel fast vom Fahrrad, so sehr überrumpelte sie das unerwartete Aufblitzen der Erinnerung. Es war die Stimme ihres Vaters, die zum ersten Mal seit Jahren aus den Tiefen ihres Gedächtnisses zu ihr durchdrang. Sie sah ihn förmlich vor sich, wie er auf freier Strecke innehielt, aus seiner Anzugjacke Wasserpinsel und seine winzige Winsor-Farbpalette hervorzauberte, um eine besondere Lichtkonstellation auf Papier zu bannen. Seine Skizzenbücher, die auf dem Dachboden überlebt hatten, belegten eindrucksvoll seine grenzenlose Faszination für die Schönheiten Nordhollands: Er verewigte die menschenleere Landschaft, das morgendlich verlassene Meer, den Sonnenuntergang in den Dünen, Moose, einen besonderen Pilz, knotige Bäume, die sich dem Westwind beugten, am liebsten aber zeichnete er Wolken, einfach nur Wolken, immer und immer wieder. Als Kind war Amelie oft genervt gewesen, wenn er, anstatt sie wie versprochen ins Schwimmbad oder an den Strand zu bringen, haltmachte für eine Zeichnung. Einmal ganz zu schweigen von seinen todlangweiligen Vorträgen über das besondere holländische Licht, das schon die alten Meister gefangen genommen hatte. Als erwachsene Frau begriff sie mit einem Augenaufschlag, was ihn an dieser Landschaft fasziniert hatte. Sie wünschte sich, sie hätte damals schon verstanden, wie weit ihr Vater seiner Zeit voraus gewesen war. Er predigte Achtsamkeit, lange bevor es Mode wurde. Wie gerne hätte sie noch ein einziges Mal gemeinsam mit ihm in den Himmel geschaut. Sie stellte sich vor, wie sie sich gegenseitig auf besondere Wolkenkonstellationen aufmerksam machten und auf die Windmühle zur Linken.

Im Gepäck hatte Amelie einen Stapel alter Familienfotos, die ihre Mutter vor ein paar Monaten beim Ausmisten des Dachbodens in einem Schuhkarton aufgestöbert hatte. Neben einem alten Wollpullover ihres Vaters gehörten die wiederentdeckten Aufnahmen zu den wenigen Schätzen, die ihr von Johannes Thalberg geblieben waren. Wann immer das Gespräch die Sommerschwestern tangierte, übermannte sie das beunruhigende Gefühl, bei den Holland-Urlauben gefehlt zu haben. Die Abzüge aus dem Schuhkarton bewiesen das Gegenteil. Sie hatte sich fest vorgenommen, die Plätze, an denen die Familienfotos aufgenommen waren, zu identifizieren. Vielleicht würde die Wiederbegegnung mit den Orten ihrer Kindheit die verschütteten Bilder nach oben spülen. Ihre Hoffnung war, die verstummte Stimme ihres Vaters in Bergen zu neuem Leben zu erwecken.

3. Das Quaken der Frösche

Die Kilometer ratterten unter Yella weg. An Schlaf war nicht
zu denken. Mit jeder Stunde, die sie von ihrem Berliner Alltag
trennte, wuchs ihre Anspannung. Das merkwürdige Gefühl in
ihrem Bauch ließ ihr keine Ruhe. Gegen elf Uhr erreichte der
Zug die Grenze bei Bad Bentheim. Niederländische Sprach-
fetzen wehten an ihr Ohr. Gefühlt eine wahllose Aneinander-
reihung von unbegreiflichen Tönen tief aus dem Rachen, die
herrlich fremd und vertraut zugleich klangen. Während in Berlin für Sohn Leo die vierte Stunde begann, donnerte der Zug
Richtung Vergangenheit.

Gerührt betrachtete sie die Tulpenfotos, die Amelie auf Instagram postete, als Doro sich mit einem Bildanruf meldete.
»Tippen ist Zeitverschwendung«, sagte sie immer. Atemholen
offenbar auch, denn Doro stand wie üblich unter Strom und
legte sofort los.

»Hat Henriette dich erreicht?«, sagte sie, ohne sich Zeit für
eine Begrüßung zu nehmen.

»Nein, wieso?«, fragte Yella alarmiert.

»Unsere Mutter lässt ausrichten, dass sie es nicht schafft ...«,
begann Doro einen ihrer berühmten Halbsätze, als im Hintergrund eine Figur schemenhaft durchs Bild huschte. Ihre
Schwester unterbrach sich sofort.

»Maria, sind das die Federn aus Italien?«, fragte sie entzückt und verschwand aus dem Bild.

Offenbar hatte sie ihr Handy auf ihrem Arbeitstisch aufgestellt. Yella erkannte die raumhohen industriellen Stahlregale, in denen Doro Stoffe, Latex, Felle und Schaumgummi lagerte. Sie konnte das Kostümatelier förmlich riechen, die einzigartige Mischung aus Kleber, Farbe, Staub, Textilien, heißem Kaffee, Aufregung und elektrischer Spannung vermittelte sich selbst auf Abstand. An einer Nähmaschine schwitzte ein junger Mann über einem Ballen Tüll, im Hintergrund bügelte ein Mädchen mit einem Dampfglätter eine lange Batterie froschgrüner Kostüme, die an einem sperrigen Drahtgestell baumelten. Doros Gesicht schob sich wieder ins Bild.

»Bist du noch im Atelier?«, fragte Yella überflüssigerweise. Doros Look, ein eisblauer perfekt sitzender Overall, der über und über mit dekorativen Farbspritzern bekleckst war, dazu eine hippe Mütze, unter der ihre weißblonden Haare scheinbar unabsichtlich hervorblitzten, sagte eigentlich genug. Yella musste neidlos anerkennen, dass die Kostümbildnerin selbst in Arbeitskleidung unfassbar stylish aussah.

»Unsere Mutter hätte mal fragen können, bevor sie einen Termin festsetzt«, seufzte Doro. »Die Einladung kommt zur Unzeit.«

Yella gab ihr recht. Aber machte das für Doro wirklich einen Unterschied? Ihre große Schwester pflegte seit Jahren diesen gehetzten Tonfall. Ihr Stresslevel hatte sich jedoch auf neue Höhen geschraubt, seit sie mit dem neuesten britischen Regie-Wunderkind an einer aufwendigen Musicalversion von *Alice im Wunderland* arbeitete. War die Premiere für Berlin vorgesehen? Oder war es Hamburg? Stuttgart? München? Yella hatte angesichts der Vielzahl an Projekten den Überblick verloren und den Moment verpasst, an dem man hätte nachfragen können, ohne sich wie die unaufmerksamste Schwester der Welt zu fühlen. Kurz-vor-irgendwas-Ultrawichtigem war ein chronischer Zustand bei Doro. Ihre Schwester wirkte nicht, als litte sie unter Reisefieber oder übertriebener Aufbruchsstimmung. Doro nahm das Handy hoch. Im Stechschritt eilte sie durch ihr Lager.

»Mir ist eine Anprobe dazwischengekommen«, sagte sie. »Ich hatte schlechte Coronajahre. Ich muss alle Aufträge annehmen, um die Schulden abzuarbeiten.«

Besonders unglücklich klang sie nicht. Doro zählte zu der Sorte Mensch, die von extrastarkem Kaffee und Adrenalin lebte. In ihrer Stimme klang die Begeisterung mit, eine Aufgabe zu haben, die sie in ein unabkömmliches, absolut unersetzliches Mitglied der Gesellschaft verwandelte. Doro hatte es sogar zu einem eigenen Wikipedia-Eintrag gebracht, der von ihren Praktikanten akribisch auf dem neuesten Stand gehalten wurde. Yella genoss es, beruflich Teil eines Teams zu sein. Sie konnte sich kaum vorstellen, wie kräftezehrend es sein musste, immer alleine an vorderster Front zu stehen. Wenn sie selbst nach einem Arbeitstag voller Termine und Meetings, dem Essen und abendlichen Kinderritualen erschöpft auf ihr Sofa sank, zu müde, auch noch ein einziges Spielzeugauto vom Boden aufzuheben, besuchte ihre Schwester im Zweifel noch eine Vorstellung in Berlin, München oder London. Wie schaffte sie das bloß? Woher nahm sie die Energie? Doro sah selbst fix und fertig besser aus als Yella im Gala-Outfit.

»Was ist mit Mama?«, fragte Yella ungeduldig.

»Kleinen Moment, ich bin gleich bei dir.«

Yella schüttelte den Kopf über ihre viel beschäftigte Schwester, deren Leben daraus bestand, so viele Bälle wie möglich in die Luft zu werfen und zu hoffen, dass sie nicht gleichzeitig auf sie niederregneten. Meisterjongleurin Doro meldete sich vor allem dann, wenn sie beim Bäcker in der Schlange stand, im Friseurstuhl ausharrte, im Taxi zwischen Terminen hin und her eilte, am Herd stand oder bei einem Geschäftsessen auf ihre Verabredung wartete. Doro konnte es nicht ertragen, auch nur eine einzige Minute ungenutzt verstreichen zu lassen. Autofahrten mit Doro waren eine Qual. An jeder roten Ampel wich sie in eine Nebenstraße aus, um über Schleichwege vermeintlich schneller ans Ziel zu kommen. Sie war grundsätzlich auf dem Sprung, in der Warteschleife, auf einer anderen Leitung und unterwegs von A nach B. Wann immer sie mit Yella telefonierte, unterbrach sie sich ständig, um eben eine superdringende Anweisung an Ludwig weiterzugeben, eine Näherin auf Fehler hinzuweisen, Lucy zu Hausaufgaben anzuhalten oder den Nachbarshund zurechtzuweisen. Selbst im Kreißsaal hatte sie zwischen den Wehen noch Änderungen für ihre neue Einbauküche veranlasst, damit alles für die Ankunft des Babys perfekt war. Kein Wunder, dass Ludwig im Lauf der Jahre so zugelegt hatte. Er brauchte die zusätzlichen Kilos, um Doros ungebremstem Tatendrang als Fels in der Brandung standhalten zu können. Leider war Yella nicht so hart im Nehmen wie ihr Schwager.

»Ich wollte nur schnell durchgeben, dass ich mit unserer Mutter ausgemacht habe ...«, begann ihre Schwester.

»Was hast du gesagt?«, schrie Yella.

Das Tackern, Rattern und Zischen im Hintergrund verschluckte Doros Worte. Doro vermittelte Yella immer den Eindruck, dass ihre Zeit zu kostbar war, um sie mit Familientelefonaten zu verschwenden.

Früher hatte sie leidenschaftlich gerne durch die Tür in das Leben der Kostümbildnerin geblickt. Als sie noch in Köln wohnte, hatte sie Doro oft besucht und regelmäßig auf ihre Nichte Lucy aufgepasst, wenn es brannte. Seit sie nach Berlin gezogen war und selber Kinder hatte, war der Kontakt zu Doro verwässert. Selbst wenn ihre große Schwester in ihrer Nähe engagiert war, schaffte sie es äußerst selten, bei Yella vorbeizuschauen. Doro war die unangefochtene Königin, die in ihrem Korb residierte und ihre Arbeitsbienen nur auf eigenem Terrain empfing.

»Was ist los?«, wiederholte Yella so laut, dass ihre Zugnachbarn aufmerksam wurden.

Sie zog ihre Stirn in Falten. Ihre Schwester hätte natürlich auch auflegen können, um zu einem passenderen Zeitpunkt anzurufen. Yella hatte Doro im Verdacht, Publikum zu genießen. Wollte die Arbeitswütige ihr mal wieder demonstrieren, wie unabkömmlich sie war? Wie brillant? Wie ultrawichtig? Es war, als lebe Doro erst dann auf, wenn sie gesehen wurde.

»Was hast du mit Mama ausgemacht?«, fragte sie erschöpft.

»Doro, Süße …«, erklang eine seltsam bekannte Stimme.

Ein Schatten schob sich ins Bild, die Kamera wackelte und fing einen jungen Mann ein. Yella erkannte den Schauspieler sofort. Sie hatte Simon Carlson in einer Krankenhausserie angeschmachtet und heimlich davon geträumt, dass er sie aufpäppeln würde, wenn sie abends todmüde auf dem Sofa zusammenbrach. Seit wann hatte der etwas mit Theater zu tun?

»Kleinen Moment«, vertröstete Doro ihn. »Ich telefoniere

gerade mit meiner Schwester. Simon, sag Hallo zu meiner Schwester.«

Doro drehte die Kamera noch weiter zu ihm, sodass sie sein Gesicht erfasste.

»Hallo, Schwester«, säuselte der smarte Assistenzarzt von Station 17.

Yella ärgerte sich. Die beiden führten eine Nummer auf und degradierten sie zur Zuschauerin.

»Es tut mir leid, Schwester, aber ich brauche meine liebe Doro einen Moment ganz alleine für mich. Ich muss ihr gratulieren zu dem fantastischen Kostüm, das sie mir auf den Leib geschneidert hat. Keine versteht mich so gut wie Doro«, sagte die butterweiche Stimme, die Yella schon so oft in den Schlaf gesäuselt hatte. »Sie meldet sich gleich wieder. Tschüss, Schwester.«

Und dann legte er einfach auf. Das Telefongespräch warf mehr Fragen als Antworten auf und ließ Yella verwirrt zurück. Warum hatte Doro eigentlich angerufen? Was war mit ihrer Mutter? Yella rief verärgert zurück, erreichte jedoch nur die Mailbox.

Yella seufzte schwer auf. Sie liebte ihre eigene Arbeit. Trotzdem fühlte sie sich nach so einem Telefonat jedes Mal auf Zwergengröße reduziert, unbedeutend und gescheitert. Während die Kostümbildnerin sich mit schillernden und berühmten Menschen umgab und eine glanzvolle Karriere vorzuweisen hatte, waren die bunten Tupfer in Yellas Leben im Zweifel vergessene Legosteine, auf die sie trat, wenn sie frühmorgens barfuß Richtung Kaffeemaschine taperte. Gespräche mit ihrer großen Schwester saugten die letzte Energie aus ihr heraus. Wann immer sich ihre Pfade kreuzten, hinterließ die Begegnung einen schalen Beigeschmack. Müsste ihr Leben nicht größer, dramatischer und bunter sein? Ihre Chefin im Büro hatte nur kurz genickt, als sie Urlaub einreichte. Ihre Arbeit würde nicht wegrennen. Und niemand würde je an ihrem Schreibtisch erscheinen, um sich überschwänglich für eine perfekte Reisekostenabrechnung zu bedanken.

Yella schwirrte der Kopf. Wie würde es sein, fünf Tage mit Doro zu verbringen? Sie blickte aus dem Zugfenster in den trüben Himmel, als suche sie eine Bestätigung für ihre Vermutung, geradewegs in einen aufziehenden Wirbelsturm zu steuern. Yella entwickelte bisweilen eine verblüffende Hellsichtigkeit. Die diffuse Ahnung, in ein neues Leben einzutreten, hatte sie an einem eiskalten Winterabend überrumpelt, als sie die Tür zum Seminarraum öffnete, um am Schreibkurs eines gewissen David Ziegler teilzunehmen, der gerade alle möglichen Literaturpreise für sein Romandebüt gewonnen hatte. Drei Monate später sollte beim gemeinsamen Wochenende mit Freunden in der Uckermark Leo entstehen, im grünlichen Licht fluoreszierender Planetenbettwäsche. Eine ähnliche Eingebung beschlich sie, als sie mit Dutzenden Mitbewerbern hochschwanger zur Wohnungsbesichtigung im Wedding antrat und im Geiste zwei kleine Jungen den langen Gang hinuntertoben sah. Das Gefühl, dass ihr Leben auf eine Wendung zusteuerte, überfiel sie, als sie am Gleis 8a in Amsterdam Centraal in den blau-gelben, doppelstöckigen Intercity nach Den Helder umstieg. In weniger als einer Stunde würde sie in Bergen sein. Sie hatte nicht die geringste Idee, wohin die Reise wirklich ging.

4. Spurensuche

Amelie fotografierte für Instagram das blau-weiße Ortsschild von Bergen, unter dem die Veranstaltungen des kommenden Monats angezeigt wurden. Museum Kranenburgh kündigte eine neue Kunstausstellung an, darunter standen Angaben zu einer *Braderie*. *Wenn jemand weiß, was das ist, bitte in die Kommentare,* tippte sie und bekam postwendend von ihrem allwissenden Followerschwarm die Antwort. *Eine Braderie ist eine Art Trödelmarkt,* schrieb eine gewisse zoe_24.

Amelie sog jedes noch so winzige Detail in sich auf, so wie es ihr Vater vermutlich geraten hätte. Die schmale Straße, die in den Ort hineinführte, leuchtete in kräftigen Erdtönen. Irgendjemand hatte unendliche Mühe darauf verwandt, Fahrbahn, Parkplätze, Gehwege und Bordsteinkanten mit unterschiedlichen Ziegelarten in Grau-, Rot-, Rost- und Ockertönen voneinander abzusetzen. Selbst die Zebrastreifen waren nicht aufgemalt, sondern mit zweierlei Steinen kunstvoll gestaltet. Amelie hielt an, um die besonderen Muster für ihre Follower festzuhalten. Was für eine Sklavenarbeit, all die Straßen zu pflastern und sorgfältig zu fugen. Oder übernahmen in Holland Wind und Sand diese Arbeit? Auf dem Boden las sie die verblassende Aufschrift *Houd 1,5 meter afstand, ook onderweg,* die noch an die Coronazeit erinnerte. Der Backstein der Straße ging über in den Backstein der Häuser, die genauso wie die Bauernhöfe, an denen sie vorbeigeradelt war, oft nur über eine einzige Etage verfügten. Das zweite Stockwerk lag bereits in der Dachschräge.

Seit ein paar Jahren wechselte Amelie von einer vorübergehenden Bleibe zur nächsten. Sie hatte alle Wohnmodelle durchprobiert. Große WG, kleine WG, Zusammenwohnen mit ihrer Schwester Doro, mit einem Freund, einem Liebhaber, einer Freundin, und das in verschiedenen Städten, auf dem Dorf, in einem Reihenhaus, einem Altbau, in einem winzigen Zimmerchen und einem Loft mit Dachterrasse. Dauerhaft angekommen war sie noch nirgendwo. So ein kleines Häuschen nur für sie alleine wäre ihr ultimativer Traum. Sie sah förmlich vor sich, wie sie jeden Abend die mittelalterlich anmutenden Holzläden mit den roten Rauten auf weißem Untergrund schloss und sich in ihren Kokon zurückzog, den sie mit niemandem teilen musste.

Das Ferienhaus, das ihre Mutter für die Familie gemietet hatte, lag am Ortsrand, auf dem halben Weg zwischen Bergen Binnen und Bergen aan Zee. Bis zum Eintreffen ihrer Schwestern blieb genug Zeit für eine erste Runde durchs Dorf. Sie stellte ihr Fahrrad ab, schulterte den Rucksack und verharrte nach wenigen Metern vor einem seltsam unordentlichen Schaufenster. Es dauerte einen Moment, bis sie realisierte, dass sie nicht das exzentrische Warenangebot eines Ladens studierte, sondern ungeniert in ein privates Wohnzimmer glotzte. Bodentiefe Fenster dominierten die Fassaden im Zentrum. Manche waren mit blickdichter Sichtschutzfolie beklebt, die es anscheinend in tausenderlei Formen gab, viele der riesigen Fensterscheiben waren jedoch nicht einmal mit Gardinen verhängt, sodass Amelie in den engen Straßen das Gefühl hatte, durch fremde Wohnungen zu spazieren. Sie konnte ihre Augen nicht lösen von den faszinierenden Einblicken in das holländische Familienleben. Amelie beobachtete Kinder beim Legobauen, Menschen im Homeoffice vor dem Computer, einen jungen Mann, der auf dem Sofa eingenickt war, und wurde umgekehrt von mindestens vier Katzen, einem Hund und einem dicken Baby, dessen Laufstall vor der Fensterbank platziert war, angestarrt. Wie machten Holländer das? Schauten die gekonnt weg? Wie musste das sein, hier zu wohnen, wenn die Nachbarn im Vorübergehen kontrollieren konnten, ob man aufgeräumt hatte, wo das Sofa aufgestellt war, wie viele Bücher man besaß und welches Fernsehprogramm lief? Zwischen Schatten spendenden Schirmen entdeckte sie einen alten Herrn im Lehnstuhl, bewaffnet mit Schälmesser und Kartoffel, den Kochtopf zwischen seine Knie geklemmt. Ein kleines Mädchen stand daneben, wies auf einen Pflasterstein mit einer lila Hand und der rätselhaften Aufschrift *Zwaai je mee?*.

»Je moet zwaaien«, sagte sie und schwenkte ihre Hand, um den Dorfbewohner zu grüßen. Dann deutete sie auffordernd zwischen Amelie und dem Mann hin und her. Bedeutete das, dass sie auch winken sollte? Sie kannte den Mann nicht einmal. Das Mädchen zeigte auf den Pflasterstein und winkte wieder. Zögernd tat Amelie es ihr gleich. Der alte Herr schwenkte fröhlich seine Kartoffel und bedachte sie mit einem verschwörerischen Augenzwinkern. Das Mädchen nickte zufrieden.

Amüsiert setzte Amelie ihren Weg fort und stieß um ein Haar mit einem Fensterputzer zusammen, der sich hier höchstwahrscheinlich eine goldene Nase verdiente.

Immer mehr Geschäfte lösten die Privathäuser ab. Alles Leben drängte sich auf engstem Raum. Im Slalom lief Amelie weiter zwischen Ständern mit Sommerkleidung und Regenjacken, Schütten voller Strandspielzeug, Bällen und Drachen, dazwischen lag ein Kiosk, der neben niederländischen und deutschen Zeitungen Magnete und Schlüsselanhänger in Form von Tulpen, Grachtenhäusern, Holzschuhen, Windmühlen und Käse verkaufte. Fußgänger teilten sich den Bürgersteig mit der Warenauslage des Gemüseladens, den Vasen eines Floristen, Werbeschildern, die *Koffie en Thee* anpriesen oder das letzte Angebot eines *Makelaar.* Amelie amüsierte sich über die Aushänge im Fenster, die mit *Te huur* gekennzeichnet waren. Das klang lustig und betraf wahrscheinlich Mietobjekte, denn die Annoncen daneben vermeldeten *Te koop,* was zweifellos bedeutete, dass die Immobilien zum Verkauf standen. Und das, wie sie entsetzt wahrnahm, für unfassbare Beträge. Das kleine Häuschen mit den rot-weißen Fensterläden war für Amelie unerschwinglich. Die Aushänge verrieten ebenso wie die Boutiquen, die überraschend hochpreisige Designermode verkauften, dass Bergen ein teures Pflaster sein konnte.

Die Eindrücke überwältigten Amelie. Am meisten erstaunte sie jedoch, dass sie rein gar nichts wiedererkannte. Das war doch die Hauptstraße! Hier hatte sie als Kind jeden Sommer verbracht. Warum blieb ihr Blick nicht an irgendetwas hängen, das ihr auch nur im Entferntesten bekannt vorkam? Ihre Augen huschten durch die schmalen Gassen, glitten über Häuser und Straßenschilder, Läden und Restaurants, immer in der Hoffnung, irgendeine vertraute Ecke zu identifizieren. Überall lud Gastronomie zum Verweilen ein. Ein paar Sonnenstrahlen reichten aus, trotz kühlen Frühlingswetters ein paar unverzagte Gäste zum Frühstück auf die Terrassen der Cafés zu locken.

Nordseebewohner waren zäh. Amelie schlängelte sich zwischen den Tischen hindurch und erhaschte den Duft von heiß frittierten Snacks und frischem Kaffee. Deutsche, niederländische und englische Gesprächsfetzen wehten heran und mischten sich mit dem Gekreisch der Möwen. Unermüdlich kreisten die unerschrockenen Vögel über den Außenbereichen der Lokale und stritten lautstark um jeden Bissen, den sie ergattern konnten. Die französische Küche war beliebt und mehrfach vertreten, man konnte jedoch auch japanisch, indonesisch, thailändisch, kantonesisch, brasilianisch oder italienisch essen. Welches Restaurant hatten ihre Eltern früher mit ihr und ihren Schwestern besucht? Oder hatten sie jeden Abend auf dem Campingplatz gekocht? Wieso waren alle Details hinter einer Nebelwand verborgen?

»Du hast großflächig alles, was dich an den Unfall erinnert, verdrängt«, hatte Helen nüchtern konstatiert, als sie sich neulich beklagte, dass die Erlebnisse mit ihrem Vater nur unscharf in ihrem Gedächtnis abgespeichert waren.

Die No-Nonsense-Wissenschaftlerin stellte keine Hilfe dar, wenn es darum ging, in die schmerzhaften Bereiche der Familienbiografie hinabzusteigen. »Ich habe nicht das geringste Interesse, in der Vergangenheit herumzuwühlen«, wehrte Helen standardmäßig jede Nachfrage über das gemeinsame Gestern ab. »Für mich ist das Thema erledigt.«

Einst hatten sie den Bauch ihrer Mutter geteilt, jetzt konnte Amelie oft nicht fassen, wie unterschiedlich sie waren. Während Amelie einen mädchenhaften Stil pflegte und stolz auf ihre langen blonden Locken war, trug Helen ihre schwarzen Haare immer schon kurz. Amelie bevorzugte bunte Blümchenkleider, Helen wählte zeitlos klassische Kleidung in Schwarz und Weiß. Als sie als Kind Querflöte spielen wollte, bestand Helen darauf, Schlagzeug zu lernen. Selbst im Internat kreuzten ihre Wege sich nur selten. Während Amelie ein ausgedehntes soziales Leben mit vielen Freundinnen führte, hatte Helen durchgesetzt, in die Fußballmannschaft der Jungs aufgenommen zu werden. Amelie riss Witze, über die Helen nie lachte. Umgekehrt verstand Amelie nichts von den wissenschaftlichen Büchern, die Helen so liebte. Überall war zu lesen, welch innige Beziehung auch zweieiige Zwillinge entwickeln konnten. Ihre besondere Bindung zu ihrer Zwillingsschwester beschränkte sich darauf, unterschiedliche Pole im Universum zu besetzen und auf diese Weise zusammengehalten zu werden. Bei maximalem Abstand.

Vermutlich hatte Helen mit ihrer Theorie recht. Ganz offensichtlich hatte der Unfall sie so traumatisiert, dass sie sämtliche Erinnerungen an das Dorf in der hintersten Ecke ihres Gedächtnisses versteckt hatte. Im Gegensatz zu ihren Schwestern war Amelie davon überzeugt, dass die Einladung mit der Vergangenheit und ihrem Vater zu tun haben musste. Warum sonst sollte sich die Familie an diesem schicksalsträchtigen Ort zusammenfinden? Welches Geheimnis wollte ihre Mutter mit ihnen teilen? Amelie konnte kaum erwarten, die blinden Flecken zu füllen. Sie war erleichtert, dass ihre Mutter sich offenbar nach vielen Jahren des Schweigens dazu durchgerungen hatte, mit ihnen über die Vergangenheit zu sprechen. Sie hoffte so sehr, in Holland ihre verloren gegangene Kindheit zu entdecken. Die Erinnerungen würden sie zu einem kompletteren Menschen machen und auf magische Weise die Knoten in ihrem Leben entwirren.

Amelie ließ sich auf der Terrasse einer typisch holländischen Kneipe nieder, um ein bisschen Atmosphäre aufzusaugen, bevor sie zum Ferienhaus fuhr. Sie öffnete ihren Geldbeutel, kalkulierte und gönnte sich trotz Ebbe in der Kasse einen Aperol Spritz. Das war nicht besonders landestypisch, aber die leuchtend orange Färbung konnte als Verneigung gegenüber Holland durchgehen. Manche trinken sich die Welt schön, sie trank sich eben arm. Was machte es aus? Im Gegensatz zu ihren Schwestern, die mit Familie und Beruf ihren Platz im Leben gefunden hatten, besaß sie weder eine feste Adresse noch Möbel oder gar eine Hypothek. Sie war frei wie ein Vogel. Leider.

Amelie scrollte durch die neuen Nachrichten. Yella hatte ihr ein Bild aus dem ICE geschickt. Sie war die uneitelste der Thalberg-Schwestern und trug ihre glatten braunen Haare immer noch schulterlang wie zu Schulzeiten. Manchmal hatte Amelie den Verdacht, dass Yella gar nicht bewusst war, welch besondere Ausstrahlung von ihr ausging. Während aus Doro ungefiltert alles herausplatzte, was ihr in den Sinn kam, und Helen ihre Meinung klar und deutlich formulierte, umwehte Yella eine Aura von Unergründlichkeit. Als ob sie ein Geheimnis mit sich trug. Oder war das die Trauer um den Vater, die sich auf immer in ihren Augen spiegelte? Yella war das Papakind der Familie gewesen. Und Papa seit zwanzig Jahren tot. Amelie zählte vor allem auf Yella, wenn es darum ging, das rudimentäre Bild, das ihr vom Vater geblieben war, zu ergänzen. Sie musste sich einfach nur trauen, das jahrzehntelange Schweigen zu durchbrechen und das schmerzhafte Thema, dem die Familie gerne auswich, anzuschneiden.

Alles auf Orange, schrieb sie auf Instagram und sendete ein paar Livebilder von dem leuchtenden Drink mit den klirrenden

Eiswürfeln und der Terrasse des Cafés. Sie schwenkte die Kamera für einen Panoramablick, bis sie eine Sekunde lang an einem auffälligen älteren Paar hängen blieb, das seine teenagerhafte Verliebtheit in aller Öffentlichkeit zelebrierte. Der Wind trug ihr Lachen über alle Tische. Obgleich der Mann ihr den Rücken zuwandte, las Amelie an seinen ausufernden Gesten den Enthusiasmus ab, den er in seine Erzählung legte. Über dem Stuhl hing eine orangefarbene Regenjacke mit der abgeblätterten Aufschrift: *You'll never walk alone. Nijmegen 2012.* Die Frau prustete unkontrolliert und wischte sich Lachtränen aus den Augenwinkeln. Der Ober brachte eine Flasche Weißwein an den Tisch. Die beiden prosteten, tauschten einen Kuss aus, sie lachten, redeten mit Händen und Füßen. Sie hatten offenbar etwas zu feiern. Irgendetwas, was 2012 in Nijmegen passiert war? Oder die Geburt eines Enkelkindes? Die Pensionierung? Einen Lotteriegewinn? Fünfunddreißig Jahre Ehe? Eine gute Nachricht aus dem Familienkreis? Dass es Mittwoch war? Vielleicht feierten sie auch nur, dass sie gemeinsam am Leben waren. Warum war es ihren Eltern nicht vergönnt, so unbeschwert auf einer Terrasse die Frühlingssonne und den Moment zu genießen? Diese Selbstverständlichkeit, mit der die Frau Flusen vom Pullover des Mannes zupfte und die Hand auf dessen Oberarm ruhen ließ, rührte sie. Auf einmal drehte der Mann sich um, als ob er die sehnsuchtsvollen Blicke im Rücken spüren würde. Amelie stoppte erschrocken die Filmaufnahme. Ein anzügliches Augenzwinkern genügte, das idealisierte Bild, das sie sich von der Zukunft ihrer Eltern gemacht hatte, wie eine Seifenblase platzen zu lassen. Wer garantierte, dass die beiden immer noch verheiratet wären? Wer sagte ihr, dass die Ehe nicht längst zu einer

Lüge verkommen wäre? Wer wusste schon, was ihnen an Ehe-
kapriolen erspart geblieben war? Vielleicht wäre die erste Ehe
ihrer Mutter geendet wie die zweite? Die überstürzt eingegan-
gene Verbindung war kein Erfolg gewesen. Am Ende störte
ihre Mutter sich an allem, was ihr zweiter Mann tat: wie er
hustete, sich räusperte, die Teetasse zu laut auf dem Unter-
teller absetzte, eine Tür öffnete, eine Tür schloss oder einfach
nur existierte. Seit der Scheidung vor zehn Jahren lebte Henriette alleine. Ob sie mit Johannes Thalberg heute noch glücklich wäre? Amelie hatte keine Vorstellung davon, wie die Beziehung ihrer Eltern sich wirklich gestaltet hatte. Noch eine
Leerstelle, die es zu füllen galt. Weil sie nichts Besseres zu tun
hatte, ergänzte sie den Film mit einer Reihe Hashtags: #hol-
land, #nijmegen2012, #couplegoals, #youllneverwalkalone,
#zieleimleben. Wann kam ihre Familie endlich an?

5. Ein Blick in die Unendlichkeit

Yellas Koffer ruckelte über das unebene Pflaster. Ihr Herz klopfte bis zum Hals, als sie in den grünen Schlund der Rondelaan einbog. Die Straße war gerade mal so breit, dass ein einziges Auto durchpasste. Henriette Thalberg hatte offenbar tief in die Tasche gegriffen, um ein Ferienhaus in dieser teuren Gegend zu mieten. Rechts und links blitzten monumentale Villen aus dem vorigen Jahrhundert auf, umgeben von parkähnlichen Grundstücken, für deren Pflege man vermutlich Heerscharen von Gärtnern brauchte. Dazwischen glänzte ein atemberaubender schneeweißer Bungalowbau mit gigantischen Fensterfronten. Die Luxusimmobilie könnte fraglos jede internationale Architekturzeitschrift zieren. Es roch nach Frühling und Geld.

Yella kontrollierte noch einmal den Straßenplan auf der Einladung. Das Haus mit der Nummer 4 lag am Kopf einer winzigen Gasse. Hätte sie nicht Helens silbernes Cabrio mit dem deutschen Autokennzeichen MTK für Main-Taunus-Kreis entdeckt, sie hätte das zugewucherte Zugangstor beinahe nicht als solches identifiziert. Yella atmete erleichtert auf, als sie erkannte, dass ihre Mutter in ihrer Nostalgie nicht so weit gegangen war, sich erneut für das Haus zu entscheiden, in dem sie ihren allerletzten Holland-Urlaub verbracht hatten. Jahrelang hatte die Familie einen sogenannten *stacaravan* auf dem

Campingplatz gemietet. Im Gegensatz zu einem Wohnwagen waren diese geräumigen Mobilheime nicht für den Straßenverkehr zugelassen und wurden von einem Transportunternehmen auf dem Campingplatz platziert, wo sie die ganze Saison an einem einzigen Fleck stehen blieben. Erst im letzten Sommer war die Familie zu Geld gekommen und konnte sich erstmals ein richtiges Ferienhaus in Bergen leisten. Es war ein schlechtes Omen gewesen. Zum Glück ähnelte ihre jetzige Unterkunft in nichts dem damaligen Feriendomizil.

Das blau-weiß gestrichene Holzhaus mit der großen Fensterfront nistete in einem wogenden grünen Meer. Der Wind strich unablässig durch die zufällig anmutende Wildnis aus Gräsern und Stauden, die vermutlich das Ergebnis sorgfältiger Planung und langjähriger Pflege waren. Die Idylle wirkte wie planlos hingeworfen, zerzaust, ungestüm wild und zugleich geordnet. Yella, deren botanisches Gesamtwissen sich auf die Aufzucht von Topfpflanzen und Besuche im Schrebergarten ihrer Schwiegereltern beschränkte, ahnte nur ansatzweise, wie viel Mühe es kostete, einen Garten so aussehen zu lassen, als hätte der Wind wahllos Samen herangetragen und großzügig über die Beete verteilt. Die dunklen Bäume verliehen dem Haus etwas Melancholisches. Von den Schwestern war keine Spur zu entdecken.

Auf einmal hatte Yella es furchtbar eilig. Ein seltsames Fieber ergriff Besitz von ihr. Schnell deponierte sie den schweren Koffer auf der Terrasse und stürmte los, ohne einen weiteren Blick auf Unterkunft und Garten zu werfen. Sie würde später noch ausreichend Gelegenheit haben, das Ferienhaus zu erkunden.

Mit großen Schritten durchquerte sie den Garten und stellte fest, dass sie richtig kalkuliert hatte. Das Grundstück verfügte wie so viele Anwesen an der Nordseite des Dorfes über einen rückwärtigen Ausgang. Erwartungsvoll öffnete sie die quietschende Gartenpforte, als wäre es das verwunschene Tor zu ihrer Kindheit.

Ihre Schuhe versanken schmatzend im weichen Boden, als sie in das Dunkel des Waldes trat, der sich gleich hinter dem Garten erhob. Von fern klang ein undefinierbares Rauschen heran. Sie war sich nicht sicher, ob es die viel befahrene und verhängnisvolle Schnellstraße war, die Bergen mit dem Strand verband. Oder war das schon das Meer? Der Übergang zwischen dem Dorf und dem Naturschutzgebiet, für das Bergen berühmt war, war fließend.

Ihre Füße fanden fast schon automatisch den verschlungenen Trampelpfad, der sich im sanften Auf und Ab durch ein Waldstück Richtung Dünen und Nordsee schlängelte. Auf diesen schmalen Wegen hatte jeder ihrer Holland-Urlaube begonnen. Um nichts in der Welt würde sie auf das geliebte Ritual verzichten, das die Ferien einläutete. Während ihre Mutter auspackte und ungestört das Leben auf dem Campingplatz organisierte, rannte ihr Vater mit den vier Mädchen los. Erst wenn sie oben auf der höchsten Düne standen und die Nordsee mit ihrer unendlichen Weite vor ihnen lag, waren sie wirklich in Holland angekommen. Jeden Sommer lief Yella mit ihren Schwestern um die Wette. Meist glückte es Doro mit ihren langen Beinen, diesen unvergleichlichen ersten Blick aufs Meer zu erhaschen.

Heute lief Yella ohne Konkurrenz. Sie ließ sich Zeit, die Landschaft in sich aufzunehmen. Über ihr bildete das junge Grün der Eichen, Birken und Erlen ein schützendes Dach. Im ewigen Kampf, unter widrigen Umständen zu überleben, krallten die Bäume sich in den Sandboden und streckten ihre verknoteten Arme neugierig nach ihr aus. Äste schlängelten sich wie die Tentakel eines Tintenfischs in ihren Weg hinein. Yella begrüßte die exzentrischen Bäume wie lang vermisste Freunde. Sie strich mit der Hand über raue Rinde, fuhr die wundersamen Formen nach und atmete die würzigen Ausdünstungen des Mooses ein. Der kühle erdige Geruch von früher stieg ihr in die Nase. Sie spürte und roch in den Wald hinein, nahm bewusst das Vogelzwitschern wahr und lauschte dem sachten Rascheln der frischen, sattgrünen Blätter, die ihr geheime Botschaften zuflüsterten.

»Jeder dieser Bäume erzählt dir seine Geschichte, Yella. Du musst nur hinhören«, hatte ihr Vater sie aufgefordert.

Ihr ungewöhnlicher Wuchs berichtete anschaulich vom unermüdlichen Ringen mit dem Seewind, der sie in bizarre Verrenkungen zwang. In jedem Ast ballte sich der Überlebenswillen der Baumgeister, mit dem sie jeden Tag dem Dauerfeuer aus Wind, Regen, Sturm und Wassermangel trotzten. Anders als ihre Artgenossen im Zentrum von Bergen, die ihre Äste unbehelligt gen Himmel streckten, glich hier kein Baum dem anderen. Sie würden nie ihre typische Größe erreichen, waren aber zähe Überlebenskünstler, die sich vom Sturm in die Knie zwingen, aber nicht besiegen ließen. Die Kraft des Windes drückte die Eichen immer wieder zu Boden, und doch versuchten sie jeden Tag aufs Neue, die Wolken zu kitzeln.

Ein undeutliches Wispern tönte durch die Blätter. Auf einmal hatte sie das eigenartige Gefühl, nicht mehr alleine zu sein. Die Mischung aus Übermüdung und Überreiztheit schärfte Yellas Sinne. Das Lachen eines Kindes schallte geisterhaft durch die Bäume. Von fern hörte sie Mädchenstimmen. Rief

da jemand ihren Namen? Sie meinte, eine Bewegung wahrzunehmen, und fuhr herum. Huschte dort ein Schatten zwischen
den Stämmen? Knackte hinter ihr ein Ast? Raschelte es im Un-
terholz? Sie erinnerte sich an den geliebten Gruselfaktor, wenn
sie früher im letzten Licht des Tages zwischen den geisterhaf-
ten Bäumen Verstecken gespielt hatten. Wie damals suchten
ihre Augen fieberhaft die Umgebung ab. Ihr war, als könne ihr
Vater jeden Moment lachend hinter einem der bizarren Bäume
hervorspringen. Ohne ihre kleinen Jungs an ihrer Seite, die ihr
einen permanenten Laufschritt abverlangten, verwandelte sie
sich wieder in das Mädchen, das sie einmal gewesen war. Es
war ein Schock, die kleine Yella in sich wiederzufinden.

Unwillkürlich beschleunigte sie ihren Schritt. Das Waldstück ging sanft in die Dünen über. Der Weg zum Strand war
weit genug, um der Seele die notwendige Zeit zu geben, sich
am Ferienort einzufinden.

Eine letzte Biegung durch eine besonders verwunschene
Baumgruppe, noch eine winzige Steigung: Yellas Atem stockte,
als sich der Blick endlich öffnete. Strahlende Hügel in Gelb
und Grün liefen in sanften Wellen bis zum Horizont. Licht-
flecken huschten über die Sandberge, als ob sie es eilig hätten.
Die Sonne neckte und lockte sie. Sie kroch hinter den Wolken hervor und verharrte, als wolle sie Yella auf einen besonders schönen Baum aufmerksam machen, malte Schattenrisse
und Linien, kitzelte sie in der Nase, nur um wieder zu verschwinden und ein paar Meter weiter aufzutauchen. Mit dickem Pinsel tupfte sie tausend Schattierungen von Gelb, Grün
und Ocker auf den Sand und färbte mit selbstbewusstem
Strich die Landschaft. Der Wind blies ihr kalt um die Ohren
und hinterließ einen Hauch von Salz auf ihren Lippen. Yella

setzte die Kapuze auf und kuschelte sich tiefer in ihre Jacke, die sich auf einmal perfekt anfühlte. Ihr Unterbewusstsein, das ihr Winterkleidung empfohlen hatte, behielt recht. Wie hatte sie dieses Gefühl, warm und kalt zugleich zu sein, vermisst. Wie hatte sie diese Landschaft und die Sommerschwestern vermisst. Als Kind hatte es ihr nicht schnell genug gehen können, jetzt genoss Yella jeden einzelnen Meter, der sie noch vom Meer trennte. Die steife Brise fegte die Heizungsluft davon, die sich im Berliner Winter in jede Pore ihres Körpers gefressen hatte.

Die Flasche Wasser in ihrer Handtasche gluckerte sachte bei jeder Bewegung. Jeder Schritt brachte eine Veränderung im Blick, im Untergrund, in der Temperatur. Ein paar Bäume, eine schützende Sandkuhle, die die kalte Luft abhielt, und schon fühlte sie sich genötigt, den Reißverschluss aufzuziehen, nur um ein paar Meter weiter die ganze Kraft des Windes wieder zu spüren. Die Landschaft vor ihr unterlag ständiger Verwandlung. Aus dem Flugsand wuchsen weiße und graue Dünen, deren Kessel von Bodendeckern und Gräsern eiligst besiedelt wurden. Neben Heide und Ginster überlebten unter diesen feindlichen Bedingungen nur die widerstandsfähigsten Pflanzen.

Yella hielt inne und ließ ihre klammen Finger über das Dünengras und den Strandhafer gleiten, fotografierte die winzigen Blumen auf dem Boden. Sie lauschte, roch und spürte in die menschenleere Landschaft, mit jedem Atemzug wurde es ruhiger in ihrem Kopf und sie fand in den Körper zurück. Angeblich sollte wandern ja gut sein, um in Ruhe nachdenken zu können. Hier in den Dünen gelang es Yella wunderbarerweise, die mahlenden Gedanken über die Hintergründe der Einladung zu verdrängen. Draußen fegte der Wind, in ihr war es zum ersten Mal an diesem Tag still. Schritt für Schritt durchmaß sie das Dünenmeer und ließ den Blick frei über die Landschaft schweifen. Jenseits des Schreibtischs, der sie tagsüber gefangen hielt, fern vom Familienalltag mit seinen großen und kleinen Sorgen, fern der Großstadt, in der es alle immer eilig hatten, atmete es sich freier.

Als sie das letzte Mal diesen Weg entlanggegangen war, war sie noch ein Kind gewesen. Seit sie den Brief bekommen hatte, hatte sie sich gefragt, wie es sich anfühlen würde, an diesen aufgeladenen Ort zurückzukehren.

Das Haus ihrer Mutter in Köln war ihr fremd geworden, Berlin auf ewig die neue Stadt, in der sie sich immer noch verfahren und verlaufen konnte, aber hier fand sie zu ihrer eigenen Überraschung zum ersten Mal seit Jahren ein Gefühl wieder, das sie schon lange verloren geglaubt hatte. Die salzige Meerluft schmeckte nach Heimat. Sie hatte solche Angst gehabt, hierher zurückzukehren. Selbst in ihren kühnsten Träumen hätte sie nicht erwartet, dass diese Landschaft ihr ein Gefühl von Zuhause vermittelte. Sie hatte nicht geahnt, wie sehr sie tief im Inneren nach diesem Zufluchtsort gehungert hatte. Yella zog ihr Handy heraus und sendete ein paar Fotos an David. *Ich bin angekommen,* tippte sie. Kein Wort davon war gelogen.

6. Erste!

Yella hörte von fern bereits das Rauschen der Wellen. Nur noch wenige Hundert Meter trennten sie von ihrem Ziel. Der Trampelpfad vereinigte sich mit dem asphaltierten Fahrradweg, um nach ein paar Schritten an einer Steigung abrupt im goldgelben Sand abzureißen. An dieser letzten Düne war Endstation für die Radfahrer. Yella stutzte, als sie das blaugelbe Fahrrad aus Amelies Instagram-Storys entdeckte. Ihr Herz machte einen glücklichen Hüpfer, bis sie realisierte, dass dieses auffällige Modell Dutzende Male vertreten war. Offenbar waren die Leihräder der niederländischen Bahn äußerst beliebt.

Enttäuscht wandte sie sich ab, als auf einmal wie aus dem Nichts neben ihr ein dunkler Schatten auftauchte.

»Wir sehen uns oben«, raunte ihr eine Stimme zu.

Sie fuhr herum und erkannte überrascht ihre kleine Schwester Helen, die sie angrinste.

»Wo kommst du denn her?«, rief sie erfreut.

»Erzähl ich dir oben«, rief Helen und zog in raschem Tempo an ihr vorbei, ohne sie eines weiteren Blickes zu würdigen.

Auch sie hatte sich an das alte Familienritual erinnert, nach Ankunft erst einmal einen Blick auf das Meer zu werfen. Und das natürlich als erste der vier Sommerschwestern.

»Fang mich doch«, rief Helen gut gelaunt.

Yella war immer wieder erstaunt, wie erwachsen ihre Schwester wirkte. Der Wind zerzauste ihren kurzen Fransenschnitt, der ihr eine unnahbare Coolness und androgyne Ausstrahlung verlieh. Farben, Röcke, Make-up und modischer Schnickschnack waren Helen zuwider. Sie trug ihre Kleidung wie eine Uniform. Auch jetzt blitzten unter ihrem gerade geschnittenen offenen Blazermantel die übliche strahlend weiße Bluse mit Männerkragen und eine schmale schwarze Hose hervor, die bis zu den Knöcheln ging und den Blick freiließ auf makellose Fesseln und edle Schnürschuhe.

Yella mobilisierte ihre letzten Reserven und versuchte mit aller Macht, Helen einzuholen.

»Das ist unfair«, rief sie.

Energisch stemmte sie sich gegen den Wind, aber im weichen Sand war jeder Schritt mühsam und schweißtreibend. Sich auf dem beweglichen und unebenen Untergrund abzudrücken, war schier unmöglich. Der weiche Boden saugte alle Energie aus Yella und verschluckte ihre Füße, während Helen scheinbar mühelos den Hang nach oben strebte.

»Ich war nicht vorbereitet«, rief Yella ihr hinterher. »Und außerdem habe ich ein doppeltes Handicap. Ich habe zwei Kinder geboren.«

Helen lachte nur: »Das zählt als Vorteil. Du bist gewöhnt, jemandem hinterherzurennen.«

Yella hatte plötzlich der schwesterliche Ehrgeiz gepackt. Vielleicht erinnerten ihre Muskeln sich auch nur an frühere Wettrennen. Ein paar entgegenkommende Kinder sprangen entsetzt an die Seite und schauten ihr entgeistert hinterher.

Yella wagte einen Hechtsprung. Sie erwischte Helens Fuß. Ihre Schwester verlor die Balance und riss im Fallen Yella mit sich. Gemeinsam kugelten sie ein Stück nach unten und landeten auf der Höhe der Mädchen. Die Kinder starrten sie fassungslos an. Offenbar hatten sie noch nie im Leben zwei so kindische Erwachsene gesehen. Yella streckte ihnen die Zunge raus. Die Möwen über ihren Köpfen lachten sie aus.

»Spielverderber!«, empörte sich Helen.

»Das ist unfair«, japste Yella lachend. »Das gibt die Rote Karte.«

»Du spielst gemein«, sagte Helen.

Ihre Schwester kam als Erste auf die Beine. Doch der Sand zeigte sich mitleidlos. Helen kippte nach vorne, griff in den weichen Boden, rappelte sich wieder hoch. Ihr Fuß rutschte weg und bescherte Yella einen Schwall Sand mitten ins Gesicht. Sie hustete, sprotzte, keuchte und kramte nach dem Wasser. Helen ließ sich nieder, um zu warten, bis sie den Sand aus dem Mund gespült hatte.

»Das tut mir leid, Entschuldigung. Das wollte ich nicht.«

Aber da setzte Yella bereits wieder an. Sie war nun klar im Vorteil. Helen fuhr sofort auf, wollte hinterher, blieb jedoch mit dem Fuß im Sand stecken. Yella lachte. Eine Sekunde später flog ein eleganter Halbschuh an ihrem Kopf vorbei, dann ein zweiter. Helen hatte das Rennen aufgegeben.

Mit einer letzten Anstrengung erreichte Yella die Kuppe. Schwer atmend ließ sie den Blick schweifen. Die Aussicht überwältigte sie so sehr, dass ihr fast die Luft wegblieb. Die sich ins Unendliche erstreckende Nordsee, die tosenden Wellen, die sich schaumgekrönt auf dem goldgelben Strand brachen, rührten sie jedes Mal aufs Neue. Nur eine feine Linie trennte das tiefe Blau des Meeres vom Blau des Himmels, der zart mit weißen Wattebällchen betupft war. Irgendwo da draußen verschmolzen Wasser und Luft.

Die Welt lag ihr zu Füßen, und doch fühlte sie sich wie ein kleines Sandkorn im Universum. Eine wohlige Heimeligkeit stieg in ihr auf, als hätte ihr jemand eine Wärmflasche auf den Bauch gelegt. War es die besondere Farbe des Himmels, der in Holland weiter schien als an jedem anderen Ort der Erde, war es der eigentümliche Geruch des Meeres, das Rauschen der Wellen oder das Flüstern des Windes, der unaufhörlich durch das struppige Dünengras strich? Federleicht und widerborstig zugleich sorgte es dafür, dass die Scholle, auf der sie stand, nicht davonwehte.

Neben ihr sank Helen in den Sand.

»Du hast gewonnen«, sagte sie. »Glückwunsch.«

Ihre Sprache war genauso kühl und reduziert wie ihre Kleidung. Eine halbe Ewigkeit verharrten sie still und nahmen schweigend die Umgebung in sich auf, die mit so vielen Erinnerungen verbunden war. Der Westwind spülte unermüdlich weit gereiste Wellen, die von England herüberschwappten, an den Strand.

Zwanzig Jahre lang hatte Yella diesen Ort der Kindheit gemieden wie die Pest, die ganze Fahrt über hatte sie sich gefühlt wie ein Kaninchen, das sich freiwillig der Schlange ergab, jetzt durchströmte sie ein melancholisches Wohlbehagen. Warum konnte sie diesen flüchtigen Moment nicht einfangen wie ein Buddelschiff? Ab und an, wenn wieder mal alles schiefging, würde sie die Flasche entkorken und daran riechen. Yella konnte sich nicht sattsehen an den Wellen, die sich, angestachelt vom Wind, weit draußen auftürmten, anwuchsen, sich mit immer größeren zusammentaten und schließlich donnernd auf den Strand rollten. Schon zu ihrer Kindheit hatte das Meer eine magische Anziehungskraft auf Yella ausgeübt. Kein Wind und Wetter hatte sie je davon abhalten können, nach einem eiligen Frühstück den Weg durch den Wald und die Dünen zu nehmen, um am Strand Muscheln, Roggeneier, Haizähne, Seesterne, bunte Scherben und mysteriöse Schätze zu sammeln, die die Wellen über Nacht im Spülsaum für sie zurückgelassen hatten. Die Fundstücke schmückten die Burgen und Kanäle, die sie mit ihren Schwestern in den Sand baute, zierten das improvisierte Museum, das jeden Sommer vor ihrem *stacaravan* eröffnete, und traten in einer leeren Eisverpackung die Heimreise nach Köln an, bevor sie unter ihrem Bett verstaubten und eines Tages von ihrer Mutter entsorgt wurden. Die Magie des Ortes ließ sich nicht exportieren. In ihr tauchten Bilder auf, wie sie bei 15 Grad Wassertemperatur schwimmen lernte, Drachen steigen ließ oder sich, eingewickelt in die dicken Holland-Handtücher, die jedes Jahr zum Einsatz kamen, in eine Sandkuhle kuschelte, um dicke Bücher zu verschlingen.

»Warum haben wir nur so lange gewartet, bis wir uns hierhergetraut haben?«, fragte Yella bewegt.

Nirgendwo schmeckte die Luft so sehr nach Salz und Kindheit. Oder waren es die Tränen, die unaufhaltsam über Yellas Wangen rannen? Sie hatte Ferien an der Adria verbracht, war als Backpacker am Golf von Thailand unterwegs gewesen, hatte im Schwarzen Meer gebadet und Ostseestrände erkundet. Nichts ließ sich mit der herben Schönheit der Nordsee vergleichen. Der Anblick schmerzte, weil sie sofort an David und die Kinder dachte. Wie gerne hätte sie ihr Glück mit den drei Menschen, die ihrem Herzen am nächsten waren, geteilt.

Yella war einfach nicht mehr gewöhnt, als autonomes Wesen nur für sich zu denken. Wie gelang es ihr bloß, diesen Tunnel- und Mutterblick, diese permanenten Phantomschmerzen abzuschütteln? Das war das Seltsame an Kindern: Seit der Sekunde, in der man ihr im Kreißsaal das nasse Bündel namens Leo auf den Bauch gelegt hatte, schlug ihr Herz außerhalb des eigenen Körpers. Ohne ihre beiden Söhne fühlte sie sich wie amputiert. Zu Studentenzeiten war sie auf eigene Faust nach Italien gefahren und mit einem Interrailticket quer durch Europa gereist. Eins und eins mit David ergab vier, jetzt fühlte sie sich alleine weniger als eins. Ihr Blick fing überall Dinge ein, die sie zu gerne mit ihren beiden Jungs geteilt hätte, als ob schöne Momente im Leben nur dann zählten, wenn Leo und Nick an ihrer Seite waren. Das Bild vor ihren Augen verschwamm.

»Ich hätte nicht gedacht, dass du dich tatsächlich alleine auf den Weg machst«, sagte Helen.

»David wäre gern mitgekommen«, sagte Yella, als wäre sie zu einer Entschuldigung verpflichtet. »Aber es ging nicht wegen der Kinder.«

Das war eine gnadenlose Beschönigung. Die Auseinandersetzung um die Einladung und ihre Mutter hatte sich zu einer tagelangen Verstimmung ausgewachsen. Wie beim Boxen bereiteten sie sich in ihren jeweiligen Ecken auf die nächste Runde im Beziehungsstreit vor. Noch war die Luft nicht geklärt, aber Yella hatte beschlossen, ihre Beziehungsprobleme nicht vor der Familie auszubreiten. Sie starrte in die Wellen, als erforderten sie ihre gesamte Aufmerksamkeit.

»Ich habe Paul gar nicht erst gefragt«, sagte Helen. »Es reicht, wenn einer alle Pläne umwerfen muss.«

Yella war immer wieder beeindruckt von Helens klarer Haltung. Während sie sich ständig verbog in ihren Bemühungen, es allen recht zu machen, formulierte Helen deutlich ihre Meinung, so unpopulär die auch sein mochte. Obschon siebzehn Minuten jünger als die harmoniebedürftige Amelie und damit Küken des ungleichen Quartetts, galt sie schon in Kindertagen als die unabhängigste der Thalberg-Schwestern. Ihr Berufsleben ließ ihr mehr Freiheiten, jedoch hasste Helen kurzfristige Programmänderungen und Überraschungen zutiefst. Ihre kleine Schwester liebte Ordnung, Pläne und Verlässlichkeit. Sie ärgerte sich maßlos, wenn jemand anderes ungefragt über ihre Zeit verfügte. Selbst und, vor allem, wenn es sich um ihre Mutter handelte.

Helen starrte sie unverhohlen an, als wolle sie aus ihrem Gesicht herauslesen, was sie wirklich dachte. Yella fürchtete den sezierenden Blick und die scharfen Fragen ihrer jüngsten Schwester. Dabei wich die introvertierte und chronisch schweigsame Helen selbst allen Nachfragen über ihr Leben aus.

»Sie ist ein Vampir«, warf Doro ihr gerne vor. »Sie saugt alle aus und gibt nichts von sich preis.«

Ganz unrecht hatte sie nicht. Helen hatte Paul erst der Familie vorgestellt, als die beiden schon zwei Jahre ein Paar waren. Yella wäre beinahe vom Stuhl gefallen, als sie ihren ehemaligen Kommilitonen unter dem Weihnachtsbaum ihrer Mutter wiedertraf. Dabei hatte sie miterlebt, wie Paul, mit dem Yella zusammen Architektur studiert hatte, Helen bei einer Party in ihrer Berliner Studenten-WG kennengelernt hatte. Er hatte auf der Tanzfläche herumgestanden wie ein edles, aber falsch platziertes Möbelstück. Während sich eine ausgelassene Polonaise durch alle Zimmer schlängelte, war er auf den winzigen

Küchenbalkon geflüchtet, wo er auf die erklärte Nichttänzerin Helen stieß, die gerade bei ihrer Schwester zu Besuch war. »Meine Knie sind für rhythmische Bewegung nicht geeignet«, behauptete er bis heute. »Den Anblick kann ich niemandem zumuten.«

»Unsere Mutter wird enttäuscht sein, dass er nicht mitgekommen ist«, sagte Yella. »Manchmal denke ich, sie steht mehr auf Paul als auf uns.«

Tatsächlich war Henriette Thalberg ein erklärter Fan von Helens Freund. Wie oft hatte Studienabbrecherin Yella sich das Lied schon anhören müssen? »Mein Schwiegersohn ist so begabt, so erfolgreich, er hat sich durchgebissen, er gibt nie auf.«

Helen war ebenso wenig verheiratet wie Yella, aber David hatte sich die Bezeichnung Schwiegersohn in den Augen ihrer Mutter ganz offensichtlich noch nicht verdient. Yella nahm die Lobeshymnen persönlich und wertete sie reflexartig als Kritik an ihrer eigenen Person. Paul hatte alles erreicht, was ihre Mutter sich für die Tochter wünschte. Und agierte außerdem als Helens Außenminister. Während Helen sich nicht in die Karten schauen ließ, war Paul der erklärte Liebling der gesamten Familie. Der Architekt, der sich für nachhaltiges Bauen engagierte, war im Gegensatz zu Helen äußerst kommunikativ und aufrichtig an allen Details der Familie Thalberg und der schwesterlichen Leben interessiert. Ein begnadeter Tänzer war er vielleicht nicht, dafür wirklich nett. Schade, dass er nicht dabei war.

»Was glaubst du, was es ist? Ist es etwas Gutes oder etwas Schlechtes?«, nahm Yella den Faden der Diskussion in der WhatsApp-Gruppe auf.

»Keine Ahnung«, sagte Helen.

»Was denkst du?«, Yella bestand auf einer Antwort. »Was ist dein Gefühl?«

»Du kennst unsere Mutter«, meinte Helen kryptisch.

Gespräche mit ihrer kleinen Schwester konnten sich ausgesprochen sperrig gestalten, denn Helen beteiligte sich grundsätzlich nicht an Small Talk, Klatsch, Tratsch und wilden Spekulationen.

»Ich hasse es, wenn sie uns herumkommandiert«, platzte sie auf einmal heraus. »Wir dürfen nicht mitreden. Weder beim Termin noch beim Ort. Und wenn wir Pech haben, müssen wir am Ende auch noch auf ewig dankbar sein.«

Yella staunte über die Wut, die so unvermittelt aus ihrer kleinen Schwester herausbrach. Verblüfft musterte sie Helen.

»Unsere Mutter führt ihr Leben, ich meines. Wir sprechen einander nicht so oft«, ergänzte diese.

»Amelie meint, das ist genau der Grund, warum sie uns alle wieder zusammenbringen will«, insistierte Yella.

Helen schwieg.

»Sie wird einen guten Grund haben, warum wir hierherkommen«, setzte Yella nach.

»Unsere Mutter hat selten gute Gründe für etwas«, sagte Helen.

Sie wagte auszusprechen, was Yella oft versuchte zu verdrängen. Helen machte keinen Hehl daraus, wie schwierig ihr Verhältnis zu ihrer Mutter war.

»Warum bist du überhaupt gekommen?«, platzte Yella irritiert heraus.

»Sie ist unsere Mutter«, sagte Helen.

Ihre Aussparungen waren beredter als jedes Wort, das sie hätte sagen können. Yella war oft genervt von ihrer Mutter, aber in Helen brodelte es. Ihre Schwester sprang abrupt auf und klopfte sich energisch den Sand von ihrer Kleidung.

»Ich weiß schon, warum ich kein Interesse habe, in der Vergangenheit herumzuwühlen«, sagte sie. »Ich habe keine Lust, mein Leben damit zu verschwenden, wütend zu sein.«

»Lass uns das Beste draus machen«, sagte Yella.

»Der Unfall war das Schrecklichste, was mir im Leben je passiert ist. Ich habe Jahre gebraucht, mich davon zu erholen. Ich habe keine Lust, in Erinnerungen an diesen Tag zu schwelgen. Was soll das bringen, im Gestern hängen zu bleiben?«

Yella seufzte auf. Das Gespräch lieferte einen Vorgeschmack darauf, was sie in den nächsten Tagen erwartete. Wie kompliziert würde es erst werden, wenn alle da waren? Vielleicht wäre sie besser in Berlin bei ihren drei Jungs geblieben.

»Lass uns zum Ferienhaus gehen«, sagte sie erschöpft.

7. Schön warten!

»Da seid ihr ja endlich«, rief Amelie.

Sie rannte über den Gartenweg auf die Schwestern zu. Yella umarmte Amelie, die fast in ihren Armen verschwand. Der knielange Pullover, den sie über ihr Kleid gezogen hatte, verhüllte kaum, wie dünn sie war. Sie trug mehrere Lagen übereinander und wirkte immer noch grazil, während Yella sich in ihrer Nähe wie das leibhaftige Michelin-Männchen fühlte. Der Wind spielte mit Amelies langen blonden Locken. Ihr heller Winterteint, die großen Augen und die zierliche Gestalt ließen sie jünger und zerbrechlicher aussehen als in ihren Instagram-Filmen: eine wunderschöne Porzellanpuppe, die der Wind jeden Augenblick umreißen konnte. Selbst ihre Stimme klang so weich, als könne eine Böe sie mitnehmen. Kein Wunder, dass ihre kleine Schwester immer einen Pulk selbst ernannter Beschützer abwehren musste.

»So schade, dass Leo und Nick nicht da sind«, sagte Amelie mit Blick auf den Sandkasten und das Schaukelgerüst im Garten. »Ich hatte mich so gefreut, mit meinen Neffen Wasserkanäle zu buddeln.«

Es war merkwürdig, sobald man Kinder hatte, rutschte man automatisch in die zweite Reihe. Davids Eltern sahen in ihr vor allem den Fahrdienst, der die Enkel regelmäßig nach Potsdam kutschierte. Auch ihre eigene Mutter erkundigte sich bei ihren seltenen Telefongesprächen eher nach ihren Söhnen als nach Yellas Wohlergehen.

»Wir haben beschlossen, dass es nur Stress wäre für die beiden. Und für mich«, sagte Yella. »Ich wollte einfach mehr Zeit für euch haben.«

Sie klang, als hätten sie gemeinschaftlich entschieden, dass sie alleine nach Holland fuhr. Bislang war Yella vage geblieben, was David und die Jungs anging. Irgendwie hatte sie selber nicht glauben wollen, dass David seine Weigerung mitzukommen wirklich durchzog. Bis zuletzt hatte sie heimlich gehofft, wenn nicht sogar erwartet, dass er es sich anders überlegte und einlenkte. Vielleicht hätte sie eine plötzliche Krankheit erfinden sollen? Eine Erkältung hätte logischer geklungen und peinliche Nachfragen im Keim erstickt.

Zum Glück stellte Amelie keine weiteren Fragen, sondern wandte sich Helen zu, die ihre Zwillingsschwester mit einem ungelenken Handschlag begrüßte, als wäre sie eine entfernte Tante.

»Kommt erst mal rein«, sagte Amelie verwirrt.

Holland-typisch gestatteten die riesigen Fensterfronten einen Durchblick von der Straße bis in den hinteren Garten. Der Übergang zwischen drinnen und draußen war fließend.

»Hier fällt man mit der Tür ins Haus«, konstatierte Helen.

Sobald man den winzigen Windfang betreten hatte, stand man auch schon im offenen Wohnraum. Links lag eine offene Küche, deren Fensterfront auf den Garten und den Wald hinausging, rechts das Wohnzimmer Richtung Straße, in der Mitte ein offener Kamin. Ein endlos langer, schwerer Eichentisch, an dem sich ein stylish zusammengewürfeltes Sammelsurium Stühle versammelte, verband die beiden Wohnbereiche. Das Haus war in warmen Erdtönen eingerichtet, einfach, aber behaglich und, wie Yella feststellte, beneidenswert ordentlich. Keine flächendeckenden Lego-Kunstwerke, kein rumliegendes Spielzeug, keine Schulsachen, kein Leergut, keine Bügelwäsche, kein Frühstücksgeschirr, das noch weggeräumt werden musste. Selbst die imposante Seelandschaft in Öl, die die Wand im Wohnzimmer zierte, wirkte beruhigend. Auf dem Tisch leuchtete ein enormer Strauß Tulpen, es duftete nach Tee.

»Ich warte schon seit Stunden auf euch«, sagte Amelie.

Begeistert führte sie die Neuankömmlinge durch das Haus. Neben dem Waschbecken ging es in ein Nebenzimmer, das große Flügeltüren hatte und auf eine versteckte Terrasse hinausging. Im Zwischengeschoss befand sich das Badezimmer. Unter den enormen Dachbalken lagen drei weitere Räume, einer davon ein in Pastelltönen eingerichtetes Kinderzimmer. Die Wandfarbe erinnerte Yella vage an den Vanillepudding von Dr. Oetker, den ihre Jungs so liebten.

»Mama schläft im Hotel«, erzählte Amelie. »Das Haus ist nur für uns Kinder. Es war ihr zu viel Rummel.«

Zurück im Erdgeschoss hielt Helen verdutzt am Tisch inne, wo Amelie ihre mitgebrachten Fotos ausgebreitet und vorsortiert hatte. Mit undurchdringlicher Miene starrte sie auf die wiederaufgetauchten Aufnahmen.

»Ich erinnere mich an so wenig«, erklärte Amelie. »Vielleicht kommt meine Erinnerung in Gang, wenn ich die Orte identifiziere, an denen wir früher waren.«

Helen schüttelte den Kopf. »Man kann nichts aufwärmen. Weder eine alte Liebe noch ein Familiengefühl.«

Yella und Amelie tauschten einen verschwörerischen Blick. Helen war noch unzugänglicher als sonst.

»Dieses ist auf jeden Fall auf dem Campingplatz aufgenommen«, sagte Yella und wies auf eine Aufnahme ihrer Mutter, die sie vor dem Mobilheim zeigte.

»Mama war ein ganz schön heißer Feger«, sagte Amelie. »Schade, dass ich davon so wenig mitbekommen habe.«

Yella konnte dem nur zustimmen. Henriette Thalberg hatte früher selbst auf dem Campingplatz einen Hauch von Glamour verbreitet. In ihrem knappen korallenfarbenen Bikini sah sie einfach umwerfend aus.

»Und das Bein links ist von mir«, rief Yella. »Und dahinten im Planschbecken, das müsst ihr sein.«

In der Unschärfe konnte man die Zwillinge allenfalls erahnen.

Auf einem nächsten Foto blickte Henriette Thalberg neckisch zwischen den sommerlichen Strandlaken mit den charakteristischen Silhouetten von Jip und Janneke hervor. Die Figuren stammten aus einem niederländischen Kinderbuchklassiker und prangten exklusiv auf Produkten der holländischen Warenhauskette HEMA. Noch rührender als die alten Handtücher, die sie jedes Jahr aufs Neue begleitet hatten, war der kokette Blick ihrer Mutter, mit dem sie in die Kameralinse zwinkerte. Es war der Blick einer selbstbewussten Frau, die sich in ihrem Körper wohlfühlte und um ihre Wirkung wusste.

»Sexy«, sagte Yella.

»Hat unser Vater sie so aufreizend fotografiert?«, fragte Amelie. »Aus dem Bild spricht so viel Bewunderung und Liebe.«

Yella erinnerte sich nicht an diese sinnliche junge Frau, die so unbeschwert schien, als ob nichts ihr Glück gefährden könnte. Nach dem Tod von Johannes Thalberg war alles Verspielte von ihr gewichen. Henriette Thalberg stieg wenige Wochen nach dem Unglück wieder in den Beruf ein, unterstützt durch einen kooperativen Chef, der ihr erst eine Stelle in seiner Immobilienfirma anbot, dann seine Schulter und schließlich seine Hand. Gemeinsam eroberte das Paar das Kölner Parkett und die Welt: Dinnerpartys, gesetzte Essen bei einflussreichen Investoren, Theaterabende, Wellnesswochenenden mit den Tennisdamen, Rotary Club, Karnevalsverein, Golfurlaub ohne Kinder. Sämtliche Aktivitäten liefen bei ihrer Mutter unter dem Begriff »Netzwerk aufbauen«. Statt sich im holländischen Schmuddelwetter auf dem Zeltplatz zu vergnügen, setzte sie als die eine Hälfte des neuen Kölner Power-Paars auf Status und neureiche Freunde. Henriette Thalberg genoss die gesellschaftliche Anerkennung in vollen Zügen, war gut in ihrem Beruf und schlecht darin, ihre Töchter zu trösten. Die Härte, die sie sich selber abverlangte, strahlte auf ihre Kinder ab. »Wir müssen weitermachen«, wurde ihr Leitspruch. Nur nicht an schwierige Themen rühren. Ihre Allzweckwaffe, mit dem Tod des Vaters umzugehen, war das Schweigen.

»Die müssten doch längst da sein«, durchbrach Amelie plötzlich die Stille.

Es hing eine merkwürdige Stimmung im Raum. Yella fühlte sich wie beim Zahnarzt, während man angstvoll darauf wartete, aufgerufen zu werden. Sie suchte krampfhaft nach einem unverfänglichen Gesprächsthema.

»Wann habt ihr Mama zuletzt gesehen?«, fragte Helen.

»Vor zwei Monaten«, sagte Amelie.

Sie scrollte durch ihre Handyfotos, bis sie bei einem aktuellen Porträt ihrer Mutter hängen blieb, das im Wohnzimmer aufgenommen worden war.

»Sie trägt die Haare anders«, stellte Helen fest, die einen untrüglichen Sinn für Details hatte. »Und sie hat umgeräumt.«

»Sie räumt schon seit Monaten auf. Erst den Dachboden, jetzt unten. Sie hat alle Klamotten aus ihrer Immobilienzeit weggegeben.« Mit der zweiten Ehe hatte auch ihre Karriere in der Firma ihres Mannes geendet.

»Sie sieht nicht krank aus«, meinte Yella.

»Sie war geradezu aufgekratzt«, erzählte Amelie.

Yella wischte weiter und erschrak bei einer Aufnahme vom Grab ihres Vaters, der im Thalberg'schen Familiengrab auf dem Kölner Melaten-Friedhof ruhte. Vor dem monströsen Gedenkstein erstreckte sich ein bunter Tulpenteppich.

»Ich habe ihm ein Minifeld gepflanzt«, erklärte Amelie. »Dann hat er ein Stückchen Holland bei sich.«

Yella schluckte schwer.

»Seine Eltern würden sich im Grab umdrehen, wenn sie das Durcheinander sehen könnten«, versuchte sie einen Scherz.

Der Gedanke, dass Amelie ihren strengen Großeltern, deren Garten wie am Reißbrett entworfen schien, ein anarchistisches Tulpenfeld aufs Grab gezaubert hatte, amüsierte sie.

»Ich erinnere mich kaum an seine Eltern«, sagte Amelie traurig.

»Du hast nichts verpasst. Sie hielten weder viel von ihrem Sohn noch von uns«, mischte Helen sich plötzlich ein.

»Und warum hat er trotzdem im Familienunternehmen gearbeitet?«, fragte Amelie.

»Weil er sich nie getraut hat, das zu machen, was er wirklich wollte: nur malen«, sagte Yella.

Seit sich, fasziniert durch die eigentümliche Landschaft und das besondere Licht, am Beginn des vorigen Jahrhunderts eine

Künstlergruppe in dem noch jungen Dorf niedergelassen hatte, übte Bergen einen besonderen Reiz auf Maler, Schriftsteller und Architekten aus. Und auf ihren Vater, der bis zu seinem Lebensende davon träumte, seinen Lebensunterhalt als Maler zu verdienen. Jahr für Jahr kam er an die holländische Küste, um sich vom Brüten über den endlosen Zahlenkolonnen zu erholen, die seinen Alltag in der familieneigenen Firma für medizinisches Zubehör unerträglich machten. Den ganzen Sommer zog er mit Papier und Farben los, um seine Fertigkeiten zu schulen.

Auf Amelies Telefon leuchtete eine neue Meldung auf. *Wo bist du? Ich habe den ganzen Abend auf deinen verdammten Anruf gewartet.*

Ohne es wirklich zu wollen, las Yella einen Absender, der ihr nicht bekannt vorkam. Max? Wer war Max? Und warum war er so wütend auf Amelie? War das derselbe Mann, der das letzte Mal, als sie mit Amelie sprach, im Hintergrund Sturm an ihrer Tür geläutet hatte? Amelies Verehrer neigten dazu, besonders hartnäckig zu sein.

»Du wirst vermisst«, sagte Yella ertappt und gab das Telefon zurück an Amelie.

»Meine Männer sind immer ein bisschen zu viel. Zu besitzergreifend, zu unzuverlässig, zu egoistisch, zu verheiratet. Max stellt einen neuen Rekord auf. Der ist alles zusammen.«

Helen zog ihre Augenbrauen hoch. Die Thalberg-Schwestern begleiteten die Liebesprobleme von Amelie seit Jahren. »Mein Problem ist das Timing«, sagte Amelie. »Ich habe alle Varianten durch: die richtige Person, aber der falsche Moment, der richtige Moment mit dem falschen Partner, eine alte Liebe mit neuen Problemen oder eine neue Liebe und alte Probleme.«

»Hast du es mal als Single versucht?«, fragte Helen.

Vielleicht wäre es einfacher gewesen, zu zweit mit Amelie zu sein. Helen war so gradlinig und lösungsorientiert, dass es wenig Spaß machte, allzu sehr im alltäglichen Chaos und in Anekdoten zu schwelgen.

Amelie ignorierte Helens Spitze. »Ich träume davon, jemanden zu treffen, der mich nicht an jemanden erinnert, mit dem ich schon mal gescheitert bin«, sagte sie erschöpft.

Helen sprang vom Sofa auf. »Ich fange schon mal mit dem Abendessen an«, sagte sie.

Sie konnte es nicht leiden, dass die Zeit einfach nur mit Warten und Plaudereien verstrich.

»Ich habe Ravioli gekauft. Wie immer am ersten Abend«, sagte sie. »Aber diesmal echte.«

Yella wurde warm beim Gedanken an die klassische Willkommensmahlzeit, mit der früher der Sommerurlaub auf dem Campingplatz eingeläutet wurde. Für sie hätten die üblichen Dosennudeln gereicht, aber Helen achtete auf gute Ernährung. Yella half ihr bei den Vorbereitungen und war froh, etwas zu tun zu haben: Salat putzen, Tomaten für die Soße klein schneiden, Zwiebeln, Knoblauch und Kräuter hacken. Die meiste Zeit jedoch suchten sie in der fremden Küche irgendetwas: das scharfe Messer, die Salatschüssel, Salz, die Knoblauchpresse, den Lichtschalter, die Betriebsanleitung für den Gasherd, Streichhölzer, ein unverfängliches Gesprächsthema.

»War Max der, mit dem Doro dich verkuppeln wollte?«, fragte Yella.

»Ja und nein.«

Yella lachte. Amelies Liebesleben war ähnlich verschlungen

wie die Äste der Krüppeleichen und kannte nur zwei Jahreszeiten: frisch verliebt oder frisch getrennt. Das traf für Männer genauso zu wie für Jobs.

»Du arbeitest bei einem Start-up, ich bin eins«, sagte sie fröhlich. »Ich besitze weder ein Sofa noch einen Tisch noch eine feste Arbeit, dafür bin ich Weltklasse in wunderbaren Anfängen.«

»Ist das dein Tinder-Date von neulich?«, fragte Yella.

»Der ist schon lange passé«, sagte Amelie. »Das ist das Blind Date, von dem ich dir erzählt habe.«

»Ich mache Feuer«, sagte Helen.

Ihre Mundwinkel zuckten, als wolle sie noch etwas sagen, doch dann verkniff sie sich jeden Kommentar. Yella wusste, dass Helen das flatterhafte Leben ihrer Zwillingsschwester nur schwer nachvollziehen konnte. Auch Yella gelang es kaum, den Überblick zu bewahren. Wer auch immer ihr aktueller Begleiter war, keine ihrer Beziehungen war unproblematisch.

»Doro hat den Termin ausgemacht«, erzählte sie kichernd, »und ich habe es tatsächlich fertiggebracht, den Falschen mit nach Hause zu nehmen.«

Helen sah fragend von ihren Holzscheiten auf, die sie im Kamin platzierte.

»Oh mein Gott«, sagte Yella lachend.

»Sein T-Shirt hat mich geblendet. *World Champion of Nothing* stand drauf. Ich dachte, das muss meine Verabredung sein.«

»Wenn er nett war.«

»War er nicht. Aber wenigstens wusste er nichts von Doros Lügen. Die hatte meinem Blind Date weisgemacht, dass ich Yogalehrerin bin.«

»Was soll daran so schlimm sein?«, fragte Helen.

»Ich hatte Angst, dass wir beim ersten Date Sex haben und es auffällt, wie ungelenkig ich bin. Ich war tödlich erleichtert, dass er mich nicht darauf ansprach. Erst am nächsten Morgen bei Starbucks habe ich festgestellt, dass es nicht Doros Kandidat war. Den Namen auf dem Kaffeebecher hatte ich noch nie gehört. Ramses. Wusstest du, dass man Ramses heißen kann? Ich dachte, es wäre ein Künstlername, aber der hieß wirklich Ramses. Ramses Bauer. Das Beste an ihm war, dass er sich so schnell verabschiedet hat: Ich geh eine Zeitung kaufen. Warte nicht auf mich, es könnte länger dauern. Das ist zumindest ehrlich.«

Yella verstand nur zu gut, dass Amelie ihre Dating-Desaster nur deswegen so ausführlich ausbreitete, um nicht über andere Dinge sprechen zu müssen. Über ihre Mutter, die Last der Erinnerungen und die Probleme, die sie von zu Hause mitgebracht hatten.

»Ich hatte Dates, da habe ich mich besser mit dem Ober unterhalten. Dabei habe ich keine Lust mehr, die Einzige zu sein, die kocht, aufräumt, wäscht, Geld verdient und den Urlaub plant. Ich möchte mich auch mal zurücklehnen.«

Amelie sprang von Satz zu Satz, von Thema zu Thema. Und checkte so ganz nebenbei ihren Instagram-Account, auf dem sich merkwürdige Aktivitäten entwickelten. Der Film, den sie auf der Terrasse des Cafés aufgenommen hatte, kam überraschend gut an. Vor allem bei Niederländern. Wie seltsam.

Amelie plapperte weiter, als hätte sie sich vorgenommen, den Abstand zwischen ihnen mit Worten zu füllen.

»Ich bin es leid, so viele Möglichkeiten im Leben zu haben. Manchmal komme ich nach Hause, staubsauge und frage mich, was der Sinn meines Lebens ist.«

»Ich habe kein Vorbild. Ich weiß nicht, wie ein Mann sein muss, mit dem man eine Familie gründen kann.«

»Vielleicht fehlt mir einfach die Vaterfigur.«

»Ich glaube, alles wird anders, wenn ich eine eigene Familie habe. Dann kann ich endlich mit früher abschließen.«

Auf einmal wandte sie sich direkt an Yella.

»Wie hast du das gemacht? Wie hast du gewusst, dass David der Richtige ist?«

Yella zuckte zusammen. Sie hatte keine Lust, über David zu sprechen.

»Seid ihr glücklich?«, fragte Amelie so unvermittelt und direkt, dass Yella erschrak.

Sie wusste nicht genau, was sie darauf antworten sollte. Im Alltag drehten sich ihre Lebensfragen vor allem um Details wie »Was essen wir heute Abend?«, »Holst du die Kinder?«, »Hast du daran gedacht, die Versicherung zu bezahlen?« oder »Wer bringt das Auto zum TÜV?«.

Seit die beiden Jungs auf der Welt waren, hatte sich ihre stürmische Beziehung in einen permanenten Krisengipfel verwandelt, bei dem ununterbrochen über Kinderbetreuung, Einkäufe, Haushalt und die Wäsche verhandelt wurde. Und seit Neuestem auch über den Umgang mit ihrer Mutter.

»Ja, natürlich sind wir glücklich«, sagte Yella. »Sonst wäre ich ja nicht mehr mit ihm zusammen.«

Das Gespräch erstarb. Amelie war endgültig die Puste ausgegangen. Der Salat war fertig, das Dressing stand bereit, und die Nudelsoße köchelte auf dem Gasherd. Während sich draußen der Himmel dunkel färbte, loderte drinnen ein anheimelndes Feuer im Kamin, Amelie entzündete alle Kerzen. Es hätte gemütlich sein können, wenn sich nicht ein Elefant im Raum breitgemacht hätte. Die Frage, welcher Anlass sie hierhergeführt hatte, lastete schwer auf ihnen.

»Wir waren Ende letzten Monats verabredet, aber unsere Mutter hat abgesagt wegen eines Arzttermins«, sagte Helen in die Stille hinein.

»Sie war doch erst neulich zu Untersuchungen«, sagte Amelie verblüfft. »Wegen der Magengeschichte.«

»Davon weiß ich wieder nichts«, antwortete Helen, mindestens genauso erstaunt.

»Ich dachte, es war die Bronchitis, die nicht wegging«, log Yella verlegen.

Sie schwiegen betroffen, als sie realisierten, dass ihre Mutter unterschiedliche Versionen verbreitet hatte. In Yella rumorte es. Vielleicht hatte ihre Mutter sich nicht bei ihr gemeldet, weil sie mit gesundheitlichen Problemen zu kämpfen hatte? Warum war sie kleinlich und beleidigt gewesen, anstatt zum Telefonhörer zu greifen? Yellas schlechtes Gewissen meldete sich mit einer ganzen Batterie Vorwürfe zur Stelle.

»Was hat sie dir genau erzählt?«, fragte Helen. Ihre strengen unerbittlichen Augen trafen sie unvorbereitet.

Yella griff nach ihrer Teetasse, um einen Moment Zeit zu gewinnen, und verbrannte sich postwendend den Mund.

»Wir haben uns eine Zeit lang nicht gesprochen«, sagte sie ehrlich. »Wir hatten eine kleine Meinungsverschiedenheit.«

Die Wahrheit war, dass sie seit zwei Monaten nicht mehr miteinander geredet hatten. Die Erinnerung an das letzte Zusammentreffen mit ihrer Mutter lag ihr wie ein Stein im Magen. Das Treffen war mit einem Eklat geendet.

»Hat das etwas mit eurem Besuch in Köln zu tun?«, fragte Helen.

Yella nickte: »Das war eine ganz blöde Idee, David zu seinem Seminar zu begleiten. Arbeit und Familie hält man am besten auseinander.«

Während David an der Kunsthochschule sein Schreibseminar hielt, hatte sie mit den Jungs ihre Mutter besucht. Trotz der Warnungen, dass die Länge des Workshops nicht genau zu terminieren war und er vermutlich mit den Studenten zu Abend aß, hatte ihre Mutter es sich nicht nehmen lassen, groß aufzutischen. Henriette Thalberg hatte das gute Geschirr aus den Tiefen des Wohnzimmerschranks herausgezogen, eine blütenweiße Tischdecke aufgelegt und Stoffservietten gefaltet.

»Wenn ihr schon mal da seid, machen wir es uns so richtig gemütlich«, sagte sie.

Leider war es kein bisschen gemütlich. Das komplizierte Essen stresste ihre Mutter mehr, als sie zugeben wollte. Anstatt die Zeit mit Yella und ihren Enkelkindern zu verbringen, hing sie am Telefon mit Doro, um sich noch einmal Tipps und Hinweise für die Zubereitung der spanischen Paella geben zu lassen.

»Es soll etwas ganz Besonderes werden«, erklärte sie mit hochrotem Kopf.

Währenddessen gab Yella ihr Bestes, ihre quengelnden und hungrigen Jungs bei strömendem Regen im Wohnzimmer zu beschäftigen. Während sie in ihrer Tasche nach einem Schnuller für den brüllenden Nick fahndete, kletterte Leo auf den Kissenberg auf seinem Stuhl (ihre Mutter hatte Bedenken, dass der mitgebrachte Kinderhängestuhl das edle Holz verkratzte) und fischte schwankend nach dem Weißbrot.

»Das ist für später«, mahnte Henriette und tickte ihm auf die Finger. »Schön warten!«

»Wir können doch schon mal ohne David anfangen«, schlug Yella vor.

»Ich kann nicht alles dreimal aufwärmen«, sagte ihre Mutter, nur um postwendend zu einem Seitenhieb überzugehen.

»Hat Nick immer noch einen Schnuller?«, fragte sie überflüssigerweise. »In dem Alter solltest du ihn längst entwöhnt haben.«

Ohne eine Antwort abzuwarten, verschwand sie wieder in die Küche.

»Das Rezept habe ich neulich schon für Helen gekocht«, schrie sie. »Paul hat dreimal nachgenommen. Hast du schon von seinem Wettbewerb gehört?«

Hatte sie, gefühlt ein halbes Dutzend Mal. Ihre Mutter ließ keine Gelegenheit aus, ihren Lieblingsschwiegersohn über den grünen Klee zu loben.

»Erkundige dich doch mal bei Paul, vielleicht kann er dir eine Arbeit in seinem Büro vermitteln.«

»Ich habe einen Job«, rief Yella.

Seit ihre Mutter ein Foto ihres Chefs gesehen hatte, eines dreiundzwanzigjährigen Computernerds mit verwaschenem grauen Hoodie, stufte sie Yellas Berufstätigkeit als äußerst dubios ein. Dabei arbeitete ihre Firma überaus erfolgreich an mobilen Bezahlsystemen für kleine Unternehmen und saß gleichberechtigt am Verhandlungstisch mit allen großen Geldhäusern.

»Vier Tage die Woche«, sagte ihre Mutter abschätzig. »Damit kannst du keine Sprünge machen.«

Dass es ihr wichtiger war, Zeit mit den Kindern zu verbringen, kam im Wertesystem der Mutter nicht vor. Einmal ganz abgesehen davon, dass Yella um keinen Preis der Welt in die Frankfurter Bankenwelt ziehen würde.

»Ich bin zufrieden«, sagte sie. »Wir kommen gut zurecht.«

»Vielleicht kann Paul dir Tipps geben, ob du mit deinem halben Architekturstudium nicht doch noch was Sinnvolles anfangen kannst«, rief ihre Mutter aus der Küche. »Dieses sogenannte Büro, in dem du arbeitest, das kann doch nicht gut gehen.«

Der Dampfkochtopf in ihrem Inneren steuerte auf die unvermeidliche Explosion zu. Leo sprang vergnügt herum. Bei jedem Schritt klirrte das teure chinesische Porzellan in der Glasvitrine. Auf einmal schien ihr alles im Haus ihrer Mutter zerbrechlich und höchst gefährdet. Yella wedelte einladend mit dem Handy. Normalerweise vermied sie es, Leo mit Computerbildschirmen ruhigzustellen. Aber das hier fiel unter die Kategorie Notwehr. Leo lief begeistert in ihre Richtung, strauchelte über die gewölbte Kante eines persischen Läufers und flog hochkant gegen einen filigranen Blumenständer. Die Orchidee schwankte einen Moment unschlüssig, bevor sie wie in Zeitlupe kippte und die Porzellanfigur vom Beistelltisch mit sich riss. Leo, ehrlich erschrocken, probierte seinen Fehler wiedergutzumachen und kratzte Erde und Scherben auf dem hellen Teppichboden zusammen, bevor ihn seine Großmutter unsanft am Oberarm zurückzog.

»Bist du verrückt geworden?«, herrschte sie ihn an. »Der Pierrot war noch von meinen Großeltern.«

Leo erschrak so sehr über die Scherben, dass er anfing zu weinen, was wiederum Nick aufweckte, der lauthals schrie.

»Du solltest deinen Sohn mal auf ADHS testen lassen«, wetterte ihre Mutter. »Normalerweise wissen Kinder in dem Alter sich zu benehmen.«

»Normalerweise gehen sie um diese Zeit ins Bett«, konterte Yella schwach.

»Was kann ich dafür, dass David sich verspätet?«, keifte Henriette.

»Wir müssen nicht auf ihn warten«, sagte Yella pampig. »Das habe ich doch schon gesagt.«

Die Diskussion wurde durch den Brandalarm übertönt. Aus der Küche zog eine schwarze Rauchwolke.

Es war die Ouvertüre für den finalen Showdown.

»Danke, ich will nichts«, sagte David. »Wir haben schon mit den Studenten gegessen«, erklärte er, als sie eine Stunde später endlich komplett waren und ihre Mutter in einer Mischung aus Vorwurf und stillem Leiden das angekohlte Fleisch servierte, das in einem Bett von trockenem Reis, verkochtem Gemüse und zerfallenem Fisch ruhte.

»Ach was, ein bisschen was geht immer«, sagte ihre Mutter pikiert und füllte großzügig seinen Teller.

»Ich esse nie um diese Uhrzeit«, sagte David. »Wenn ich jetzt noch was Warmes esse, schießt mein Blutzucker in die Höhe.«

»Tut mir leid, wenn ich deinen Geschmack nicht treffe«, sagte ihre Mutter.

»Ich will auch nichts«, rief Leo und starrte panisch die verschrumpelte Riesengarnele an.

»Kein Wunder bei den Mengen Brot, die er verputzt hat«, sagte ihre Mutter. »Jeder so, wie er will.«

Sie lachte, aber ihre Augen blitzten verräterisch. Ihre Unterlippe zitterte leicht.

»Schmeckt großartig«, sagte Yella halbherzig. »Doro muss mir unbedingt das Rezept geben.«

Der Rest des Essens verlief in tödlichem Schweigen. Yella

suchte vergeblich in ihrem Kopf nach einer heiteren Anekdote, mit der sie das Gespräch auf neutrales Terrain lavieren konnte, während Nick übermüdet und überdreht auf seinem Stuhl herumzappelte.

»Jetzt sitz doch mal still«, herrschte Yella ihren Sohn an.

Nick brach in erschrockenes Weinen aus.

»Und wie geht es mit deinem Roman voran?«, wagte sich ihre Mutter ins ultimative Krisengebiet vor.

»Prima«, sagte David.

»Immer noch die Geschichte von diesem hypochondrischen Arzt?«, fragte ihre Mutter.

»Du darfst es als Erste lesen, sobald es erscheint«, antwortete er.

Henriette Thalberg starrte ihn an. Aber David verweigerte jede nähere Erläuterung.

»In meinem Buchclub wollen sie nicht glauben, wie lange so ein zweiter Roman dauern kann.«

In diesem Moment kippte der weinende Nick vom Kissenberg in die Tiefe. Yella schrie erschrocken auf. David lachte. Ihre Mutter sah ihn entgeistert an. Findest du das komisch? stand in ihrem Gesicht geschrieben.

»Lass uns ins Hotel fahren«, sagte Yella erschöpft, bevor die nächste Runde eingeläutet wurde.

Und diesmal war ihre Mutter mit ihr einer Meinung. Sie war schon fast aus der Tür, als Henriette sie noch einmal beiseitenahm, um ihr vier Tupperdosen mit Paella zu überreichen.

»Darf ich dir einen kleinen Tipp geben?«, begann sie zögernd.

»Nein«, sagte Yella ungehalten. Sie hasste diese Eröffnung.

Sie konnte in dieser Situation alles gebrauchen, nur keine mütterlichen Ratschläge oder Erziehungstipps.

»Du weißt, ich mische mich nie ein«, sagte ihre Mutter. »Aber ich mache mir Sorgen um dich, Yella. Du bist so dünnhäutig. Kein Wunder, dass deine Kinder so gestresst sind.«

Yella fühlte sich komplett erschlagen, ausgelaugt, verzweifelt. Sie ahnte, dass jedes Wort, das sie entgegnen konnte, neue Ermahnungen nach sich zog.

»Hast du schon mal daran gedacht, deine Probleme mit Dr. Deniz zu besprechen?«

Die Art ihrer Mutter, sie wie eine Patientin zu behandeln, machte sie rasend. Sie kam seit Jahren wunderbar ohne die Hilfe des Psychologen aus, den Doro ihr einmal in einer schwierigen Lebenssituation empfohlen hatte. Überhaupt war sie nur ein paarmal hingegangen. Und dann beging Yella den nächsten Fehler. Statt ihrem Ärger sofort Luft zu machen, presste sie ein schwaches »Danke« heraus.

»Gern geschehen«, sagte ihre Mutter freundlich. »Du weißt, du kannst immer zu mir kommen, wenn du einen Rat brauchst. Ich helfe gerne.«

Danach herrschte Funkstille.

Henriette Thalberg, an der eine Studienrätin verloren gegangen war, benotete selbst im Rentenalter alles, was Yella tat. Das Gefühl, ständig mit ungenügend bestempelt zu werden, nagte an Yella. Am meisten ärgerte sie jedoch, dass sie sich ärgerte. Warum war sie mit dreiunddreißig Jahren immer noch nicht immun gegen die harschen Meinungen ihrer Mutter? Henriette war dominant, David kompromisslos. Kein Wunder, dass jede Begegnung der beiden früher oder später damit endete, dass bei Yella der Hausfrieden schiefhing. An den Megakrach mit David im Hotel, eingeläutet von seinem schönen Satz »Du musst endlich mal lernen, dich gegen deine Mutter durchzusetzen«, wollte sie gar nicht erst denken.

Yella machte ihrem Ärger keine Luft, und sie vergaß nicht. Mit jedem Tag, den sie sich nicht meldete, wuchsen, da war sie sich sicher, die Vorwürfe. Ihre Mutter erwartete vermutlich, dass sie sich entschuldigte. Ebenso wie David. Die Einladung nach Holland hatte neue Munition für den schwelenden Konflikt geliefert.

Yella seufzte tief auf. »Wo soll ich anfangen?«

Sie hatte sich so in Erinnerungen an das fatale Essen verloren, dass sie für einen Moment vergessen hatte, wo sie sich befand. Helen und Amelie starrten sie fassungslos an.

»War die Paella so furchtbar?«, fragte Helen.

Zwei Lichtkegel trafen sie voll ins Gesicht. Yella fühlte sich, als wäre sie in einem Kreuzverhör gelandet, bis sie realisierte, dass das Licht von draußen kam. Sie hörte einen Wagen bremsen, dann eine Autotür.

Amelie sprang sofort von ihrem Stuhl auf: »Endlich.«

8. Ein Orkan namens Doro

Yella erhob sich mit gemischten Gefühlen. Seit Wochen lag ihr der Streit mit ihrer Mutter im Magen. Es war an der Zeit, diesen Konflikt endlich aus dem Weg zu räumen.

Zögerlich folgte sie ihren Schwestern nach draußen. Doros berühmte silberne Rimowa-Koffer in verschiedenen Größen blockierten den Weg. Wenn Yella mit der Familie verreiste, griffen sie auf ein Arsenal von bunt gewürfelten Koffern und Taschen zurück. Bei Doro passte alles zusammen. Zahlreiche Aufkleber zeugten davon, wie weit gereist ihre große Schwester war. Und noch immer trug die Taxifahrerin, eine kleine drahtige Person mit eindrucksvoll schwarzem Lockenkopf und glänzender brauner Haut, ächzend Gepäckstücke heran, als ob Doro einen mehrmonatigen Aufenthalt plante und nicht nur fünf Tage.

Doro tauchte hinter dem Taxi auf. Yella ziepte automatisch an ihrem ausgeleierten Pullover herum, der schon einmal bessere Zeiten gesehen hatte. Beim Anblick ihrer großen Schwester schrumpfte sie und wurde augenblicklich unsichtbar. Als kleines Mädchen hatte sie Doro maßlos bewundert, was wohl hieß, dass sie sich selber nicht ganz so großartig fand. Wie glücklich war sie gewesen, wenn Doro sich herabließ, mit ihr zu spielen oder sie gar zu ihren Verabredungen mitzunehmen.

Doro trug einen bodenlangen karierten Mantel in auffälligen Grüntönen, unter dem eine schmale strahlend weiße Hose hervorblitzte. Auf beeindruckend hochhackigen tiefblauen Schuhen balancierte sie über die unebenen Klinkerfliesen, zwischen denen sich herbeigewehter Sand sammelte. Die Reise hatte weder ihrem exakt geschnittenen und perfekt sitzenden weißblonden Pagenkopf noch ihrem Make-up etwas anhaben können. »Ich bin eine wandelnde Visitenkarte«, sagte sie immer. »Mein Job ist es, gesehen zu werden. Wenn ich niemandem im Gedächtnis bleibe, habe ich meinen Job verfehlt.«

Wie ein Magnet zog Doro alle Aufmerksamkeit auf sich und war sofort Mittelpunkt ihrer Runde. Sie verwandelten sich wieder in die Musikgruppe von einst: *Doro und der Rest.* Wie Elektronen tanzten sie um ihren Kern herum. Selbst die Taxifahrerin suchte Doros Aufmerksamkeit, aber das vor allem, um ihr die Rechnung zu präsentieren. Doro hatte kein Auge für sie. Sie umarmte Amelie, die Doros Outfit wortreich bewunderte.

»Bist du alleine?«, fragte sie.

»Lucy hatte heute noch was in der Schule«, sagte Doro. »Sie kommt mit Ludwig nach.«

»Und wo ist unsere Mutter?«, fragte Helen, weit weniger beeindruckt von Doros theaterreifem Auftritt.

»Henriette kommt auch erst morgen, das hatte ich doch durchgegeben«, sagte sie. »Ludwig nimmt sie mit.«

Sie konnten sich nicht mal einigen, wie sie ihre Mutter ansprachen. Während Doro längst zu *Henriette* übergegangen war, beharrte Amelie auf dem kindlichen *Mama,* Helen wählte ein kühles *unsere Mutter,* das den Abstand betonte, und Yella schwankte zwischen allen drei Bezeichnungen.

»Nichts hast du durchgegeben«, sagte Helen.

»Ich habe Yella angerufen, zwischen all meinen Terminen«, setzte Doro nach. »Hat sie es nicht ausgerichtet?«

»Vielleicht wolltest du etwas durchgeben«, empörte sich Yella. »Aber du warst mehr mit Federn und Fröschen beschäftigt.«

»Dann hast du es nicht richtig mitbekommen«, sagte Doro. »Ich habe extra deswegen angerufen.«

»Du hast nichts erzählt«, empörte sich Yella.

»Dann sage ich es jetzt. Henriette kommt erst morgen. Sie musste noch bei der Hausärztin vorbei. Irgendwas Routinemäßiges, das sie vergessen hatte.«

»Ein Arzttermin?«, fragte Amelie alarmiert.

»Können wir erst mal reingehen?«, rief Doro theatralisch. »Ich hatte einen Höllentag, ich bin tot.«

Sie drehte sich auf dem Absatz um. »Kannst du das schnell mit dem Taxi erledigen?«, fragte Doro Amelie mit schwacher Stimme. »Mein Handy ist leer. Und Cash habe ich schon seit Corona nicht mehr.«

Amelie blieb alleine zurück. Verlegen trat sie von einem Fuß auf den anderen. Der Wind zauste an ihren langen blonden Locken.

»Coole Schuhe«, sagte sie, während sie versuchte, ihre Haare mit den Händen zu bändigen.

Die junge Taxifahrerin trug dieselben Blumen-Doc-Martens, nur dass sie dazu einen hippen Unisexanzug aus dicker Baumwolle kombinierte, der direkt aus Maos Reich zu kommen schien.

»Deine auch«, antwortete sie, mindestens genauso verlegen.

Die Tür fiel hinter den Schwestern ins Schloss. Eine himmlische Stille breitete sich aus. Selbst die Nachtigall traute sich wieder zu zwitschern.

Die Taxifahrerin blitzte Amelie frech an. »Sie ist großartig«, sagte sie. »Man sollte den nächsten Orkan nach ihr benennen.«

»Doro ist chronisch im Stress«, sagte Amelie entschuldigend.

Die Taxifahrerin nickte. »Das wäre ich auch, wenn meine dreizehnjährige Tochter in der Schule mit einer Bierflasche ertappt worden wäre, die Heizkostenabrechnung fürs Atelier fehlt und deswegen die Steuer nicht gemacht werden kann, der Ehemann nicht zu erreichen ist und man gleichzeitig versucht, einen Frosch zum Singen zu bringen.«

Amelie sah sie verblüfft an.

»Ich weiß auch nicht, wie sie das mit dem Frosch hinbekommt«, fuhr die Taxifahrerin fort. »Hier in Holland quaken sie eher. Aber wenn ich sie noch mal fahre, bekomme ich auch das noch raus.«

»Das hat sie dir alles erzählt?«, fragte Amelie.

»Mir doch nicht«, sagte die junge Taxifahrerin. »Sie hat von Schiphol bis hier an einem Stück durchtelefoniert. Ich weiß alles. Auch die Sache mit den Zyklusbeschwerden und Ludwigs klemmendem Halswirbel nach dem wilden Sex auf dem Zuschneidetisch.«

»Nicht wahr«, sagte Amelie.

»Das Möbel ist einfach zusammengekracht«, kicherte die Taxifahrerin amüsiert. »Wie viel wiegt der Mann denn?«

»Es kann auch an meiner Schwester liegen«, verteidigte Amelie ihren Schwager. »Die hat einfach ein bisschen mehr Energie als andere. Aber sie ist wirklich nett. Sie kommt nur so selten dazu, das zu zeigen.«

»Ich weiß«, sagte die Taxifahrerin. »Sie ist mir richtig ans Herz gewachsen.«

Durch die große Fensterscheibe blickten sie ins hell erleuchtete Wohnzimmer, wo Doro sich auf das Sofa sacken ließ. Helen überreichte ihr einen Drink.

»Ist sie berühmt?«

»Ein bisschen.«

»Wow«, sagte die junge Frau beeindruckt. »Was macht sie? Comedy?«

Amelie lachte.

»Ihr könnt gerne zu unserem Open Mike kommen«, sagte sie. »Wir suchen immer Leute, die einfach drauflosreden und komisch sind.«

Amelie starrte die junge Frau entgeistert an. So jemanden wie diese Taxifahrerin hatte sie noch nie getroffen.

»Ich werde es ausrichten«, stammelte sie amüsiert.

»80 Euro«, antwortete die junge Frau.

»Eintritt? Oder Honorar?«, fragte Amelie.

»Das Taxi.«

Amelie holte betroffen ihr Portemonnaie von drinnen. »22 Euro 37«, zählte sie.

Die Taxifahrerin lachte laut auf. »Gib mir deine Nummer.«

»Meine Telefonnummer?«

»Ich schick dir ein Tikkie«, sagte die Frau.

»Ein Tikkie?«, fragte Amelie.

Die Taxifahrerin sah von ihrem Telefon auf: »Wo kommst du denn her?«, fragte sie.

»Heute – oder überhaupt so?«

Die junge Frau schüttete sich wieder aus vor Lachen. »Ihr Komiker seid verwandt, oder?«

»Schwestern.«

»Alle?«

»Alle.«

»Alle vier?«

»Ja.«

»In einem Haus?«

»Ja.«

»Omg.«

Sie schien sich köstlich über alles zu amüsieren, was Amelie sagte. Vielleicht hatte sie ein bisschen zu viel gekifft. Oder war die immer so? Mit ihr zu sprechen glich einer Partie auf dem Tennisplatz. In hohem Tempo flogen die Worte hin und her.

»Hat Tikkie was mit Kitzeln zu tun?«, fragte Amelie. Das schien ihr angesichts der Fröhlichkeit der jungen Frau die naheliegendste Version zu sein.

»Holländer haben es nicht so mit Bargeld«, sagte sie kichernd. »Die bezahlen lieber über App. Wenn du mir deine Nummer gibst, kannst du das Geld bequem überweisen …«

Amelie tippte ihre Telefonnummer direkt in das Handy der jungen Frau. Eigentlich wäre jetzt alles gesagt und erledigt.

»Wenn du mal rauswillst …«, begann die Taxifahrerin. Sie sah wieder nach drinnen. »Ich weiß, wie schwierig solche Treffen sind. Ich komme ja selber aus einer Familie.«

Amelie lachte. Irgendwie nahm ihr die unverkrampfte und ironische Weise der Taxifahrerin den Druck.

»Ich habe drei Brüder«, sagte die junge Frau. »Da gibt's was auf die Nase, und dann ist der Streit vorbei. Und ich habe eine Schwester, die ist dauerbeleidigt.«

Sie zog einen Zettel aus der Tasche ihres Anzugs. »Frag nach

Philomena, dann bekommst du für jede Schwester einen kostenlosen Drink von mir.«

»Secret comedy«, las Amelie vom Reklamezettel ab. »Ist das ein Theater? Da steht keine Adresse.«

»Wir sind ein geheimer Comedyclub ohne feste Bühne und ohne vorab angekündigtes Programm. Du kaufst online eine Karte, und eine Stunde vor dem Termin bekommst du eine Adresse gemailt.«

Ihr Blick ging wieder nach drinnen zu Doro.

»Eins kann ich dir versprechen«, ergänzte sie. »Es ist garantiert windstill bei uns.«

»Klingt gut«, sagte sie.

Amelie steckte den Zettel ein. Sie hatte das unbestimmte Gefühl, dass sie die Adresse irgendwann noch einmal gebrauchen könnte.

9. Alles frittiert

»Mama kommt erst morgen? Wieso sagst du uns das nicht eher?«, fragte Helen.

Doro blieb stehen und musterte Helen: »Was macht es aus? Haben wir Schwestern den Abend für uns.«

»Was macht es aus? Ich ertrinke in Arbeit. Hätte ich das gewusst, wäre ich heute Abend gefahren.«

Yella wünschte sich sehnlichst auf ihr heimisches Sofa. Es hatte schon einen Grund, warum die Floristin in ihrer Straße immer drei, fünf oder sieben Blumen verkaufte. »Gerade Zahlen bringen Unglück«, behauptete sie. Die Thalberg-Schwestern waren zu viert noch instabiler als zu dritt. Während Helen sich aufregte, wollte Yella gar nicht erst darüber nachdenken, dass sie die Veranstaltung im Kindergarten umsonst verpasst hatte.

»Die Welt wird sich auch weiterdrehen, wenn Helen Thalberg mal einen Tag freinimmt«, sagte Doro provozierend und ohne jeden Anflug von schlechtem Gewissen. »Relax.«

»Mir geht es großartig. Aber ich bestimme gerne selber über meine Zeit«, sagte Helen.

»Mein Leben ist ein einziges Chaos«, sagte Doro. »Ich kann heute nicht noch mehr Vorwürfe vertragen. Ich hatte einen Horrortag. Bin froh, dass ich überhaupt hier bin.«

Amelie, die gerade von draußen kam, zerfloss sofort in Mitleid: »Komm erst mal an«, sagte sie.

»Können wir nicht einfach gemütlich zusammensitzen und essen? Ich sterbe vor Hunger«, sagte Doro.

»Ich setze die Ravioli auf«, antwortete Helen. »Alles andere ist fertig.«

Doro stand auf, schlüpfte aus ihren Pumps und wedelte mit einer Plastiktüte, die offenbar von der Snackbar *De klomp* stammte. »Nicht nötig. Ich habe schon gekocht«, rief sie.

Sie breitete ein großes Stück Alufolie auf dem Tisch aus.

»Keine Teller, genau wie früher.«

Doro kippte die Häppchen auf den Tisch: »*Patatjes met mayo, kaassoufflée, bitterballen, frikandel, vlammetjes, loempias*«, sagte sie.

Der Geruch heißen Fetts füllte den Wohnraum. Neben Pommes mit dicker Mayonnaise lagen mit heißem Käse gefüllte Teigtaschen, knusprige Bällchen mit undefinierbar weicher Fleischfüllung, Minifrühlingsrollen mit süß-scharfer Dip-Soße in zwei Varianten mit und ohne Fleisch. Yella griff begeistert nach der *frikandel,* eine Köstlichkeit, die mit deutschen Frikadellen nichts zu tun hatte. Sie hatten die längliche Form von Wurst, ohne dass man wirklich nachvollziehen konnte, woraus sie gemacht wurden, und schmeckten nach Kindheit.

»Alles frittiert. Ich habe mich einmal durchs Sortiment gekauft«, sagte Doro glücklich, tunkte einen *bitterbal* in Senf und verbrannte sich wie üblich den Mund an der glühend heißen Füllung.

»Ihr glaubt gar nicht, wie sehr ich das vermisst habe. Einmal so richtig ungesund essen«, sagte Doro.

Amelie standen vor Rührung Tränen in den Augen, als sie Huhn am Spieß entdeckte. »*Kip-Saté* mit Erdnusssoße. So was esse ich schon seit Jahren nicht mehr.«

Helen blickte unentschlossen auf die bereitstehenden Ravioli. Yella zog ihre Schwester zum Tisch.

»Die essen wir morgen«, sagte sie. »Macht doch nichts.«

Seufzend stellte Helen wenigstens Salat und Teller auf den Tisch.

Doro reckte ihre Bierdose in Helens Richtung.

»Ist doch viel schöner ohne unsere Männer. Wann waren wir vier Schwestern zum letzten Mal ohne Anhang zusammen?«, rief sie.

Alle redeten durcheinander. Die Themen wechselten in hohem Tempo und deckten alles ab von *Alice im Wunderland* zu Ludwigs Rückenproblemen, zusammengekrachten Tischen, Yellas Sandkastenerfahrungen, Amelies Männern und Lucys Schuldramen. Während Helen schweigend zuhörte, nahmen die Schwestern jedes Familienmitglied durch, bis sie unweigerlich bei David landeten.

»Und? Wie weit ist er mit seinem zweiten Roman?«, fragte Doro.

»Er kommt voran«, sagte Yella leichthin.

»Ich freue mich so auf die Geschichte. Vielleicht kommen wir vor«, sagte Amelie.

Doro verlor schon wieder das Interesse, doch Helen ließ Yella nicht mit vagen Aussagen durchkommen.

»Machst du dir manchmal Sorgen, ob das Opus jemals fertig wird?«, fragte sie freiheraus.

»Nein«, sagte Yella. »Ich sehe ja, mit welcher Leidenschaft er daran arbeitet.«

Dabei war sie sich selbst nicht sicher, ob das Wort *Leidenchaft* wirklich zutraf. David benahm sich eher wie ein Spielsüchtiger im Casino, der hoffte, die Verluste mit einem perfekten Wurf umzudrehen. Er hatte bereits so viele Jahre in den Roman investiert, dass Aufgeben keine Option mehr war. Er konnte sich nicht eingestehen, möglicherweise aufs falsche Pferd gesetzt zu haben und auf einem Projekt herumzukauen, das er nicht zu Ende bringen konnte.

»Das Happy End ist in Sicht«, wiederholte Yella das Familienmantra, an das sie selbst gerne glauben wollte.

In Helens Augen las sie, dass sie nicht überzeugend geklungen hatte. Ihre Schwester brauchte ihre Einwände nicht auszusprechen. Yella ahnte, was sie wirklich dachte: »Hast du das nicht neulich schon erzählt? Und vor zwei Jahren?«

Sie fühlte sich nicht berufen, über Davids Schreibprozess, den er weitgehend für sich behielt, Auskünfte zu erteilen. Etwas anderes als eine optimistische Prognose fühlte sich für Yella an wie Verrat. Schließlich beobachtete sie jeden Tag, wie hart er an seinem Text arbeitete. Sie beschützte David, wo sie nur konnte: vor den Anforderungen des Alltags, vor allzu lauten und fordernden Kindern, vor Ablenkungen, vor Nachfragen von Freunden und der Kritik der Familie. Helens skeptischer Blick verwandelte Yella automatisch in Davids Pressesprecherin, die versuchte, alles, was sich hinter ihrer Haustür abspielte, so positiv wie möglich nach außen zu verkaufen. Seit ein paar Monaten machte die Abteilung Öffentlichkeitsarbeit Überstunden.

»Im Theater hat die Hälfte unserer Autoren ein Burn-out«, sagte Doro.

»Er hat kein Burn-out, er bearbeitet ein historisches Thema«, sagte Yella. »Die Recherche frisst unendlich viel Zeit.«

Sie klang wohl zu genervt, denn Doro hakte sofort ein: »Ärger im Berliner Paradies?«

Alle Augen waren plötzlich auf Yella gerichtet, als ob sie verpflichtet wäre, Rede und Antwort zu stehen. Die Fragen, die ihre Schwestern auf sie abfeuerten, spukten seit Monaten immer heftiger in ihrem eigenen Kopf herum. Was, wenn der Text nie fertig wurde? Was, wenn seine Versprechen für immer in der Luft hingen? Normalerweise war die Pressesprecherin sehr effektiv, angesichts Doros ätzender Kommentare und Helens kritischem Blick schwieg sie hartnäckig.

»Alles bestens«, sagte sie.

»Mama hat mir von eurem Abendessen erzählt«, sagte Doro.

Yella sank in sich zusammen. Die familiären Buschtrommeln funktionierten einwandfrei.

»Was hat sie denn erzählt?«, fragte Yella so beiläufig wie möglich.

Doro antwortete nicht. Stattdessen tunkte sie hingebungsvoll Pommes in die dicke Mayonnaise, die es so nur in Holland gab.

»Irgendetwas muss sie doch erzählt haben, sonst würdest du nicht nach dem Besuch in Köln fragen«, insistierte Yella.

»Sie hat mich gefragt, was ich davon halte, wenn sie länger nach Berlin fährt, um dir ein bisschen unter die Arme zu greifen.«

»Das ist nicht dein Ernst«, sagte Yella entgeistert.

»Ich glaube, Mama macht sich einfach Sorgen«, mischte Amelie sich ein.

Yella schüttelte sich: »Bei ihrem letzten Besuch hat sie meinen Küchenschrank umorganisiert und Davids Wäscheschublade nach Marie Kondō umgeräumt.«

Ganz offensichtlich hielt ihre Mutter es für ein Zeichen von Überforderung, Socken nicht aufrecht und nach den Farben des

Regenbogens anzuordnen, sondern in zwei Ikea-Pappkartons zu werfen. Ihr eigenes System funktionierte perfekt: links die vollständigen Paare, rechts die Einzelstücke, die noch auf einen passenden Partner warteten. Das Letzte, was sie sich wünschte, war, ein paar Wochen mit ihrer Mutter zu verbringen, die ihr mit gut gemeinten Ratschlägen zur Seite stand.

»Keine Angst, ich habe dich in allem verteidigt«, wiegelte Doro ab. »Ich habe gesagt, dass du immer ein bisschen Chaos um dich herum brauchst.«

Yella stöhnte tief auf.

»Komm, wir schicken Henriette ein Familienfoto«, rief Doro.

Sie zog ihr Handy aus der Tasche.

»Vielleicht kannst du mir dann gleich das Geld überweisen«, sagte Amelie. »Ich bin ein bisschen knapp bei Kasse.«

»Wie viel?«, fragte Doro.

»80 Euro«, sagte Amelie.

Doro hörte auf zu essen: »Vierzig, maximal, eher weniger.«

»Auf der Rechnung stehen achtzig«, gab Amelie kleinlaut zur Antwort.

»Sie versucht dich abzuzocken«, sagte Doro. »Welcher Idiot bezahlt 80 Euro für ein Taxi?«

Amelie zuckte hilflos die Schulter. »Ich bin dieser Idiot. Weil du mich darum gebeten hast abzurechnen.«

»So ein Schwachsinn«, sagte Doro. »Als ob ich 80 Euro für ein Taxi bezahlen würde. Da muss man doch nur ein bisschen nachdenken, um drauf zu kommen, dass das Wucher ist.«

»Mir kommt der Betrag angemessen vor, bei der Entfernung«, sagte Helen.

»Ich mache den Abwasch«, sagte Yella und sprang auf.

»Ich helfe dir«, rief Amelie, froh über die Gelegenheit, der Diskussion zu entkommen.

Das Klappern des Geschirrs übertönte kaum das Streitgespräch, das im Hintergrund weitertobte. Doro konnte sich gar nicht beruhigen darüber, dass Amelie wirklich 80 Euro von ihr haben wollte.

»Sie hat Stress«, entschuldigte Amelie ihre große Schwester. »Die beruhigt sich schon wieder.«

»Deine Geduld hätte ich gerne«, sagte Yella.

»Ruf die Taxifahrerin an, die hat dich über den Tisch gezogen«, forderte Doro ihre jüngere Schwester auf.

»Es ist halb elf«, verteidigte Amelie sich schwach.

»Na und? Um halb elf kann man noch anrufen. Vor allem, wenn man betrogen worden ist«, befand Doro.

Amelie seufzte. Sie griff nach ihrem Telefon, das ununterbrochen piepste.

»Fünfhundertachtundsechzig Likes in ein paar Stunden«, sagte sie verblüfft. »Und lauter Kommentare. Ich werde ständig gefragt, wo man so eine orangefarbene Jacke bekommt mit *You'll never walk alone.*«

Sie unterbrach sich und erbleichte sichtlich.

»Was ist?«, fragte Doro.

Die plötzliche Stille war ohrenbetäubend. »Was ist passiert?«, fragte Yella.

»Eine Nachricht von unserer Hausärztin«, sagte Amelie. »Mama hat ihren Termin verpasst. Sie soll sich in der Praxis melden.«

Der Ton der Mail klang betont neutral, aber die reine Tatsache, dass die Frau sich so spät noch bei Amelie meldete, hatte etwas zutiefst Beunruhigendes. Groß stand die Frage im

93

Raum: Was um alles in der Welt hatte es mit dieser merkwürdigen Einladung auf sich? Vielleicht bedeutete das gemeinsame Wochenende gar keinen Neuanfang? Vielleicht markierte der Brief den Anfang vom Ende.

»Hat die schon mal was von Schweigepflicht gehört?«, fragte Helen empört.

»Aus alter Verbundenheit mit eurer Familie«, zitierte Amelie tonlos aus der Nachricht.

Wie aus einem Luftballon entwich schlagartig alle Luft aus dem Raum. Yella schnürte es die Kehle zu. Die kryptische Mitteilung reichte, alle Angstgespenster zu wecken.

»Glaubt ihr, es gibt einen Zusammenhang zwischen dem Termin und unserem Familienwochenende?«, fragte Amelie. Ihre Stimme schwankte.

»Vielleicht ist es auch was Schönes«, sagte Doro in einem aufgesetzt optimistischen Ton. »Ich würde mir nicht zu viele Sorgen machen.«

»Weißt du mehr?«, fragte Helen misstrauisch.

»Warte einfach ab«, konterte Doro.

»Wenn du was weißt, wäre es freundlich, du würdest uns einweihen«, insistierte Helen.

»Ich schwöre bei allem, was mir heilig ist: Ich bin genauso ahnungslos wie ihr«, sagte Doro.

Helen sah nicht aus, als ob sie ihrer großen Schwester glauben würde.

»Wir haben morgen einen langen Tag vor uns«, sagte Doro, stand auf und begann ebenso übergangslos wie beiläufig, die Deko des Ferienhauses nach ihrem Geschmack umzuräumen.

»Ich gehe ins Bett«, sagte Helen ernüchtert.

»Wie machen wir das mit dem Schlafen?«, fragte Amelie.

»Ich nehme das große Zimmer mit dem Balkon«, sagte Doro. »Ich muss noch was arbeiten, bevor Lucy und Ludwig kommen, und will euch auf keinen Fall stören.«

Helen verschwand in die Klause mit dem Einzelbett im ersten Stock, Amelie in dem Zimmer neben der Küche.

Alle Energie wich aus Yella. Da war auf einmal nur noch bleierne Müdigkeit. »Ich nehme das Kinderzimmer«, sagte sie, als ob irgendeine Wahl bestand.

10. Vier gewinnt

Seufzend sah Yella sich in dem pastelligen Zimmer um. Der erste Abend war nicht so gelaufen, wie sie sich das erträumt hatte: die aufgeladene Atmosphäre, die ewigen Diskussionen mit Doro, die Sorge um die Mutter. Warum war alles so kompliziert, wenn sie aufeinandertrafen? Von wegen Sommerschwestern. Als wären sie Figuren auf einem gigantischen Schachbrett, rutschten sie innerhalb kürzester Zeit auf ihre angestammten Positionen: Doro, flankiert von Amelie als immerwährendem Fanclub, setzte den Ton, Helen zog sich schweigend zurück, ohne den Raum zu verlassen, und stellte ab und an mal eine bohrende Frage. Und sie selbst hing irgendwo dazwischen, der Kopf halb in Berlin.

Auf einem Regalbrett stand ein einziges Spiel: Vier gewinnt. Ausgerechnet! Es gab Konstellationen, in denen die Zahl vier exakt richtig war. Bei einer Viererkette, der Vierschanzentournee, bei vierblättrigen Kleeblättern. Es gab vier Jahreszeiten, vier Mondphasen, vier Elemente, vier Adventssonntage. Und wenn sie sich gemeinsam mit Leo, Nick und David in eine Fotokabine quetschte, spuckte der Automat einen Viererstreifen mit einem Erinnerungsfoto für jeden von ihnen aus. In ihrer Herkunftsfamilie lagen die Dinge komplizierter. Die Thalberg-Schwestern navigierten durch das Leben wie ein Vierer ohne Steuermann. Jede ruderte im eigenen Tempo mit der eigenen

Schlagzahl in die eigene Richtung, und keine wusste, wohin sie unterwegs waren. Wenn sie auf sich und ihre Schwestern schaute, begriff sie sofort, warum in der Musik der Viervierteltakt als der Unvollkommene und Irdische galt, während der Dreivierteltakt als der Vollkommene gefeiert wurde. Drei war die Zahl Gottes und der Trinität.

Yella faltete sich zusammen und krabbelte in den unteren Teil des Stockbetts. Aus dem Badezimmer klangen die unterdrückten Stimmen der Schwestern, draußen heulte der Wind um das Haus und ließ die Äste knacken. Die Bettwäsche roch angenehm frisch. Trotzdem hatte sie das Gefühl, in einem Sarg zu liegen. Sie wechselte nach oben und stellte fest, wie ungelenkig sie geworden war. Sie musste wieder mehr Sport treiben, aber wann? Als sie die pilzförmige Lampe ausknipste, flammten rund um ihr Bett fluoreszierende Einhörner in einem Universum aus grün schimmernden Sternen auf. Die Regenbogentierchen ließen sie zu dem verängstigten dreizehnjährigen Mädchen schrumpfen. Eben war sie noch tödlich erschöpft gewesen, jetzt galoppierten ihre Gedanken wild in alle Richtungen. Die Schwestern, der Arzttermin, der schwelende Streit.

Ich vermisse euch, schrieb sie an David. *Das nächste Mal müsst ihr unbedingt mitkommen.* Sie löschte den letzten Satz. Sie wollte nicht, dass er sich unter Druck gesetzt fühlte. *Irgendwann will ich euch Bergen zeigen.* Auch das war kein geeigneter Anfang. *Viel Spaß heute beim Geburtstag* schrieb sie und entfernte auch diesen Satz. War der Konflikt um ihre Mutter mehr als eine momentane Verstimmung? Wann war es zwischen ihnen so schwierig geworden, dass sie sich bei jedem Wort fragte, ob David es falsch verstehen könnte?

Bei uns in der Familie ist mal wieder Weihnachten, schrieb sie am Ende. *Alle geben sich fürchterlich Mühe, und am Ende gibt es doch nur Stress.* Sie wartete vergebens, dass sich die weißen Häkchen in blaue verwandelten. Ihre Nachricht blieb ungelesen.

Yella versuchte, Doros Optimismus und Helens nüchterne Betrachtungsweise mit in den Schlaf zu nehmen. Solange es keine Gewissheit über den Grund der Familienzusammenkunft gab, sollte sie ihre Zeit nicht mit Angstgespenstern vertun. Sie hatte gelesen, dass die allermeisten Dinge, vor denen Menschen sich fürchteten, nie eintraten.

»Wir müssen akzeptieren, dass nicht alles im Leben so geht, wie wir uns das wünschen«, hatte Dr. Deniz immer gesagt. »Das ist der erste Schritt, unsere Ängste zu besiegen. Wir können nicht alles kontrollieren.«

Helen hatte recht: Was für einen Sinn hatte es, Angst zu haben und noch nicht einmal zu wissen, wovor? Sie sagte sich tausendmal vor, dass es eine gute Erklärung für das rätselhafte Verhalten ihrer Mutter geben würde, hatte aber dennoch das Gefühl, an ihren eigenen Gedanken zu ersticken. Was, wenn sie ernsthaft krank war und es nicht mehr genug Zeit gab, alle Missverständnisse aus dem Weg zu räumen?

Der Westwind, der von der Nordsee über das Land fegte, wehte unablässig Erinnerungen an längst überwunden geglaubte Konflikte heran. Yella starrte auf die leuchtenden Einhörner und erinnerte sich auf einmal daran, wie Doro mitten in der Nacht in ihr Zimmer geschlichen war, ihr verzerrtes Gesicht vom Schein einer funzeligen grün strahlenden Taschenlampe erhellt, um sie mit verstellter Stimme zu erschrecken: »Ich sehe aus wie deine Schwester, aber ich bin in Wirklichkeit ein Geist«, hatte sie gekrächzt und dabei wild mit den

Augen gerollt. Ihre große Schwester hatte schon als kleines Mädchen diesen Hang zum großen Theater, und Yella fiel immer wieder darauf rein.

Erwachsen sein war wohl eher ein theoretisches Konzept. Wie in einer russischen Puppe war in ihr immer noch die verlorene Yella verborgen, die sie vor Leo und Nick gewesen war. Und vor David. War ihr Leben auf Treibsand gebaut? Seit sie David kennengelernt hatte, war sie im Dauerlauf unterwegs gewesen. Sie hatte es so eilig, dass sie nicht einmal dazu gekommen war, sich zu fragen, ob sie glücklich war. Mit ihrer Beziehung, mit ihrem Job. Sie hatte damit gerechnet, sich in Holland ein bisschen zu erholen, Kraft zu tanken, vielleicht sogar auszuschlafen, stattdessen stiegen Erinnerungen wie Luftblasen in die Höhe, als hätten sie nur darauf gewartet, an die Oberfläche schweben zu dürfen. Die Kinder gaben ihrem Leben Struktur, Richtung, Ziel, eine Aufgabe, vor allem aber auch Sinn. Sie liebte es, Mutter zu sein. Wie ein Kleid legte sich die Rolle wärmend um sie herum und beschützte den verletzlichen Kern. Wer war sie, wenn das alles wegfiel und sie sich wieder in die Tochter und Schwester verwandelte? Selbst im Bett hatte Yella das Gefühl, auf einer schiefen Ebene zu balancieren. Die Einladung ihrer Mutter hatte alles um sie herum ins Rutschen gebracht. Sie hatte nicht geahnt, wie wacklig der Boden war, auf dem sie stand. Ein einziger Brief hatte genügt, das Gestern nach oben zu schwemmen und den Halt zu verlieren. Ohne den Halt ihrer eigenen Familie, ohne David und ihre Jungs, war sie verloren.

Die Luft stand in dem winzigen Raum, als ob hier schon lange niemand mehr geschlafen hätte. Yella fand trotz tödlicher Erschöpfung einfach nicht in den Schlaf.

Sie erhob sich, schwang sich vom Stockbett und öffnete das Fenster, als sie draußen eine seltsame Bewegung wahrnahm. Im Schein der flackernden Straßenlampe erkannte sie eine dunkel gekleidete Gestalt, die offenbar telefonierte. Das Ferienhaus lag am Ende einer Sackgasse. Wer auch immer sich da draußen herumdrückte, konnte kein anderes Ziel haben als dieses Haus. Yella starrte angestrengt ins Dunkel. Irgendetwas kam ihr seltsam vertraut vor: die schlaksige Gestalt, die Art, sich zu bewegen, die aufgeregten Gesten beim Reden. War das ihr Vater? Yella schwankte. Sie wusste, dass ihre Fantasie ihr einen Streich spielte. Sie hatte ihren Vater mit eigenen Augen im Sarg liegen sehen. Merkwürdig weiß und blass, wie eine Wachspuppe. Seine Kopfverletzungen waren mit dem Kissen notdürftig bedeckt. Ohne die charakteristische Haarlinie und die Brille sah er aus wie ein entfernter Verwandter und gar nicht mehr wie ihr Papa. Jahrelang hatte das Bild sie gequält, jahrelang hatte sie sich vorgeworfen, dass sie Angst gehabt hatte, ihn zu berühren. Anstatt sich von ihm zu verabschieden und ein letztes Mal über seine Hand zu streicheln, hatte sie seine nach innen gedrehten Fußspitzen angestarrt, die wie die Giebel eines Daches aneinanderlehnten, als bildeten sie ein umgedrehtes V. Mit diesen verkrümmten Füßen konnte er nie im Leben da draußen unter der Straßenlaterne spazieren gehen.

In diesem Moment drehte der Mann sich um und trat an das Tor. Das automatische Licht flammte auf. Yellas Atem stockte, als sie die groß gewachsene Gestalt erkannte. Zum ersten Mal fiel ihr die Ähnlichkeit zwischen den beiden Männern auf. Das war ihr alter Studienfreund Paul, Helens Freund!

Seine leicht eckige Art, sich zu bewegen, die betont aufrechte Haltung und elegante Erscheinung waren unverkennbar. Yella hatte ihren Schwager in all den Jahren noch nicht ein einziges Mal in Jeans und T-Shirt ertappt. In Anzug mit Krawatte und dicker Hornbrille wirkte Paul immer ein wenig, als wäre er aus der Zeit gefallen. Man könnte ihn problemlos in ein Foto der Bauhaus-Architekten vom Anfang des letzten Jahrhunderts kopieren, ohne dass er besonders herausgestochen wäre.

Was in aller Welt machte er da draußen? Mitten in der Nacht? Hatte Helen nicht erzählt, dass sie ihn überhaupt nicht gefragt hatte, ob er mitkommen wolle? Paul hielt sein Telefon ans Ohr gepresst, schüttelte den Kopf, gestikulierte aufgeregt und verzog sich unverrichteter Dinge in die Nacht. Irgendetwas war entschieden nicht in Ordnung zwischen den beiden, und wie üblich hatte Helen kein Wort über ihre persönlichen Probleme verloren. Sie wusste so wenig über ihre kleine Schwester. »Irgendwas mit Blut und Reagenzgläsern«, weiter kam sie nicht in der Beschreibung von Helens Berufstätigkeit. Yella seufzte auf. Es gab so viel, was sie morgen besser machen konnte.

11. Prosecco und Frösche

Yella gab auf. Der Schlaf wollte sich einfach nicht einstellen. Vorsichtig setzte sie ihre nackten Zehen auf der knarzenden Holztreppe auf, in der Hoffnung, auf ihrem Weg ins Erdgeschoss niemanden zu wecken. Als sie den Wohnraum betrat, realisierte sie, dass sie nicht die Einzige war, die sich schlaflos durch die Nacht kämpfte. Doro war immer noch wach, ihr Kopf tief gebeugt über den langen Esstisch, den sie mit Papieren, Stiften und Laptop ausgestattet hatte. Das Bild kam ihr so vertraut vor. Wie viele Abende hatte Doro auf diese Weise am Küchentisch gesessen und selbstvergessen gemalt und gebastelt, während nebenbei Hörspiele auf dem CD-Spieler liefen. Doro zeichnete, zerknüllte das Papier und schleuderte es auf den Boden. Ein Meer aus Papierknäuel zeugte davon, dass sie nicht zufrieden war. Plötzlich sah sie auf und in Yellas Richtung.

»Der Frosch droht, die Aufführung zu schmeißen«, sagte sie.

»In einem Ganzkörperkondom kann ich unmöglich singen. Das Ding drückt mir auf die Lunge«, imitierte sie eine quäkende Stimme. »Er fordert, dass ich rausgeschmissen werde.«

»Simon Carlson?«, sagte Yella verblüfft. »Der Schauspieler?«

»Der Soapdarsteller will, dass sein Frosch sexy ist. Und der Regisseur will, dass er glücklich ist. Schließlich soll er das Fernsehpublikum ins Theater locken.« Sie schüttelte sich empört.

»Noch nie auf einer Bühne gestanden, aber gleich eine große Klappe. Hast du schon mal einen sexy Frosch gesehen?«

Yella sah sie überrascht an. »Der hat dich heute Morgen über den grünen Klee gelobt«, wunderte sie sich.

»Die Probe lief katastrophal. Er hat vor Nervosität jedes Lied verhauen, und dann muss natürlich das Kostüm schuld sein. Wenn ich morgen früh keinen neuen Entwurf habe, beauftragen sie jemand anderes. Ich habe Wochen an den Kostümen gesessen. Und jetzt soll über Nacht alles geändert werden.«

Yella schüttelte den Kopf. Besonders verlässlich schien es in Doros Welt nicht zuzugehen. Sie hatte diese Geschichte in tausend Varianten von Doro gehört. Kein Wunder, dass sie so unter Strom stand.

»Wie hältst du es mit solchen Leuten aus?«, fragte Yella.

»Das ist wie im Wellenbad, mal schwimmst du oben, mal unten, beides ist nicht von Dauer«, witzelte Doro, aber in ihren Augen blitzten Tränen. Die sonst so starke und vehement auftretende Doro wirkte auf einmal verletzlich und schwach. Yella zog einen Stuhl heran und warf einen schnellen Blick auf Doros Kladde.

»Ich will den auch nicht als Frosch sehen«, sagte sie.

»Danke, du bist eine große Hilfe«, sagte Doro ernüchtert. »Soll ich dir die Nummer vom Regisseur geben, dann könnt ihr euch austauschen.«

»Darf ich?«, fragte Yella und griff nach dem Notizbuch.

»Der Depp kann sich keinen Text merken. Sie haben ihn nur angeheuert, weil er die Kids in die Theater bringen soll. Und jetzt soll ich schuld sein, wenn er nichts kann.«

Yella wertete das als Zustimmung und blätterte durch die Stoffproben, Skizzen und Entwürfe in Doros Notizbuch.

»Ich zieh mir was anderes an«, sagte Doro.

Sie band die Haare zusammen, wischte sich das Make-up aus dem Gesicht, entfernte ihre künstlichen Wimpern und schlüpfte in einen Jogginganzug, der bestimmt viel Geld gekostet hatte. Als sie an den Tisch zurückkehrte, sah sie viel mehr aus wie ihre große Schwester und nicht mehr wie das Kunstobjekt, in das sie sich jeden Tag verwandelte. In der Hand schwenkte sie eine Flasche Prosecco.

»Ich dachte, die können wir köpfen, wenn es etwas zu feiern gibt. Aber wir können ebenso gut jetzt schon die Festlichkeiten starten.«

Sie kicherte, als der Korken knallte. »Ich bin immer unterwegs und weiß nicht mal, ob ich in die richtige Richtung renne«, sagte sie.

»Ich glaube, das geht uns allen so«, sagte Yella.

»Auf die richtige Richtung«, entgegnete Doro.

»Auf die Umwege«, sagte Yella.

»Gute Reise!«

Sie stießen an, die Gläser klangen gegeneinander. Doro leerte ihr Glas in einem Zug und schenkte sofort nach.

»Ich habe eine Pause verdient«, sagte sie.

Yella sah beunruhigt zu, mit welcher Geschwindigkeit Doro trank.

»Was würdest du ändern, wenn du die Zeit zurückdrehen könntest?«, fragte Doro.

»Keine Ahnung«, log Yella.

Dabei wusste sie nur zu genau, was sie tun würde. Sie würde Himmel und Hölle in Bewegung setzen, um ihren Vater daran zu hindern, im Sturm das Auto zu besteigen. Sie würde alles anders machen an diesem verhängnisvollen Tag.

»Ich lebe nach vorne, nicht nach hinten«, wich sie aus.

»Aber was ist, wenn der Anfang falsch war? Was ist, wenn wir alle einen Fehlstart hatten und wir deswegen sowieso keine Chance haben zu gewinnen?«

Yella schwieg.

»Es tut mir leid, Yella«, sagte Doro. »Ich erkenne mich manchmal selber nicht wieder.«

Yella spürte schon wieder Tränen aufsteigen. Seit sie mit Leo schwanger war, war sie nah am Wasser gebaut. Die Schwangerschaft hatte ihren Hormonhaushalt dauerhaft durcheinandergewirbelt. Edeka-Weihnachtswerbungen, sentimentale Youtube-Filme über heimkehrende US-Soldaten, romantische Komödien, Hochzeiten, Tagesschau-Berichte über Flüchtlingslager, Preisverleihungen: Sie war mühelos in der Lage, bei jeder Gelegenheit in Tränen auszubrechen. Leider auch bei Aufführungen im Kindergarten. Neulich hatte sie sich bis auf die Knochen blamiert, als Nicks Erzieherin in den Mutterschutz verabschiedet wurde und die Kinder ihr ein rührendes Ständchen sangen.

»Der Stress bringt mich um«, gab Doro zu. »Da haue ich Dinge raus, die ich gar nicht meine. Und dann verletze ich selbst die Menschen, die ich am meisten liebe. Frag mal Ludwig.«

Yella hatte miterlebt, wie aus dem dürren Kulissenbauer ein schwerer Mann geworden war, den so schnell nichts umhauen konnte. Er brauchte diesen dicken Panzer, um Doros Unbeherrschtheiten an sich abprallen zu lassen. Sie selbst war nicht so stressbeständig.

»Du kannst auch mich fragen«, sagte Yella.

»War ich sehr schlimm?«

»Immer schon«, platzte Yella heraus.

»Ich will es nicht hören«, unterbrach Doro lachend. »Nicht jetzt. Nicht heute. Eigentlich überhaupt nicht.«

Doro schenkte wieder nach.

»Weißt du noch das eine Mal, als du mitten in der Nacht mit der Taschenlampe ...«, setzte Yella an.

»Nein«, blockte Doro ab, noch bevor sie die Pointe landen konnte. »Daran erinnere ich mich nicht.«

Die Familienanekdote war so oft erzählt worden, dass es nur einen Halbsatz brauchte, um klarzustellen, worum es ging.

Yella lachte.

»Du bist mitten in der Nacht zu mir gekommen und hast so getan, als wärst du ein Geist.«

»Das war Helen.«

»Das warst du. Und du hast es nicht nur ein Mal getan. Du hast dir einen Spaß daraus gemacht, mich zu Tode zu erschrecken.«

»Oder Amelie. Amelie hatte es mit den Gespenstern.«

Yella schüttelte den Kopf.

»Du musst Amelie dankbar sein«, beharrte Doro auf ihrer Version der Geschichte. »Beim Theater sind solche Erfahrungen Gold wert. Ohne Trauma hast du nichts zu erzählen. Ganze Generationen Theatermacher leben von ihren Kindheitsdramen.«

»Aber ich bin keine Autorin«, sagte Yella. »Und du warst das mit der Taschenlampe.«

»Aber ich wünsche mir, es wäre jemand anderes gewesen«, sagte Doro kleinlaut. »Das muss doch auch zählen.«

»Nein«, sagte Yella entschieden.

»Wenn ich die Zeit zurückdrehen könnte, würde ich mich

zu dir legen, und wir würden gemeinsam Geister vertreiben«, sagte Doro.

Yella traute dem Frieden noch nicht ganz.

»Ich war immer ein bisschen neidisch auf dich«, gab ihre Schwester zögernd zu. »Ich kann vielleicht besser zeichnen, aber du hattest etwas zu erzählen. Weißt du noch, die kleinen Comics über den Pinguin, die du gemalt hast?«

»Ewig her«, sagte Yella.

Sie griff zur Flasche, aus der nur noch ein paar einsame Tropfen in ihr Glas rannen. Doro sprang auf und köpfte eine zweite Flasche.

»Und wie geht es dir wirklich, Yella?«, fragte sie. Ihre direkte Frage entwaffnete Yella.

»Ich weiß es nicht so genau«, gab sie erschöpft zu. »Es ist alles so unübersichtlich.«

»David?«, fragte Doro nach.

Yella nickte einfach. Der Kloß in ihrem Hals wurde mit einem Schlag so dick, dass sie kein einziges Wort mehr hervorbrachte.

»Es ist alles so schnell gegangen bei euch«, sagte Doro. »Kein Wunder, wenn du selber nicht mitkommst.«

Yella wusste, dass Doro recht hatte. Sie hatte David in ihrer schlimmsten Phase kennengelernt. Nach dem Tod des Vaters war ihr Leben zunehmend außer Kontrolle geraten. Sie war erst dreizehn gewesen, als ihr Vater verunglückte. Doch das Trauma sollte sie nie wieder loslassen. Mit Anfang zwanzig zog sie schlaflos durch die Berliner Nächte, verliebte sich in unerreichbare Männer und schlief mit den erreichbaren, für die sie nichts fühlte. Sie trank zu viel, scheiterte im Architekturstudium, das mathematischer war als erhofft an Statik und

Tragwerkslehre, und hatte keine Ahnung, wohin ihr Leben sie führte.

Die Trauer über den Tod des Vaters hatte sich zu einem Geschwür ausgewachsen, das sie fast umbrachte. Mit Anfang zwanzig hatte sie keine Idee, wer sie war, und, was noch dramatischer war: Sie wusste nicht einmal, wer sie sein wollte und ob sie überhaupt leben wollte. In besonders dunklen Nächten wünschte sie sich, *sie* wäre in Holland am Straßenrand geendet und nicht ihr Vater.

»David hat mich gerettet«, sagte Yella.

»Ich dachte, es wäre Dr. Deniz gewesen«, lachte Doro. »Ohne den hättest du David nie kennengelernt.«

Doro hatte Yella damals zu einem Therapeuten geschleppt, der die Hälfte der Theaterleute, mit denen sie gerade zusammenarbeitete, behandelte. Dr. Deniz versuchte erst gar nicht, Yella zu erklären, dass es sich lohnte weiterzuleben. Er bestätigte sie in ihrer Ausweglosigkeit und gab ihr den Auftrag, ihren eigenen Nachruf zu verfassen: »De mortuis nil nisi bonum«, erklärte er. »Über die Toten nichts als Gutes. Einen positiven Nachruf zu schreiben, hilft, den Blick dafür zu schärfen, was man erreicht hat, und freundlicher auf die eigene Biografie zu schauen.«

Yella hatte nicht die geringste Lust auf die morbide Übung gehabt. »Ich will nicht zurückschauen. Meine Vergangenheit ist präsent genug in meinem Leben. Ich will sie lieber loswerden, als mich noch mehr mit ihr auseinanderzusetzen.«

»Ihre missglückte Kindheit gehört zu Ihnen, ob Sie jetzt wollen oder nicht«, war seine Antwort gewesen.

Yella verspürte keinen Wunsch, sich mit dem Tod des Vaters und den Krisenjahren danach zu beschäftigen. In einer

Zeitung hatte sie etwas über eine Traumatherapie gelesen, bei der man mit spezifischen Augenbewegungen quälende Erinnerungen löschte. Leider war Dr. Deniz ein Therapeut der alten Schule. »Solange Sie sich nicht erinnern wollen, wird die Trauer Sie von innen auffressen«, hatte er gewarnt. »Wenn Sie es nicht laut in meiner Praxis aussprechen wollen, schreiben Sie es auf. Nur für sich alleine.«

Yella war nicht weiter gekommen, als ein sündhaft teures Notizbuch mit Ledereinband und einen schönen Stift zu erwerben, der sanft über das Papier geglitten war, als sie ihren Namen vorne hineinsetzte. Danach stockte der Schreibfluss. Vielleicht, hatte sie damals gedacht, lag es daran, dass das Wort nicht ihr Medium war. Yella liebte es, Dinge mit den eigenen Händen zu gestalten. Sie malerte in ihrer Wohnung, zimmerte, bohrte, baute Möbel und nähte Bezüge. Solange sie in Bewegung war, ging es ihr gut. Das Problem waren die Nächte, wenn sie keine Beschäftigung hatte.

Weil Yella keine Idee hatte, wo sie beginnen sollte, empfahl ihr ein Freund Davids Kurs in kreativem Schreiben. Dem jungen Autor gelang, was ihr Therapeut vergeblich versucht hatte. Er ließ sie die Vergangenheit vergessen. Sie verliebte sich in seinen klugen Kopf, den Klang seiner Stimme, die Art, wie er sich während der Seminarstunden durch den Raum bewegte, und seine schönen Sätze, mit denen er ihr erklärte, dass alles richtig und gut war. Er blieb vor ihrem Pult stehen und beobachtete, wie sie sich quälte, auch nur ein einziges Wort aufs Papier zu kritzeln. Sie verlor sich in seinen schönen dunklen Tiefseeaugen, die Leo geerbt hatte. Es gefiel ihr, dass auch sie ihn so offensichtlich aus dem Konzept brachte. Sie wusste nicht mehr, wie lange der Moment gedauert hatte, aber er war lang genug gewesen, ihrem Leben eine neue Richtung zu geben. Nach dem ersten Seminarabend beschlossen sie, sich zu zweit zu treffen.

»Auf einen Drink?«, hatte Yella gefragt.

»Zum Frühstück. Irgendwann mal?«, war seine Antwort gewesen.

»Morgen«, schlug Yella vor.

»Dann lohnt es sich eigentlich nicht, sich heute noch zu verabschieden.«

So hatte alles angefangen.

Mit David an ihrer Seite fand sie Schlaf und das Glück, an eine Zukunft zu glauben. Sie hatte ihr angefangenes Notizbuch zugeklappt, den Rest der Therapie schriftlich abgesagt *(Vielen Dank für Ihre Hilfe. Mir geht es schon viel besser)* und sich kopfüber in das gemeinsame Leben gestürzt. Alleine das winzige Tattoo auf ihrem Oberarm mit dem Sterbedatum ihres Vaters erzählte von alten Wunden. Sie wurde in Rekordzeit schwanger, zog mit David zusammen und nahm übergangsweise einen Job an, bis er seinen zweiten Roman fertig haben würde, bekam ein zweites Kind und erhöhte die Stundenzahl, als David in seinem Text stecken blieb. Seine Vorstellungen von ihrem gemeinsamen Leben begannen alle mit dem Halbsatz: »Wenn ich mit dem Roman fertig bin, dann ...« Er brauchte Ruhe und einen Tag ohne Termine, um in seine Geschichte zu finden. Schon die Ankündigung, dass am Nachmittag ein Paketbote kam, konnte ihn in tiefe Verzweiflung stürzen und seinen Arbeitstag ruinieren. »Wieso musst du mir das schon im Vorhinein erzählen?«, fragte er wütend. Das Zusammenleben gestaltete sich schwierig, und jede kleine Störung bot Anlass für neuen Streit. Corona und Lockdowns hatten all diese Konflikte verschärft, ihre Mutter brachte sie zum Explodieren.

»Wir haben uns furchtbar gestritten«, gab Yella zu.

»Worum ging es?«, fragte Doro nach.

»Um Mama«, sagte sie. »Um die Einladung.«

»Und? Was machen wir diesmal falsch?«, hatte David mit ätzendem Unterton gefragt, als sie den Brief öffnete.

Er ärgerte sich schwarz über die Angewohnheit seiner Schwiegermutter, ihnen ungefragt Ratschläge via Post zukommen zu lassen. In der Altpapierkiste im Flur befanden sich bereits ein Artikel über die Gefahren von Zucker und Farbstoffen für Kinder *(Hyperaktiv durch Fruchtgummis?)*, Abgaswerte im Wedding *(So krank macht die Berliner Luft, Luft, Luft)*, die positiven Nebenwirkungen von Kinderchören *(Singen ist Kraftfutter fürs Kindergehirn)*, die Zusammenhänge von Impfen und Autismus *(Die verschwiegene Wahrheit)* sowie ein Artikel über Umschulungsangebote für Künstler, der David besonders erbost hatte *(Cyber für Schriftsteller: die zweite Karriere)*.

»In den Augen meiner Mutter mache ich alles falsch«, stöhnte Yella.

»Du weißt, ich mische mich nie ein …«, imitierte Doro die Stimme ihrer Mutter. »Aber hast du gesehen, was Lucy anhat? Doro, du kannst deine Tochter doch nicht im Ernst bauchfrei in die Schule schicken, Doro, du arbeitest zu viel, Doro, du solltest mehr essen, Doro, du solltest weniger essen. Wenn ich dir einen Tipp geben darf, Doro … Mach dir nichts draus, Yella. So ist sie eben. Sie meint es nur gut.«

»Das ist vielleicht das Allerschlimmste«, sagte Yella.

»Auf die gut gemeinten Ratschläge«, sagte Doro und stürzte das halbe Glas herunter.

»Du lässt das alles an dir abperlen?«, fragte Yella. »Wie machst du das?«

»Ich bin perfekt im Scheitern«, sagte Doro. »Und für den Rest habe ich mir den richtigen Mann ausgesucht. Jeder sollte einen Ludwig haben.«

Doro hatte den wortkargen bayerischen Bären als Kulissenbauer an einem Münchner Theater kennengelernt und sofort für ihr Atelier abgeworben. Die Liebe wuchs mit seiner Hingabe für ihre Arbeit. In seinen großen Händen, mit denen er alles reparieren konnte, hielt er grundsätzlich eine Tasse schwarzen Kaffees oder eine Zigarette, während er den Mitarbeitern des Studios geduldig erklärte, was Doro meinte, wenn sie wieder mal durchs Atelier fegte und grob wurde.

»Ludwig ist immer zur Stelle, wenn was schiefgeht. Für ihn wird es erst interessant, wenn es quietscht und klappert«, lobte sie.

»David ist der richtige Mann«, sagte Yella. »Er hat eben einen besonderen Beruf.«

»Du musst ihn nicht ständig verteidigen«, sagte Doro. »Du darfst auch mal an dich denken.«

»Mama und David sind einfach nicht kompatibel«, sagte Yella.

Und das war noch höflich ausgedrückt. Wenn David Yella im Streit an den Kopf warf »Du klingst wie deine Mutter«, war das nie als Kompliment zu werten. Der Universalkiller war die beliebteste Abkürzung zu größeren Auseinandersetzungen.

Und plötzlich brach es aus Yella hervor. Ihre innere Pressesprecherin hatte offensichtlich kurzfristig gekündigt. Es tat gut, endlich laut auszusprechen, was sich abgespielt hatte. Davids Reaktion auf die Einladung war nämlich ebenso deutlich wie radikal ausgefallen: »Sag ab«, hatte er gefordert. Aber so einfach war das nicht. Nicht für Yella.

»Ich habe alles getan, ihn davon zu überzeugen, dass es nur ein paar Tage sind. Und seine Eltern könnten auf die Jungs aufpassen«, erzählte sie.

»Vielleicht ist es was Schlimmes«, hatte sie argumentiert.

»Fünf Tage mit Henriette sind schlimm genug«, war seine Antwort gewesen. »Da muss sie noch nicht einmal einen Anlass haben.«

»Er hat das Seminar«, erklärte sie Doro. »Aber das hätte er vielleicht verschieben können.«

»Du klingst wie ein bockiges Kleinkind«, hatte Yella David vorgeworfen.

Seine Reaktion war gleichermaßen harsch ausgefallen: »Henriette ruft, und du springst«, hatte er sich beschwert und den Brief zum Altpapier geworfen. »Du musst endlich lernen, dich gegen diese Übergriffe zu wehren.«

»Sie ist meine Mutter«, hatte Yella gesagt.

»Seit wann?«, fragte er.

David kannte die Thalberg'sche Familiengeschichte in- und auswendig. Er wusste, wie einsam Yella sich nach dem Tod des Vaters gefühlt hatte. Als Teenager hatte sie sich an Henriettes zweitem Ehemann abgearbeitet, der viel zu schnell eingezogen war, die Aufmerksamkeit ihrer Mutter für sich reklamierte und den vier Töchtern Vorschriften machte. »Ich weiß genau, was euer Vater für euch wollte«, behauptete er. Dabei kannte er Johannes Thalberg nur aus den Erzählungen ihrer Mutter. In der Phase, in der Yella am dringendsten eine Bezugsperson gebraucht hätte, badete Henriette Thalberg im Glück einer neuen Liebe. Und doch machte es Yella jedes Mal wütend, wenn David aussprach, was sie selbst tausendmal gedacht hatte. Yella ahnte, dass sich in Davids harscher Analyse ein Körnchen Wahrheit verbarg. Aber das gab ihm noch lange nicht das Recht, seine Befunde laut kundzutun. Ihre Mutter war eben genauso traumatisiert gewesen wie die vier Schwestern. Nur deswegen hatte sie sich so schnell auf den falschen Mann eingelassen. Sie war genauso überfordert wie der Rest der Familie. Wie kam er dazu, so hart über ihre Mutter zu urteilen? Sie meinte es wirklich gut. Er kannte sie doch kaum. Yella hasste es, wenn David sie in die Position brachte, zwischen ihm und ihrer Mutter zu wählen.

»Sie tut dir nicht gut«, hatte David ein bisschen friedliebender eingelenkt. »Du bist jedes Mal hypergestresst, wenn wir sie besuchen.«

»Und was soll ich meiner Mutter ausrichten, warum du nicht mitkommst?«, hatte Yella gefragt.

»Mir egal. Sie hört ja doch nicht zu.«

Yella amtete einmal tief durch und erzählte Doro wortwörtlich, was David ihr alles an den Kopf geworfen hatte. »Sag einfach die Wahrheit«, hatte er vorgeschlagen. »Ich bin nicht mitgekommen, weil ich sie nicht leiden kann. Ich habe eine schwere Schwiegermutter-Allergie.«

Doro lachte herzhaft auf.

»Nichts ist so anstrengend wie eine Schwiegerfamilie«, bestätigte sie kichernd. »Frag mich mal. Meine ist so bayerisch, wenn die mich ansprechen, verstehe ich nur Bahnhof. Die sind überzeugt davon, dass ich mundfaul bin, weil ich nie an der richtigen Stelle antworte.«

Wenn Yella ehrlich war, tat sie sich mindestens ebenso schwer mit Davids Eltern, die sich verhielten, als habe ihr Sohn aus

Versehen Aschenputtel aufgegabelt. Ein Aschenputtel, das ihrem Sohn viel zu früh zwei Kinder angehängt hatte und ihn auf diese Weise davon abhielt, zu seiner wahren literarischen Bestimmung zu finden. Dabei finanzierte sie nicht nur die Familie, sondern auch seine künstlerischen Ambitionen.

»Schwiegermutter-Allergie«, prustete Doro wieder los. »Der ist gut.«

Ihr unkontrolliertes Lachen hatte etwas Befreiendes. »Ich glaube, 50 Prozent aller Menschen sind davon betroffen«, sagte sie. »Das ist eine Volksseuche.«

Wie gut es tat, ihre Ängste und inneren Kämpfe in Worte zu kleiden und die Ärgernisse wegzulachen. Vielleicht hatte Doro recht, und es war das Beste, sich und alle anderen nicht so ernst zu nehmen.

»Lass uns darauf einen trinken«, sagte Doro.

Yella nickte. Dieses Glas, das wusste sie, war zu viel. Aber es fühlte sich so gut an, so vertraut mit Doro zu sprechen.

Yella war dankbar für Doros offenes Ohr und ihren robusten Humor. Sie schämte sich ein kleines bisschen, so schlecht über ihre Schwester gedacht zu haben. Schwesternstreit war offenbar in Alkohol löslich und Bergen der schönste Ort der Welt. Vielleicht sogar der einzige Ort auf dieser Erde, wo man familiäre Differenzen hinter sich lassen und neu zueinanderfinden konnte. Als erwachsene Frauen.

»Ich habe eine Idee für dich«, sagte Yella plötzlich. »Wegen dem Frosch.«

Sie griff wieder nach dem Notizbuch, das noch immer vor ihnen auf dem Tisch lag, und suchte das Muster weichen Samts in Grün- und Brauntönen, das sie vorhin gesehen hatte.

»Dieser Stoff fühlt sich gut an«, sagte Yella.

»Das ist der Vorhang«, sagte Doro ernüchtert.

»Und wenn schon«, meinte Yella.

»Ich könnte Simon im Vorhang einwickeln«, sagte Doro. »Dann fällt es nicht mehr auf, dass er nicht singen kann.«

»Warum verzichtest du nicht auf das Kostüm?«, schlug Yella vor.

»Weil ich dafür bezahlt werde, ihm was auf den Leib zu schneidern«, sagte Doro. »Nackt geht nicht im Musical.«

Yella schwebte Nicks Pandaverkleidung vor Augen, die sie neulich in letzter Minute für das Sommerfest in der Krippe zusammengestellt hatte. Statt einer Maske trug ihr kleiner Sohn schwarz-weiße Kleidung und einen Regenschirm, auf den sie große Pandaaugen geklebt hatte. Was für Nick gut war, eignete sich vielleicht auch für einen Schauspieler, der als Möchtegern-Doktor Karriere gemacht hatte.

»Du ziehst ihn ganz normal an, wie einen Dandy. Dazu trägt er einen Schirm mit Froschaugen. Dann hat er mehr Bewegungsfreiheit, und man erkennt ihn.«

Doro sah sie verblüfft an: »Das hat nichts mehr mit seiner Rolle zu tun.«

»Nicht mit Frosch, aber alles mit dem Schauspieler. Dem sexy Arzt von Station 17 verzeiht man alles.«

»Der kann nicht singen.«

»Macht doch nichts«, sagte Yella. »Das ist wie bei Pierce Brosnan in *Mamma Mia*. Solange er sexy dabei aussieht, ist vollkommen egal, wie er singt.«

Doro kommentierte ihren Vorschlag mit keinem weiteren Wort. Sie griff zum Stift und skizzierte einen coolen Herrenanzug. Daneben zeichnete sie eine Art Regenschirm, von dem Dutzende überdimensionierte rot leuchtende Froschaugen sie dämonisch anstarrten. Yella staunte, mit welch gekonntem Strich ihre Schwester Nicks kindliches Kostüm in eine magische Bühnenversion verwandelte. Sie schaffte es, aus Yellas dürren Worten etwas zu zaubern, das das Potenzial hatte, einen riesigen Theatersaal zu füllen.

Doro fotografierte ihr Werk. Drei Sekunden später hing das charakteristische Geräusch einer ausgehenden Mail in der Luft.

»Wir sind ein gutes Team«, sagte sie gerührt und mit schwerer Stimme. »Immer schon gewesen.«

Der Morgen dämmerte bereits über den Dünen herauf, als Yella leicht betrunken, aber getröstet in ihr Bett sank.

»Bis morgen, kleine Schwester«, sagte Doro sanft, bevor sie die Decke über Yella zog. »Was auch immer passiert, wir haben immer noch uns. Wir bleiben die Sommerschwestern.«

»Versprochen«, sagte Yella, schon im Halbschlaf. »Für immer und ewig.«

12. Rinderwahnsinn

»Yella, wo bleibst du denn?«

»Yella, Schlafmütze.«

»Yella, willst du Kaffee?«

Der Morgen begrüßte Yella mit Glockengeläut, einem heftigen Kater und dem Geruch frisch aufgebackener Brötchen.

»Noch ein paar Minuten«, murmelte sie und drehte sich noch einmal um. Als sie wieder aufs Telefon sah, erkannte sie erschrocken, dass es bereits nach zehn Uhr war. War es die ungewohnte Stille, war es der Prosecco oder der chronische Schlafmangel, der sie in einen komaähnlichen Zustand versetzt hatte? Wann hatte sie das letzte Mal so lange geschlafen? Auf dem Handy standen sechs Mitteilungen von David, der im Modus heller Aufregung fragte, wo sie das Geschenk für Penelope hingelegt hatte. Und eine siebte Mitteilung, dass er sich anderweitig beholfen hatte.

Ihr Kopf protestierte gegen jede Bewegung, als sie sich vom Stockbett auf den Boden sacken ließ. Schwankend klammerte sie sich am Treppengeländer fest und nahm vorsichtig jede einzelne Stufe. In der Küche stieß sie gegen eine leere Proseccoflasche, die in eine Ecke rollte, wo sie mit ihren Artgenossen zusammenstieß. Ihr Kopf bestätigte ihre Befürchtungen. Hatten sie wirklich drei ganze Flaschen geleert? Unmöglich. Sie trank nie.

»Wir treffen Mama um 11.30 Uhr im *Pannenkoekenhuis*«, sagte Helen. Sie stürzte durch die Küche und sammelte Handtasche und Autoschlüssel ein.

»Wo sind Amelie und Doro?«, fragte Yella.

Ihre Zunge klebte schwer und pelzig im Mund.

»Schwimmen«, sagte Helen. »Das heißt, Doro wollte schwimmen, und Amelie bewundert sie dafür. Die traut sich erst ab Badewannentemperatur ins Meer.«

»Und wo willst du hin?«

Helen winkte ihr zu. »Wir sehen uns am *Pannenkoekenhuis*«, sagte sie.

Yella hatte eine vage Ahnung, dass ihre Pläne etwas mit Pauls nächtlichem Auftritt zu tun hatten. Bevor sie sich weiter erkundigen konnte, war Helen bereits aus dem Haus gestürmt.

11.30 Uhr? Yella checkte auf ihrem Handy die Strecke. Google Maps verkündete, dass das Restaurant ungefähr zwei Kilometer entfernt lag, das war locker zu schaffen. Eilig spritzte Yella sich eine Handvoll Wasser ins Gesicht, putzte zweimal die Zähne, um den unangenehmen Geschmack der Alkoholnacht aus dem Mund zu spülen, schlüpfte in die Jeans von gestern und einen neuen Pullover, der die Bezeichnung nicht verdiente.

Das würde ein guter Tag werden, sagte sie sich. Als sie die Tür vom Ferienhaus öffnete, schlug ihr angenehm kühle Nordseeluft entgegen. Am Himmel jagten Wolken über sie hinweg ihrem unbekannten Ziel entgegen, der Wind blies ihr ein paar Regentropfen ins Gesicht. Nach der langen Nacht eine wahre Wohltat. Sie stapfte los und hörte nebenbei noch einmal ihre Nachrichten ab.

»Ich habe gestern Abend ganz alleine Spaghetti gekocht, Mama«, verkündete Leo. »Mit roter Soße. Es hat nur ein bisschen an die Wand gespritzt, aber Papa hat zweimal genommen. Und Nick hat drei Äpfel gegessen. Nick, willst du Mama sprechen?«

Im Hintergrund hörte Yella das fröhliche Glucksen ihres kleinen Sohns, der sich vor Lachen ausschüttete.

»Nick hat keine Zeit«, sagte Leo trocken. »Der guckt mit Papa Youtube-Videos. Tschüss, Mama.«

Yella atmete auf. David bewältigte spielend das Leben mit den beiden Jungs. Ihr eigener Vater hatte im Kölner Alltag der Familie kaum eine Rolle gespielt. Als Gegenleistung für endlos lange Sommerferien ließ er sich den Rest des Jahres von seinem eigenen Vater und der ungeliebten Arbeit im Familienbetrieb auffressen. Zum Glück gehörte David einer Generation Mann an, die sich nicht nur als Urlaubspapa einbrachte, sondern es wertschätzte, auch in der Schulzeit viel Zeit mit den Kindern zu verbringen. David war ein großartiger Vater und immer für seine Söhne da. Ihre drei Männer amüsierten sich großartig ohne sie. Vielleicht hatte es sein Gutes, redete Yella sich ein, dass David sich so energisch geweigert hatte, sie zu begleiten. Ohne den Störsender im Ohr, der ihr ununterbrochen unangenehme Wahrheiten einflüsterte, schien es ihr leichter, mit ihrer Herkunftsfamilie umzugehen. Ganz zu schweigen davon, dass ihre Jungs ihr wohl kaum Gelegenheit gegeben hätten, ein ungestörtes Gespräch zu führen.

Nach wenigen Schritten bog Yella vom gestrigen Weg ab. Links ging es Richtung Strand, rechts zum *Pannenkoekenhuis*. Yella wunderte sich, warum hier neuerdings Zäune und schwere Zugangstüren platziert waren. Sie musste ihre ganze

Kraft aufwenden, um das schwere Holzgatter aufzustemmen. Ein paar Hundert Meter weiter begriff sie mit einem Schlag, warum das Areal mit so schweren Portalen ausgestattet war. Vielleicht hätte sie sich die Zeit nehmen sollen, die Besucherinformation, die sie am Eingang zum Naturschutzgebiet achtlos links hatte liegen lassen, zu studieren. Ein dampfendes Rind graste mitten auf dem Weg, riesig, rotbraun, zottelig und mit imposanten Hörnern. Yella mochte Tiere, zumindest theoretisch. Als Kind hatte sie sich immer einen Hund gewünscht, eine Katze, ein Kaninchen oder wenigstens einen Hamster. Nach einer Kuh hatte sie noch nie verlangt. Stattdessen wünschte sie sich sehnlichst Abstand oder einen Zaun, am liebsten eine Glasscheibe wie im Zoo, oder ein Gerät, das sie umgehend ins *Pannenkoekenhuis* beamte. Trotz der imposanten Hörner sah das Biest so angenehm wollig aus, als könne man es mühelos kraulen. Ein prüfender Blick auf den Unterbau bewies zweifelsfrei, dass es sich um einen Stier handelte.

Sie hörte plötzlich Rascheln und schweres Atmen hinter sich und zuckte erschreckt zusammen. Aus dem Busch brach eine pinkfarbene Frau hervor.

»Als je rustig blijft en afstand houdt doen ze niks«, sagte sie im Vorbeilaufen.

Die Einheimischen waren gewöhnt an Touristen. Als sie das Unverständnis in Yellas Gesicht wahrnahm, wechselte sie postwendend ins Deutsche.

»Schottische Hochlandrinder sind nicht gefährlich«, rief die Joggerin ihr zu. »Die tun nichts, solange man Abstand hält und die Muttertiere in Ruhe lässt.«

Ohne auch nur eine Sekunde zu zögern, setzte die Fitnessfanatikerin ihren eiligen Weg an dem Rind vorbei fort, das sich von der Jogging-Barbie nicht beim Fressen stören ließ.

Yella kicherte hysterisch. Was suchten diese Hochlandviecher im Dünengebiet, dessen höchste Erhebung kaum fünfzig Meter überstieg? Mussten die imposanten Biester ausgerechnet hier und jetzt dafür sorgen, dass die Biodiversität gewahrt blieb? Und was war ausreichend Abstand?

Vorsichtig schob sie sich näher, erst einen Schritt, dann zwei. Wenn die wirklich gefährlich wären, würden sie wohl kaum frei rumlaufen, sagte sie sich vor. Leider bewiesen Yellas Erfahrungswerte, dass ihre pure Anwesenheit eine negative Wirkung auf Haustiere aller Art hatte. Beim Ausflug des Kindergartens auf den Ponyhof trat das Minipferd nach ihr, der Nachbarsmops schnappte grundsätzlich nach ihren Waden, selbst die wollige Bürokatze wehrte sich, wenn sie auch nur versuchte, sie zu streicheln. Eine hastige Internetrecherche ergab, dass die Dünenrinder eher Flucht- als Angriffstiere waren.

»Hallo Kuh«, sagte sie laut, in der Hoffnung, dass das Monstrum eine freundliche Behandlung wertschätzen würde.

Das Tier erwachte aus seiner Lethargie und starrte sie aus feuchten Rinderaugen an. Ihm hingen noch Grasbüschel im Maul, als stünde das Tier Modell für einen Kalender.

Vorsichtig schob Yella sich an dem haarigen Koloss vorbei und folgte dem weiten Bogen des Weges. Hinter der Kurve lauerte neues Ungemach. Vor ihr, nur wenige Meter entfernt, standen zwei Muttertiere mit ihren Jungen. Hinter ihr trabte der Bulle auf sie zu. Ihr Puls, seit der Einladung permanent auf erhöhtem Niveau, stieg ins Unermessliche. Ihr Blick schweifte in alle Richtungen, um ihre Fluchtmöglichkeiten abzuchecken. Rechts lag eine stachelige Brombeerhecke, links dichtes Gestrüpp mit einem Saum aus kniehohen Brennnesseln. Eines der Muttertiere, wild entschlossen, ihr Junges zu verteidigen, rückte bedrohlich nahe. Unter dem viel zu langen Pony blitzten entschlossene Rinderaugen sie an. Kein Zweifel möglich: Dieses Ungetüm konnte sie mit einer einzigen schnellen Bewegung vom Weg rammen, sie auf die Hörner nehmen oder gar tottrampeln. Sie zoomte auf die gelbe Marke am Ohr und schickte die Aufnahme über WhatsApp nach Hause. Sollte ihr etwas zustoßen, konnte David den Übeltäter dingfest machen. Das Tier senkte den Kopf. Die Hörner zeigten in ihre Richtung.

Yella wich mit einem panischen Sprung in die Büsche aus. Sie verzog den Mund angesichts der schmerzenden Brennnesseln, sprang über einen umgestürzten Baum, durchquerte dorniges Gestrüpp, passierte die Pferdespur und fand einen Trampelpfad, der sich nach wenigen Metern gabelte. Zahllose Wander- und Fahrradwege durchkreuzten das Gebiet, überall taten sich Wege auf, die zu immer neuen Knotenpunkten führten, von denen es in unterschiedliche Richtungen weiterging. Wo waren die Wegweiser geblieben?

Yella hatte sich so sehr vorgenommen, das verlängerte Wochenende mit ihrer Mutter zu einem Erfolg zu machen. Sie wollte wiedergutmachen, was beim letzten Mal zwischen ihnen schiefgegangen war. Sie lag eins zu null zurück. Mindestens. Wenn sie sich nicht beeilte, würde sie zu spät kommen. Nach dreimaligem hektischen Abbiegen war Yella sich nicht einmal mehr sicher, ob sie überhaupt in die richtige Richtung lief. Früher war ihr das Gebiet vertraut wie ihre Westentasche gewesen. Alles sah so anders aus. Angst war ein schlechter, Panik ein verheerender Berater. Jeder Weg ist richtig, sagte sie sich einen Spruch von Dr. Deniz vor, der falsche dauert nur ein bisschen länger. Sie war dennoch erleichtert, als sie endlich auf den Wegweiser *Pannenkoekenhuis* stieß. Darunter stand ihr Urteil. Noch 2,4 Kilometer.

13. Katerfrühstück

Waar heb je trek in? Worauf hast du Appetit? Yella seufzte erleichtert auf, als sie endlich das große Schild erreichte, das seit Jahrzehnten Besucher vom Hauptweg zu der versteckt gelegenen Waldgaststätte lockte. Über der endlosen Liste mit Pfannkuchen in allen Variationen baumelte ein rundes Holzschild, das dem geneigten Wanderer mitteilte, dass das Restaurant heute für eine »*Besloten gezelschap*« reserviert war: geschlossene Gesellschaft. Hungrige und durstige Spaziergänger konnten sich jedoch am Kiosk mit Eis, Getränken und kalten Speisen eindecken. Daneben wiesen Pfeile den Weg zum Spielplatz, zum Streichelzoo und zu der Minigolfanlage. Der Minifreizeitpark war schon zu Zeiten der Sommerschwestern ein äußerst beliebtes Ausflugsziel für die ganze Familie gewesen. Gerührt sah Yella sich um. Hier war die Zeit stehen geblieben. Das *Pannenkoekenhuis,* eine tiefgrüne Holzhütte, die eher an einen Schuppen als an ein Restaurant erinnerte, lag noch genauso verwunschen zwischen den dunklen Bäumen wie früher. Dieselben bunten Lampions, die im Wind schaukelten, dieselben einfachen Picknickgelegenheiten, bei denen Tisch und Bank zu einer festen Einheit verwachsen waren, dieselben leuchtenden Ola-Sonnenschirme. Wie oft hatte sie mit ihren Schwestern auf den Klettergerüsten des Spielplatzes geturnt oder geschaukelt oder selig die Kaninchen im

Gehege gestreichelt, während sie auf ihre Pfannkuchen warteten? Wie oft waren sie abends für eine Partie Minigolf hierhergekommen?

Vor der Eingangstür hielt eine imposante Gestalt Stellung, umgeben von der enormen Rauchwolke seiner E-Zigarette: Ludwig. Yella vermied einen Blick auf die Uhr. Sie wusste auch so, dass sie zu spät war. Ihr Schwager umarmte Yella mit so unverhohlener Freude, dass ihr der Atem wegblieb. Yella konnte sich des Eindrucks nicht erwehren, dass er seit ihrem letzten Treffen noch ein bisschen mehr zugelegt hatte. Sie verschwand fast in seiner Umarmung und dem Geruch von Sägespänen und Motoröl, der in seiner Lederjacke hing.

»Schön, dass du uns gefunden hast«, sagte er ohne jede Ironie.

Doro, die Ludwig beim Rauchen Gesellschaft leistete, war weniger friedlich gestimmt.

»Da bist du ja endlich«, sagte sie ungehalten.

Wie machte Doro das nur? Nach dem morgendlichen Bad in der Nordsee wirkte ihre große Schwester wie aus dem Ei gepellt. Die kurze Nacht, der Stress und der viele Alkohol hatten keinerlei Spuren in ihrem Gesicht hinterlassen. Während Yella sich in T-Shirt und Hose geworfen hatte, ähnelte Doro einer ihrer Theaterfiguren. Overdressed in einem ausladenden gelben Tüllkleid mit großen Puffärmeln, perfekt geschminkt, die Haare sorgsam glatt gezogen, überstrahlte sie alle. Wie hieß ihre Musikgruppe früher so typisch? Doro und der Rest! Yella wünschte, Doros Talent, sich in Szene zu setzen, würde ein bisschen mehr auf sie abfärben.

»Es tut mir leid«, stammelte sie, »aber ich bin einem dieser Rinder begegnet. Kennst du diese langhaarigen Biester, die laufen frei rum ...«

»Komm einfach rein, Yella«, unterbrach Doro gereizt. »Wir warten alle nur auf dich.«

Yella schwitzte, ihr Kopf brummte, sie fühlte sich ein bisschen schwindelig, als sie den Gastraum betrat. An einer langen rustikalen Tafel hatte dicht an dicht Yellas Familie Platz genommen. Ihr Blick blieb an ihrer Mutter hängen, die an der Stirnseite thronte. Fast hätte sie die Frau in dem pastellfarbenen Kleid nicht erkannt. Ihre Haare fielen in einem lockigen Bob auf die Schultern und verdeutlichten eindrucksvoll, wie lange sie einander nicht mehr gesehen hatten. Nach Johannes Thalbergs Tod war ihre lange Mähne einer strengen Kurzhaarfrisur und noch strengerer Miene gewichen. Ihr zweiter Ehemann sah sie am liebsten im konservativen Kostüm und gedeckten Farben. Mit fast siebzig ähnelte sie auf einmal wieder der jungen Frau im korallenfarbenen Bikini. Hatte Doro sie unter ihre Fittiche genommen? Erfand ihre Mutter sich gerade neu? War ihr wieder eingefallen, wer sie einmal gewesen war? Yella musste zugeben, dass ihr der weichere Look großartig stand. In allerbester Laune flirtete Henriette Thalberg ungeniert mit dem Ober. Sie kicherte, gurrte und benahm sich wie ein Teenager.

»Ich hatte schon immer eine Schwäche für Holländer«, verkündete sie und blitzte den Mann an.

»Habt ihr gesehen, wie er läuft?«, schwärmte sie. »Und diese Hände. Ich mag Hände, die zupacken.«

Ihre Stimme klang ein bisschen zu hoch, zu falsch und verriet ihre Anspannung. Plötzlich fiel Henriettes Blick auf die Tür. Ihr Mund verzog sich zu einem Lächeln.

»Meine Zweitgeborene braucht immer eine Extraeinladung«,

sagte sie. »Die musste schon bei der Geburt mit der Zange geholt werden.«

Alle lachten.

Blitzartig wurde Yella von Bildern aus der Vergangenheit eingeholt. Die alten Schwarz-Weiß-Fotos an den Wänden, die altertümliche Einrichtung, das Gelächter der Schwestern, das quälende Gefühl, vor versammelter Mannschaft bloßgestellt zu werden. Auf einmal fiel es Yella wieder ein: Hier hatten sie auch am Tag des Unfalls gegessen, und sie war das Gespött ihrer Familie gewesen, weil sie auf dem Weg vom Strand getrödelt und sich dann verlaufen hatte.

»Wenn man sich verirrt hat, muss man an den Ort zurückkehren, an dem man die falsche Abzweigung genommen hat«, hatte ihr Vater gerufen. »Aber das gilt nicht für Yella. Die bleibt am besten stehen und wartet, bis jemand sie abholt.«

Im Gegensatz zu Amelie, die begeistert war, an den Ort ihrer Kindheit zurückzukehren, hatte Yella in den letzten Jahren alles dafür getan zu vergessen. Vor allem den letzten Sommer, in dem alles anders gewesen war. Auf einmal stand es ihr wieder glasklar vor Augen. Vielleicht waren sie nie die glückliche Familie gewesen, an die sie sich so gerne erinnern wollte? Noch nicht einmal vor dem Unfall. Der letzte Tag mit ihrem Vater war alles andere als harmonisch verlaufen. Sie schüttelte sich und rief sich selber zur Ordnung. Sie wollte nicht in die Vergangenheit eintauchen. Sie hatte genug mit der Gegenwart zu tun. Sie hatte sich so fest vorgenommen, alle Differenzen mit ihrer Mutter auszuräumen. Sie wollte gutmachen, was bei dem Kölner Essen schiefgegangen war. Doch in Henriette Thalbergs Welt existierte keine Verjährung.

»Ihr lacht«, amüsierte sich ihre Mutter über Yellas spätes

Eintreffen. »Aber ich hing zehn Tage am Tropf, so viel Blut, Schweiß und Tränen hat mich Yellas erster Auftritt gekostet. Aber am Ende bist du da. Und das ist die Hauptsache.«

Sie sprang begeistert auf, um Yella zu begrüßen, als hätte es nie auch nur die leiseste Verstimmung zwischen ihnen gegeben. Yella atmete erleichtert auf. In ihren Albträumen hatte sie eine gebrochene Frau vor sich gesehen, die ihre Familie mit einer tödlichen Diagnose konfrontierte. Henriette Thalbergs unbefangene Art, sie willkommen zu heißen, beruhigte ihre flatternden Nerven. Wer so lächelte, überbrachte keine schlechten Nachrichten. Wer so lächelte, hegte keinen Groll mehr über ein missratenes Familienessen.

Ihre Mutter nahm sie wortlos in den Arm. Der leise Hauch ihres Parfüms hüllte sie ein. Sie roch ein bisschen nach Zitrus und Orange, nach Bergamotte mit einem leisen Akzent Frucht. Die Männer an der Seite ihrer Mutter wechselten, ihr Parfüm blieb immer gleich. Mitsouko bedeutete »Geheimnis« auf Japanisch: Henriette sprayte den Duft auf ihre Kleidung, die Gardinen, auf Möbel, selbst im Urlaub sprühte sie einen Hauch auf die fremde Bettwäsche. Mitsouko roch nach zu Hause.

Einen Moment lang war Yellas Welt in Ordnung. Aller Druck fiel von ihr ab. Ihre Mutter wirkte ausgelassen und fröhlich. Vielleicht hatte Amelie recht mit ihrer Theorie, und das angebliche Geheimnis war nur ein kleiner, feiner Trick, die ganze Familie auch einmal kurzfristig an einen Tisch zu bekommen.

Erleichtert nahm Yella an der Stirnseite Platz, genau gegenüber ihrer Mutter und Doro. Yella registrierte betroffen, dass David und ihre beiden Jungen als Einzige in der Runde fehlten. Neben ihr spielte ihre dreizehnjährige Nichte Lucy desinteressiert auf ihrem iPhone herum, zu ihrer Linken hatten Helen und Amelie Platz genommen, rechts Ludwig und Paul. Ihre beiden Schwager hatten etwas von einem komischen Duo. Barock, mächtig und wortkarg der eine, intellektuell, eloquent und elegant der andere. Während Ludwig in sich ruhte, starrte der Architekt nervös in Helens Richtung und versuchte krampfhaft, ihren Blick einzufangen. Ihre Schwester ignorierte ihn demonstrativ und tat so, als wäre sie komplett absorbiert davon, sich ein Glas Wasser einzuschenken. Yella hätte schwören können, dass die beiden am Vorabend gestritten hatten, und auch jetzt konnte sie sich des Eindrucks nicht erwehren, dass zwischen den beiden mehr als nur dicke Luft herrschte. Yella verstand Helens Not nur zu gut. Wenn sie ihre Beziehungsprobleme nicht live vor ihrer Familie austragen wollte, blieb ihr keine andere Wahl, als für die Dauer des Essens gute Miene zu Pauls überraschender Anwesenheit in Bergen zu machen. Wenn es etwas gab, was die beiden zu klären hatten, war dies der falsche Ort und der falsche Zeitpunkt. Noch irritierender aber war der eingedeckte Platz zwischen Paul und Ludwig. War dieser Stuhl für David reserviert? Erwartete ihre Mutter einen weiteren Gast?

»Habe ich etwas verpasst?«, fragte Yella mit gespielter Fröhlichkeit.

Niemand aus der Runde antwortete. Yella fing die gereizte und überhitzte Stimmung auf, als ihr Blick über die Schwestern glitt.

»Jetzt komm erst mal zu Atem«, sagte ihre Mutter.

Amelie sah sie mitleidig an, Helen schob ihr ein Erfrischungstuch zu, was kein gutes Zeichen war.

»Können wir ein bisschen Wasser haben?«, rief Doro dem Kellner zu, als wäre sie die Chefin der Veranstaltung.

Henriette Thalberg klopfte an das Glas, um das Wort zu ergreifen. »Ich weiß, dass ich euch überfahren habe. Umso dankbarer bin ich, dass ihr meiner Einladung gefolgt seid.«

Ihre Stimme klang ein bisschen wacklig, aber ihre Wangen glühten vor Aufregung. Sie setzte zu einer großen Rede an.

»Ich kann mir lebhaft vorstellen, dass ihr viele Fragen habt. Aber wir sind vor allem hier, um zu feiern. Wir haben viel zu wenig gefeiert in den letzten Jahren.«

Doro drehte sich um und gab der Küche ein Signal. Postwendend erschien der Ober mit einem Tablett Gläser und Prosecco. Sie weiß Bescheid, durchfuhr es Yella. Doro war wie immer bestens informiert und hatte kein Interesse daran, andere an ihrem Herrschaftswissen teilhaben zu lassen. Der theatralische Schwur am gestrigen Abend entpuppte sich als eine einzige große Lüge.

»Doro, Yella, Amelie, Helen«, begann ihre Mutter zeremoniell und sah jeder von ihnen in die Augen. »Ich weiß, dass ich euch nicht immer die allerbeste Mutter war. Ich wünschte, ich hätte in den schwierigen Jahren mehr bei euch sein können. Umso glücklicher bin ich, dass ihr heute hier seid. Ich wollte, dass dieser Flecken Erde, an dem wir die schlimmsten Stunden unseres Lebens ausgestanden haben, zu einem Ort wird, an dem eine neue Zeitrechnung für uns als Familie beginnt.«

Yella spürte einen dicken Kloß im Hals. Amelie wischte eine Träne aus dem Augenwinkel. Doro stieß Lucy an, um sie aus ihrer Social-Media-Welt zu wecken. Ihre Nichte richtete die Kamera auf ihre Großmutter, als wisse sie genau, dass gleich etwas Entscheidendes passieren würde, das ihrer aller Leben verändern würde.

»Aber erst mal essen wir einen kleinen Happen«, sagte Henriette.

Lucy ließ die Kamera sacken. Yella wünschte sich sehnsüchtig David an ihre Seite, jemanden, an den sie sich anlehnen konnte. Verstört kippte sie den Prosecco runter. Der Alkohol auf nüchternen Magen bekam ihr nicht. Schon der Anblick der Vorspeise, die plötzlich vor ihr stand, versetzte ihre Eingeweide in Panik.

Früher hatten sie hier Apfel- oder Speckpfannkuchen bestellt, ganz verwegene in Kombination mit Ananas und mit dickem Sirup und Puderzucker bedeckt. Jetzt lachte sie auf ihrem Teller ein winziger tiefgrüner Pfannkuchen an. Obenauf schwamm rot glänzender Kaviar in einem braungrünen Nest.

»Ist das Seetang?«, fragte Amelie begeistert und fotografierte die Vorspeise für Instagram. Seit dem überraschenden Erfolg ihrer Story mit dem älteren Paar auf der Terrasse hatte sie jede Menge neuer Follower gewonnen.

Der Geruch von Salz, Meerwasser und brackigen Algen stieg Yella in die Nase. Sie hatte die Vorteile eines Katerfrühstücks nie recht verstanden. Während die anderen wortreich den Minipfannkuchen lobten, der, wie sie hörte, tatsächlich aus frisch geernteten Nordseealgen hergestellt war, führte sie ein Zwiegespräch mit ihrem rebellierenden Magen.

»No way«, rief er ihr zu. »Echt nicht. Kann ich erst eine Tasse Kaffee haben? Oder ein Alka Seltzer?«

Sie spürte, wie ihr die Röte ins Gesicht stieg. David konnte zum Frühstück mühelos kalte Spaghetti vom Vortag vertilgen, die Reste vom Schnitzel verputzen oder sein Käsebrot mit Jalapeños belegen. Sie selber hielt sich morgens lieber an die Reste Nutellabrot, die sie im Laufschritt von den Tellern ihrer Söhne pflückte.

Die Vorspeise wurde verbal filetiert. Alle stürzten sich begeistert auf die Details.

»Und die Algen muss man wässern, bevor man sie zubereiten kann?«, fragte Hobbykoch Ludwig interessiert.

Normalerweise schwieg der bayerische Buddha sich durch die Thalberg'schen Familientreffen. Doch jetzt kam Leben in ihn. Nicht umsonst war er Mitglied eines Kölner Männerkochclubs. Wohl auch als Ausgleich für den Frauenüberschuss in seiner Familie kam er einmal im Monat mit seinen Freunden zusammen, um unbehelligt von weiblicher Einmischung die kompliziertesten Gerichte auszuprobieren. Ludwigs übertriebenes Interesse an der Zubereitung von Algen offenbarte, dass der erklärte Liebhaber mediterraner Küche Holland bislang für ein kulinarisches Entwicklungsland gehalten hatte.

Yella verstand nur zu gut, dass es in Wirklichkeit um etwas anderes ging. Ihre Familie erging sich in Lobreden auf die Vorspeise, um mit Worten die in der Luft hängende elektrische Spannung zu bannen. Einzig Paul blickte ein wenig skeptisch auf seinen Teller. Das lag, so vermutete Yella, nicht an den Algen, sondern an der Unübersichtlichkeit der Mahlzeit. Schon im Studium stand der erklärte Purist nicht auf Zierrat und überflüssiges Dekor. Weder bei Bauwerken noch auf seinem Teller. Seine Vorliebe für eine einfache gutbürgerliche Küche war legendär. »Wir haben eben ein Bratkartoffelverhältnis«, hatte Helen einmal erklärt. Seine angeborene Höflichkeit ließ ihn jedoch auch bei Algen kommentarlos zugreifen. Pauls Magen war wohl robuster als der ihrige.

»Ich warte noch ein bisschen«, sagte sie auf Doros auffordernden Blick hin.

Wozu brauchte es eine Vorspeise, wozu den Moment der

großen Eröffnung weiter hinauszögern? Warum mussten sie überhaupt essen? Seit der Brief in ihren Briefkasten geflattert war, lebte sie in konstanter Alarmstimmung. Sie wollte keine delikate Vorspeise serviert bekommen, sie wollte nur noch wissen, worum es ging.

»Probier einfach, Yella,«, sagte ihre Mutter in einem Ton, mit dem man bockigen Kindern weich gekochtes Gemüse schmackhaft machte. »Yella war schon immer ein problematischer Esser«, erklärte Henriette lachend in die Runde.

Yella schluckte den Ärger runter. War man ein problematischer Esser, wenn man auf normales Frühstück stand? Bei *Berliner Beans* in ihrer Straße schlürften ihre hippen Nachbarn gerne mit blauem Algenpulver gefärbten »Ocean-Latte«. Yella trank am allerliebsten Filterkaffee ohne jeden Schnickschnack. Die Bemerkung ihrer Mutter reichte, ungewollt die Aufmerksamkeit auf sich zu ziehen.

Yella pikste mit der Gabel vorsichtig in den grünen Teig, bevor der Minipfannkuchen sich zur Staatsaffäre auswuchs. Die Algen zappelten wie Wackelpudding auf ihrem Teller. Als sie aufblickte, bemerkte sie, dass die Augen aller Anwesenden interessiert auf sie gerichtet waren. Von allen Seiten prasselten aufmunternde Kommentare auf sie ein.

»Du weißt nicht, was du verpasst«, erklärte Amelie.

»Ich habe Lucy von Anfang an dazu erzogen, alles zu probieren«, erklärte Doro. »Bram hat sich solche Mühe mit dem Menü gegeben.«

Bram? Woher kannte Doro den Namen des Kochs? Wieso sprach sie ihn mit solcher Selbstverständlichkeit aus? Welches Spiel wurde hier gespielt?

»Am besten, du gewöhnst dich frühzeitig daran«, sagte Helen. »Das Zeug ist die Ernährung der Zukunft. Algen wachsen schneller als die Weltbevölkerung und versteppen keine Böden.«

Inzwischen warteten alle nur noch darauf, dass sie ihre Vorspeise probierte. Selbst die Kaviaraugen grinsten sie erwartungsvoll an. Die gut erzogene Lucy nutzte den unbeobachteten Moment, ihren Teller mit dem leeren von Ludwig auszutauschen, der begeistert und kommentarlos zugriff, als hätten sie dieses Manöver bereits tausendmal ausgeführt. Kein Wunder, dass er immer runder wurde. Ludwig war nicht einmal der leibliche Vater von Lucy, kümmerte sich jedoch hingebungsvoll um die Dreizehnjährige. Ihre Nichte machte es richtig und übte sich in stillschweigender Rebellion. Warum hatte sie überhaupt etwas gesagt? Nach ihrer ärgerlichen Verspätung wollte sie nicht schon wieder schlechte Laune verbreiten. Sie spießte entschlossen den Pfannkuchen auf, nahm ihn in den Mund, spülte das fischige, glitschige Etwas mit dem eiskalten Prosecco herunter, bevor ihre Geschmackspupillen wach wurden, schluckte und reckte den Daumen in die Höhe.

»Wirklich gut«, sagte sie. »Großartig.«

Ihr Magen, der noch mit dem Alkohol vom Vorabend beschäftigt war, protestierte. Waren Kohlensäure und Fisch eine gute Kombi?

»Also«, sagte sie, während sie krampfhaft den Druck in der Bauchgegend überspielte. »Warum sind wir hier?«

Ihr Satz fiel ins Leere. Die plötzlich eintretende Stille war ohrenbetäubend. Henriette drehte sich wie in Zeitlupe um und gab dem Personal ein Zeichen. Der Ober trat an den Tisch heran und räumte die Teller ab. Besonders eilig schien er es damit nicht zu haben, aber Henriette amüsierte das eher. Sie schien jede Sekunde der zeitraubenden Prozedur zu genießen. Yella unterdrückte den Anflug von Ärger. Flirtete ihre Mutter allen Ernstes mit dem Ober, während ihre Töchter sehnsüchtig auf Antworten warteten? Was war das für ein merkwürdiges Machtspiel? Wie lange wollte ihre Mutter sie noch hinhalten?

Erst als die Bedienung mit dem allerletzten Teller in der Küche verschwunden war, erhob sich Henriette Thalberg. Yella fiel erst jetzt so richtig auf, wie viel sie an Gewicht verloren hatte. Unter der sorgfältig aufgetragenen Schicht Make-up zeichneten sich dunkle Augenringe ab. Ihre zitternden Finger verrieten die Nervosität, als sie die ungeteilte Aufmerksamkeit des Tisches genoss.

»Ich weiß natürlich«, hob sie feierlich an, »dass ihr euch den Kopf darüber zerbrochen habt, was es mit meiner Einladung auf sich hat. Bergen ist natürlich nicht ohne Grund gewählt.«

»Jetzt mach's nicht so spannend, Mama«, platzte Helen ungeduldig heraus.

»Ihr seid hier, weil euer Vater es so wollte«, erklärte Henriette feierlich. »Zwanzig Jahre nach seinem Tod hat er mir ein letztes Geschenk gemacht.«

Yella wurde schwindelig. Amelie hatte also recht gehabt. Es ging um ihren Vater. Yella war jetzt schon schlecht. Henriette Thalberg zog ein großes, flaches Paket unter dem Tisch hervor. Das dicke rote Packpapier war ausgeblichen und an vielen Stellen eingerissen.

»Wer von euch will?«, fragte ihre Mutter mit ihrer zeremoniellsten Stimme, als wären sie Kinder unterm Weihnachtsbaum. Gemeinschaftsgeschenke im Hause Thalberg waren immer problematisch. Schon die Frage, wer auspacken durfte, führte grundsätzlich zu Diskussionen, lautem Geschrei und schließlich Tränen. Am Ende verwandelte sich jedes Geschenk in einen Zankapfel. Aber sie waren keine Kinder mehr. Doro, die sich sonst gerne vordrängelte, lehnte sich genüsslich zurück, als habe sie selber das geheimnisvolle Gut verpackt. Ihre Mutter übergab das Paket an Amelie, die ihr am nächsten saß. Hatte sie Helens ausgestreckte Hand nicht bemerkt?

Amelie drehte und wendete das Präsent ausführlich in ihren Händen, tastete es ab und schnüffelte vorsichtig daran.

Yella wollte ihrer kleinen Schwester das Paket am liebsten aus den Händen reißen. Warum musste alles in dieser Familie bis zum Überdruss zelebriert werden? Warum konnte ihre Mutter nicht einfach sagen, was los war?

Noch erstaunter war sie, als aus der Verpackung ein schwarzer Bilderrahmen zum Vorschein kam. Auf der Rückseite prangte eine handschriftliche Notiz: *Wordt door J. Thalberg afgehaald.* Wird von Johannes Thalberg abgeholt. Darunter stand das verhängnisvolle Datum, das auch den Grabstein ihres Vaters zierte. War das eines seiner Wolkenbilder? Amelie schluckte schwer. Yella versuchte, in ihrer Miene zu lesen, was sie erblickte. Sie sah Rührung, sie sah Tränen. Helen schaute ernst über ihre Schulter mit, dann reichte sie das Bild weiter an Doro, die es, ohne einen Blick draufzuwerfen, zu Ludwig und Paul weiterschob. Ihre Gleichgültigkeit war das letzte Indiz, dass Doro in die Pläne ihrer Mutter eingeweiht war. Es dauerte eine gefühlte Ewigkeit, bis Yella endlich an der Reihe war. Sie erschrak, als sie in ihr eigenes dreizehnjähriges Gesicht blickte. Gemeinsam mit ihren Schwestern posierte sie vor einer Art Fototapete mit absurd kitschigem Alpenpanorama.

Das Foto dokumentierte nur zu genau, wie unterschiedlich die Schwestern schon damals gewesen waren. Doro überragte die anderen drei um einen ganzen Kopf. Der selbst genähte Matrosenanzug mit dem riesigen Ausschnitt, den sie trug, war zu keiner Zeit modern gewesen, dafür aber ultrakurz und provokant. Yella erinnerte sich, dass Doro den Look einer alten Postkarte von einem Pin-up-Girl aus den Zwanzigern nachempfunden hatte. Dazu passte auch ihr leuchtend schwarzer Pagenkopf mit dem superkurzen Pony. Die Zwillinge wirkten dagegen unschuldig klein. Amelie trug über rosa Shorts ein T-Shirt der Spice Girls, Helen ein viel zu großes rot-weißes Fußballshirt, auf dem riesig der Sponsor der Bank und ein bisschen kleiner *Ajax Amsterdam* stand. Nur Yella, in Jeans, T-Shirt und mit praktischem Pferdeschwanz, hatte ihren Geschmack nicht sonderlich verändert.

Yella erinnerte sich sofort. Die Aufnahme stammte aus den dunklen Ecken ihrer Kindheit. Nachdem Doro und Yella sich in ihrem letzten Holland-Sommer erfolgreich gegen einen Besuch im Tierpark gewehrt hatten, wo der Zoofotograf sie jedes Jahr abgelichtet hatte, hatte ihr Vater in der Nähe des Albert-Cuyp-Markts, dem ältesten Amsterdamer Straßenmarkt, ein Fotostudio für das traditionelle Schwesternporträt aufgetan.

»Ich weiß noch, wie exotisch ich den Laden fand«, sagte Helen. »Es roch merkwürdig. Eine Mischung aus Fotoentwickler und fremden Gewürzen.«

»Das weißt du noch?«, fragte Amelie erstaunt.

»Der Besitzer vereinte so viele Kulturen«, erzählte Helen weiter. »Er kam ursprünglich aus Hongkong, war dann weitergezogen in eine der niederländischen Kolonien in Südamerika und schließlich in Amsterdam gelandet.«

»Irgendwas ist bei uns im Bauch schiefgegangen«, meinte Amelie. »Ich erinnere mich an nichts, du erinnerst dich an alles.«

»Yella sieht auf dem Foto aus, als hätte sie Magenschmerzen«, meinte Lucy, nicht ahnend, dass sie damit den Nagel auf den Kopf traf.

Yella erinnerte sich weder an den Fotografen noch, woher er kam, aber sie hatte den Streit mit ihrem Vater noch gut in Erinnerung. Es war der erste und der letzte Sommer. Der erste Sommer, in dem die Familie sich ein Ferienhaus leisten konnte, der erste Sommer, in dem die großen Schwestern energisch von den kleineren absetzten. Mit dreizehn und sechzehn waren sie definitiv zu alt für Elefanten, Löwen, Erdmännchen und Zoofotos vor einem steinernen Gorilla. Der erste Sommer, in dem die Freunde bei der Surfschule wichtiger waren als die Zeit mit den Eltern. Es war der Sommer, in dem Yella lernte, wie schnell der billige Wein von *Albert Heijn* (mit der *bonuskaart* der Supermarktkette *drie voor de prijs van twee*) ihr bei sommerlichen Temperaturen in den Kopf stieg. Die Lippen schmeckten nach Salz, als sie hinter der Surfschule zum ersten Mal auf die von Frenkie trafen. Als sie trunken vor Liebe und *huiswijn rood* endlich den Nachhauseweg fand, erwartete sie ein tobender Vater, der sie erst dazu aufforderte, ihn anzuhauchen, und dann zu Hausarrest verdonnerte. Und das im Urlaub!

»Ich bin maßlos enttäuscht von dir«, hatte ihr Vater mit bebender Stimme geschimpft.

Im Hintergrund hatte sich Doro mit Unschuldsmiene herumgedrückt. Bis heute fragte sie sich, wie es ihrer großen Schwester, dem von allen Surfern umschwärmten Mittelpunkt aller Strandpartys, gelungen war, sich rechtzeitig und unbemerkt ins Ferienhaus zu schleichen und somit der Strafe zu entgehen. Anders als Doro, die mit ihrer Kreativität der ganze Stolz des Vaters war, die zarte Amelie, die liebevoll am Papa hing, und Helen, die schon als Kind unabhängig wirkte, aber immer seine Hochachtung genoss, spürte Yella in dem letzten Sommer eine unüberwindbare Distanz zu ihm. Es war der erste Sommer, in dem sie ununterbrochen aneinandergerieten, und der letzte Sommer ihres Vaters. Ihr Streit hatte eine offene Wunde hinterlassen, die nie mehr heilen konnte.

In dem Foto las sie die stumme Wut heraus, die sie daran erinnerte, was sie am liebsten vergessen wollte. Das Leben war nicht perfekt. Noch nicht einmal vor dem Unfall. Sie hatte nicht die geringste Lust auf das gestellte Foto gehabt. Wozu sollte sie vor diesem altmodischen Hintergrund posieren? Wenn sie schon nicht bei der Surfschule sein durfte, wäre sie viel lieber über den Markt gebummelt auf der Suche nach neuen Klamotten. Mit dem Abstand von zwanzig Jahren erkannte sie auf den ersten Blick, wie außergewöhnlich das fahlfarbene Porträt und der Fotograf, den ihr Vater aufgetan hatte, waren.

»Die Fotos von Lee To Sang sind inzwischen Kult«, erklärte Doro. »Heute findest du niemanden mehr, der Retuschemethoden aus dem 19. Jahrhundert beherrscht.«

Yella starrte auf das gerahmte Bild, das ihr so seltsam vorkam, ohne dass sie fassen konnte, was sie an dem Gesamtbild störte.

»Wir sind nach Holland gefahren, um ein altes Familienporträt anzuschauen?«, wunderte sie sich.

Ihre Mutter lachte glockenhell. »Natürlich nicht.«

»Wo kommt das Foto plötzlich her?«, fragte Helen.

Ihre Mutter wies mit dem Zeigefinger auf Helen. »Und deswegen ist Helen die klügste von uns Thalberg-Frauen. Weil sie die richtigen Fragen stellt. Genau darum geht es. Das ist genau das Wunder, das ich mit euch teilen will.«

In diesem Moment kam der Hauptgang aus der Küche.

14. Butter bei die Fische

Der Kaviar und die Nordseealgen in Yellas Magen freuten sich nur sehr bedingt über die Gesellschaft von butterglänzender gebratener Scholle, Weißer Bete und Kartoffeln. Yella kämpfte an allen Fronten. Geräusche und Gespräche rauschten an ihr vorbei. Sie fühlte sich wie vor Beginn eines klassischen Konzertes, wenn alle Musiker gleichzeitig ihre Instrumente stimmten. Ein unbestimmtes Gefühl von Spannung und Erwartung füllte den Raum. Die Töne, die gleich erklingen würden, könnten ihr Leben verändern. Yella musste sich die ganze Hauptspeise lang gedulden, bis ihre Mutter neu ansetzte.

»Am Ende verbinden sich alle losen Fäden zu einem großen Ganzen«, sagte Henriette Thalberg. »Euer Vater hat mir ein Geschenk aus dem Himmel gesendet. Und deswegen sind wir an dem Ort, an dem Johannes seine glücklichsten Tage verbracht hat. So kann er ein bisschen bei uns sein.«

»Mama, es reicht«, sagte Helen entnervt. »Du hast lange genug um den heißen Brei herumgeredet.« Ihre Geduld mit ihrer Mutter war am Ende. »Wir haben jetzt lange genug herumgerätselt.«

»Ihr wart an meiner Seite in den schlechten Zeiten«, sagte ihre Mutter. »Ihr sollt an meiner Seite sein, wenn wir die guten Zeiten feiern. Als meine Trauzeugen.«

Das Wort schlug ein wie eine Bombe. Yella begriff nicht, worum es ging. Alle redeten durcheinander.

»Trauzeugen? Wer braucht hier Trauzeugen?«, sagte Amelie.

»Du willst heiraten?«, fragte Helen sachlich.

»Wieso willst du heiraten?«, fragte Yella verwirrt.

»Wen?«, schob Amelie nach.

Yellas Magen fühlte sich flau und übersäuert an. Und das lag nicht nur an der fischigen Beilage, die in ihrem Bauch im Prosecco hin und her schwappte. Die Schwestern tauschten ratlose Blicke aus. Amelies übertriebenes Kichern hallte in Yellas Kopf.

»Jetzt lasst sie doch mal ausreden«, mischte Paul sich ein und erntete postwendend einen bösen Blick von Helen, die ihm die Einmischung in interne Angelegenheiten der Thalberg'schen Sippe nicht dankte. Doro wies mit dem Zeigefinger Lucy an, die Kamera in die andere Richtung zu drehen. Yella folgte der Blickrichtung.

Lucys Kamera fing den Ober ein, der gerade aus der Küche trat. Yella sank in sich zusammen. Nicht schon wieder! Bitte nicht. Ein neuer Gang? Sie brachte kein Blatt mehr herunter. Und ganz bestimmt keinen weiteren Fischgang. Sie atmete erleichtert auf, als sie erkannte, dass es sich offenbar um die Nachspeise handelte. Eis mit Wunderkerzen. Er stellte den Teller auf den Tisch, dann legte er die Schürze ab, faltete sie sorgfältig, übergab sie dem feixenden Besitzer des Restaurants, der genauso rund und dick war wie seine Pfannkuchen, und trat an den Tisch heran. Er stellte sich hinter den Stuhl ihrer Mutter und legte ihr vertraut die Hand auf die Schulter.

»Ich freue mich, euch Thijs vorzustellen«, sagte Henriette Thalberg bewegt.

Wie bitte? Das war er? Der zukünftige Mann ihrer Mutter? Yella starrte in das Gesicht des Fremden, den sie bislang wie eine Tapete nur schemenhaft im Hintergrund wahrgenommen hatte. Er war deutlich jünger als ihre Mutter und hatte das, was man wohl einen Charakterkopf nannte. Die tiefen Linien in seinem Gesicht fügten sich zu einer eigentümlichen Landschaft und ließen offen, ob sie Lachen oder tiefem Kummer geschuldet waren. Vielleicht sogar beidem.

»Das ist Thijs«, wiederholte ihre Mutter noch einmal, als ob der Name alleine irgendetwas erklärte.

Yella war so überrumpelt, dass sie kaum reagieren konnte.

Der Mann lächelte gewinnend in die Runde. »Ich freue mich, euch alle endlich kennenzulernen«, sagte er mit deutlichem Akzent. »Ich muss gestehen, ich war ein bisschen nervös.«

Er verschluckte die Endungen, sein s tendierte in Richtung »sch«, die eeess und die ooos zog er lang. Er klang wie Rudi Carrell, dessen Sendungen sie als Kinder sehen durften, oder wie Hape Kerkeling als Königin Beatrix. Vielleicht war das alles ein großer Witz. Ein Blitzlicht blendete sie und nahm Yella die Gelegenheit festzustellen, wie der Rest der Familie auf die überraschende Eröffnung reagierte.

»Thijs hat euer Foto rein zufällig im Lager eines Ladens mit Künstlerbedarf entdeckt. Jonkmans, im Zentrum von Bergen, ihr wisst schon. Er hat die Rechnung für das Rahmen bezahlt und mich dann ausfindig gemacht«, erklärte ihre Mutter. »Erst haben wir gemailt, dann gesimst, später telefoniert. Vor ein paar Wochen kam Thijs nach Köln, um das Foto höchstpersönlich zu überbringen. Von da an ging alles ganz schnell.«

Yella war zutiefst verunsichert, ja geradezu verstört. Dieser Ehemann fiel geradewegs vom Himmel. Wieso hatte sie nicht die geringste Ahnung, was sich im Leben ihrer Mutter abspielte? Wussten ihre Schwestern davon? Henriette erklärte in einer Art Vorwärtsverteidigung ihren überraschenden Schritt.

»Ich wollte keine voreiligen Meinungen, keine Gerüchte und Geschichten, ich wollte, dass ihr Thijs kennenlernt. Alle gemeinsam.«

Sie schenkte ihrem zukünftigen Ehemann einen schmachtenden Blick, als müsse sie sich seiner vergewissern.

»Das Bild war wie ein Fingerzeig des Schicksals«, sagte sie. »Wie ein Zeichen, das Johannes mir aus dem Jenseits sendet. Ich bin sicher, dass er es so gewollt hätte.«

»Meine Mutter heiratet zum dritten Mal. Dabei dachte ich, ich wäre jetzt mal an der Reihe«, sagte Amelie verblüfft.

Ihre Mutter atmete tief auf. Erst jetzt begriff Yella, wie viel Kraft sie diese Enthüllung gekostet haben musste.

»Trauzeugen«, wiederholte Helen, die sich dem Faktensammeln verschrieben hatte. »Ihr wollt also heiraten?«

»Ihr seid meine Trauzeuginnen«, nahm Henriette den Faden wieder auf. »Schließlich habt ihr vier uns zusammengebracht.«

»Morgen Abend«, sagte Thijs.

Yella schnappte nach Luft. Sie erlebte schließlich nicht zum ersten Mal, dass ihre Mutter sich Hals über Kopf in eine Ehe stürzte. Nach dem Unfall war Henriette Thalberg in ihrem eigenen Schmerz ertrunken, unfähig, die Familie zusammenzuhalten. Anstatt Trost zu spenden, ließ sie sich trösten. Ganze neun Monate nach der Beerdigung wurden die vier auf das Standesamt 2 geschleppt, um Zeuge zu werden, wie Henriette Bernhard Seitz heiratete, den sie kurz nach dem

Tod des Vaters kennengelernt hatte. Keines der vier Mädchen konnte den Mann, der sich als Ersatzvater aufspielte, leiden. Die Ehe hielt nicht, ebenso wenig die familiäre Bande. Doro packte am Tag nach ihrem achtzehnten Geburtstag ihre Koffer, Yella verwandelte sich in einen unkontrollierbaren rebellischen Teenager und zog eine Zeit lang zu wohlmeinenden Freunden, die Zwillinge gingen übergangsweise aufs Internat. Dieser Übergang dauerte jedoch bis zum Abitur, der Riss in der Familie bestand bis heute. Und jetzt präsentierte Henriette ihren zweiten Überraschungsehemann?

»Ich freue mich so für dich, Mama«, sagte Amelie.

Während ihre kleine Schwester die Überglückliche mimte, wusste Yella nicht, was sie fühlen sollte. In die Erleichterung darüber, nicht mit einem schrecklichen Geheimnis konfrontiert zu werden, mischte sich eine Prise Enttäuschung. Sie wollte sich für ihre Mutter freuen, aber wie konnte sie irgendetwas für diesen Fremden empfinden? Irgendwie hatte sie gehofft, die Mutter habe den Urlaub organisiert, um Zeit mit ihren Töchtern zu verbringen, um gemeinsam in Erinnerungen zu schwelgen und die zerrissenen Familienstrukturen zu kitten. In ihr kämpften widerstreitende Gefühle. Enttäuschung, Ratlosigkeit, Ärger und dann war da noch der Kater.

Das frisch verlobte Paar wirkte vertraut, beide konnten es kaum erwarten, ihre gemeinsame Geschichte zu erzählen. Henriette und Thijs kürzten gegenseitig ihre Sätze ab, fielen einander ins Wort und wirkten vergnügt. Aus dem lustigen Kauderwelsch zweier Stimmen, Sprachen und Versionen schälte sich ein Stück von Thijs' Biografie.

»Es brauchte schon eine Pandemie, um das Unmögliche möglich zu machen«, hob ihre Mutter an.

»Vor Corona ging ich in Arbeit unter, da hätte ich nie die Muße gehabt, mich mit einem gefundenen Foto zu beschäftigen«, fiel Thijs mit ein. »Mein Handwerksbetrieb hatte einen festen Vertrag mit dem Campingplatz. Und auf einmal blieben die Touristen aus.«

»Sonst hätte er gar nicht die Zeit gehabt, nach Köln zu kommen«, unterbrach ihn Henriette.

Die beiden redeten nun wild durcheinander.

»Ich habe mich gelangweilt ohne Arbeit, und deswegen habe ich mich auf die Suche gemacht.«

»Wir sind eine Corona-Liebe. Es ist, als ob erst alles zusammenbrechen musste, bevor wir einander finden.«

»Glück und Unglück liegen so nah beieinander, in uns und da draußen«, sagte Thijs. »Ohne Lockdown hätten wir uns nie getroffen.«

Am Tisch herrschte Verblüffung, Fassungslosigkeit und Belustigung, bis Amelie ihr Glas erhob. Doro, ihre jüngere Schwester missachtend, stand auf und riss das Wort an sich.

»Mama, lieber Thijs«, sie nickte in seine Richtung. »Wir beide hatten ja bereits das Vergnügen, und ich freue mich, dass ich endlich von der Last der Mitwisserschaft erlöst bin. Was Männer anbetrifft, stehen wir den Königshäusern in nichts nach. Bislang war kein Mann gut genug für unsere Mutter. Aber Thijs hat es mir leicht gemacht, ihn zu mögen, und wir Schwestern werden ihn gerne als Ehrenmitglied der Sommerschwestern aufnehmen.«

Ihre offensichtlich vorbereitete Rede endete in einem fröhlichen »Willkommen in der Familie Thalberg, Thijs«.

Yella schwirrte der Kopf. Wie konnte Doro sich rausnehmen, für alle zu sprechen? Sie wollte keinen Mann in der Riege der

Sommerschwestern aufnehmen. Sie wusste nicht einmal, ob die Sommerschwestern überhaupt noch bestanden.

Der Fisch im Bauch tanzte Cha-Cha-Cha mit den Algen. Ihre Stirn wurde heiß. Sie nieste und sprang auf. Sie erkannte die Anzeichen sofort. Yella raste nach draußen, gerade noch rechtzeitig, bevor ihr Magen sich umdrehte.

15. Das fehlende Puzzleteil

Yella kam mit dem Denken nicht hinterher. Kühler Wind blies ihr salzige Luft ins Gesicht und trieb das Karussell im Kopf zu immer schnelleren Drehungen an. Wer war dieser Thijs? Wieso hatte sie nichts von seiner Existenz geahnt? Die Erkenntnis, dass sie seit ihrem Krach so wenig Kontakt zu ihrer Mutter hatte, dass ihr entgangen war, dass ihre Mutter einen neuen Partner an ihrer Seite hatte, erschreckte sie. Yella ließ sich erschöpft auf die Federwippe plumpsen, die quietschgrünen Giraffen zu ihrer Rechten und Linken nickten ihr aufmunternd zu.

Automatisch griff sie zum Handy. Sie war gewöhnt, alle Wechselfälle des Lebens mit David zu teilen. Üblicherweise unterhielten sie eine Art Standleitung. Die Mitteilungen gingen munter hin und her: Einkaufslisten, Termine, Links zu interessanten Zeitungsartikeln, Cartoons, schon zigmal über Whats-App verbreitet, mit Herzen und bunten Emojis versehene Fotos der Kinder. Daneben standen Erinnerungen, die ihnen das Telefon per Algorithmus täglich präsentierte *(Diese Frisur. Wie konntest du dich jemals in mich verlieben?)*, Mitteilungen von anderen, die sie weiterleiteten *(Chloe ist schon wieder schwanger. Das sechste Kind)*, Fotos von ihrem schwächelnden Ficus *(Glaubst du, der erholt sich noch mal?)*, Farbmuster für die überfällige Erneuerung der Wandfarbe im Schlafzimmer, Bilder von einem Möbelstück, das auf Facebook verschenkt wurde, von Mahlzeiten auf Instagram, die man nachkochen könnte, Sonderangebote von Kinderschuhen, Serientipps, Anzeigen von Theaterstücken, die sie nie sehen würden, Vorschläge für Kinoabende, die sie wegen Fieber, Durchfall oder Babysitterproblemen absagen mussten. Der nie enden wollende Strom Nachrichten war überwältigend, doch seit ihrer Auseinandersetzung um die Einladung nach Holland ging das Gespräch kaum über organisatorische Absprachen und Kinderthemen hinaus. Sie wusste nicht einmal mehr, an welchem Punkt ihrer gemeinsamen Geschichte sie sich befanden. War das der Anfang einer Krise, Ausdruck einer Krise, mitten in der Krise oder gar der Anfang vom Ende. Wo auch immer sie aktuell standen, sie brauchte jemanden, mit dem sie die neuesten Entwicklungen besprechen konnte. *Du glaubst nicht, was hier los ist, meine Mutter hat uns gerade eröffnet ...* Mit zittrigen Fingern tippte sie die ersten Worte, als ein Geräusch sie innehalten ließ. Ihre Mutter war ihr nach draußen gefolgt. Ertappt ließ Yella das Handy in die Tasche gleiten und nahm das Glas Wasser an, das ihre Mutter für sie mitgebracht hatte. Dankbar spülte sie den üblen Geschmack aus ihrem Mund.

»Du bist blass«, sagte ihre Mutter.

»Und du siehst toll aus«, gab Yella zu. Sie probierte ein schwaches Lächeln.

»Das täuscht«, sagte sie. »Doro hat eine halbe Stunde gebraucht, die dicken Augenringe wegzuschminken. Du siehst genauso aus, wie ich mich in Wirklichkeit fühle. Ich konnte seit Tagen nicht schlafen, so nervös war ich.«

Sie kicherte wie ein kleines Mädchen, das etwas ausgefressen hatte. »Es ist, als wäre ich wieder sechzehn und bringe zum ersten Mal einen Freund nach Hause. Ich dachte, irgendwann ist man erwachsen. Jetzt bin ich bald siebzig und fühle das Erwachsensein weniger als in all den Jahren zuvor.«

Yella wollte etwas entgegnen, aber mehr als ein unangenehmes Aufstoßen brachte sie nicht hervor. Sie betete, wenigstens den Schluck Wasser im Magen zu behalten.

»Doro hat dich schon immer unter den Tisch getrunken«, meinte ihre Mutter. »Dabei sollte sie als die Ältere auf dich aufpassen.«

Hatte Doro ihrer Mutter von ihrem weinseligen Tête-à-Tête berichtet? Yella wunderte sich, wie eng ihre große Schwester und ihre Mutter auf einmal waren. Die beiden standen offenbar im ständigen und vertrauten Austausch.

Yella riss sich zusammen: »Herzlichen Glückwunsch, Mama. Ich freue mich. Mein Magen hasst Überraschungen, aber ich, ich freue mich, für dich, für euch …«, stammelte sie.

Ihre Mutter hörte die deutlichen Fragezeichen zwischen ihren Worten sofort heraus.

»Ihr müsst Thijs besser kennenlernen, dann wirst du mich verstehen.«

Von drinnen klang ausgelassenes Gelächter. Ihre Schwestern und der Rest der Familie hatten deutlich weniger Mühe, sich mit der neuen Familienkonstellation anzufreunden. Yella probierte, Ordnung in die sich überschlagenden Gedanken zu bekommen. Mit jeder Minute nahm der Druck im Magen ab und der Druck im Kopf zu. Tausend Fragen schossen gleichzeitig durch ihre Gehirnwindungen.

»Es sind erst fünf Monate«, sagte ihre Mutter vergnügt, als wisse sie genau, was Yella bewegte. »Aber es fühlt sich an, als kennen wir uns schon ewig. Ich hätte nicht gedacht, dass ich nach deinem Vater noch einmal einen Seelenverwandten treffe.«

»Drinnen warten sie sicher schon auf uns und den Rest deiner Geschichte«, sagte Yella und probierte vorsichtig aufzustehen. Ihre Beine fühlten sich an wie Pudding und sackten unter ihr weg.

»Lass uns einen Moment hierbleiben«, sagte ihre Mutter. »Ich bin froh, ein bisschen Luft zu schnappen. Aufregung bekommt meinem Magen nicht. Aufregung und Fisch. Das hast du von mir geerbt.«

Der Wind huschte durch die Bäume, am Himmel versammelten sich Wolken, und die Vögel verkündeten bereits laut den drohenden Wetterumschlag. Windböen erweckten den leeren Spielplatz zu geisterhaftem Leben. Die Schaukeln quietschten leise, das Karussell drehte sich wie von Zauberhand angetrieben, die bunten Lampen zitterten. Es war, als säßen sie in einer Glaskugel, die vom Wettergott höchstpersönlich durchgerüttelt wurde.

Ihre Mutter blickte sorgenvoll nach oben: »Da zieht was auf«, sagte sie.

»Ich habe mir solche Sorgen gemacht«, sagte Yella. »Ich hätte mit allem gerechnet, aber nicht mit einer Hochzeit.«

»Ich auch nicht«, sagte ihre Mutter ehrlich.

Auf einmal sah sie müde und abgekämpft aus. Ob die mysteriöse Geschichte mit dem verpassten Arzttermin und die widersprüchlichen Versionen, die sie über ihre Beschwerden im Familienkreis verbreitet hatte, etwas damit zu tun hatten? Ihre Mutter ließ sich erschöpft auf einen der hölzernen Fliegenpilze sinken, die überall auf dem Spielplatz als Sitzgelegenheiten aus dem Boden wuchsen.

»Ist alles in Ordnung mit dir?«, fragte sie alarmiert. »Unsere Hausärztin sucht dich.«

»Ich wollte ein Rezept abholen«, sagte Henriette leichthin. »Ganz vergessen. Es war noch so viel in Köln zu erledigen.«

»Sie mailt Amelie? Wegen einem Rezept?«, fragte Yella ungläubig. »Mitten in der Nacht?«

»Es sind Blutdruckpillen«, antwortete Henriette. »Sie behauptet, ich müsse sie nehmen.«

»Du nimmst regelmäßig Medikamente?«, fragte Yella.

Ihre Mutter überging ihre Frage. Für sie war das Thema Krankheit bereits abhakt.

»Ich wollte dir schon früher von Thijs erzählen«, erklärte sie überschwänglich. »Ich habe es wirklich probiert. Aber es ist immer so schwierig, mit dir zu telefonieren.«

Yella standen lebhaft Telefongespräche vor Augen, in denen sie kurz angebunden gewesen war, weil gerade das Badewasser für ihre Jungs einlief, sie in der Umkleide vom Hallenbad Schwimmflügel aufblies oder auf dem Weg zum Elternabend war. Natürlich war sie selbst schuld, wenn sie das Gespräch annahm. Aber ihre Mutter rief so selten von sich aus an, dass bereits das pure Erscheinen ihrer Nummer auf dem Display Yella in leichte Panik versetzte. Mit dem Unfall ihres Vaters hatte sich die Erkenntnis, dass ein einziges Telefonklingeln genügte, das ganze Leben mit einem Schlag zu verändern, tief in ihr Bewusstsein gegraben. War ihr zwischen Schwimmbad, Büro und abendlicher Rushhour etwas so Wichtiges entgangen wie die neue Liebe ihrer Mutter? David warf ihr regelmäßig vor, »Ja, ja« zu sagen und gleichzeitig auf Durchzug zu stellen. »Du hörst nicht zu«, gefolgt von einem schnellen »Siehst du nicht, dass ich beschäftigt bin?«, war im Hause Thalberg-Ziegler eine beliebte Ouvertüre für Auseinandersetzungen jeder Art. Yella hielt die Theorie, dass Frauen besser multitasken, ohnehin nur für eine bequeme männliche Ausrede, Frauen zusätzliche Aufgaben aufzubürden.

»Erzähl mir mehr von Thijs. Alles«, sagte sie.

»Euer letzter Besuch, weißt du noch?«, kramte ihre Mutter weitere Verfehlungen hervor. »Ich hatte alles bis ins Detail vorbereitet. Ich habe dreimal angesetzt, und dreimal bist du mitten im Satz weggerannt.«

Yella sank betroffen zusammen. War sie an dem verhängnisvollen Wochenende so sehr mit sich und ihren eigenen Befindlichkeiten beschäftigt gewesen, dass sie alle Andeutungen überhört hatte?

»Erzähl es mir jetzt«, wiederholte sie. »Ich bin ganz Ohr.«

Doch ihre Mutter hing in Gedanken noch bei dem vermasselten Essen fest: »Thijs war an dem Wochenende bei mir in Köln. Der Plan war, dass ich euch bei einem festlichen Essen einweihe, und pünktlich zum Dessert sollte Thijs zu unserer Runde hinzustoßen. Und dann wart ihr so supergestresst, dass man kein vernünftiges Wort wechseln konnte. Bis zum Nachtisch sind wir gar nicht gekommen.«

Yella schämte sich plötzlich für ihr Verhalten. Vielleicht sollte sie postwendend zum Buddhismus konvertieren. Dann könnte sie darauf hoffen, im nächsten Leben als Delfin wiedergeboren zu werden. Immer im Meer und in der Lage, selbst im Trüben leiseste Signale zu empfangen und zu verstehen.

»Wie soll ich das ahnen?«, sagte Yella. »Du hättest einen Ton sagen können.«

»Das habe ich doch. Warum wollte ich wohl, dass wir auf David warten? Hast du wirklich gedacht, ich mache mir grundlos so viel Mühe? Du müsstest mich wirklich besser kennen, Yella.«

»Es tut mir leid«, sagte Yella.

Dabei war sie sich nicht einmal sicher, wofür sie sich entschuldigen sollte.

»Du musst dir keine Vorwürfe machen«, sagte ihre Mutter. »Ich bin dir sogar dankbar. Dadurch, dass du es mir so schwer gemacht hast, habe ich erst gemerkt, wie wenig Worte ich habe, meine neue Liebe zu beschreiben. So bin ich erst auf die Idee mit dem Familienwochenende gekommen.«

Yella war immer wieder verblüfft, wie wenig sie wirklich von anderen Menschen wusste und verstand.

»Warum hast du uns nicht vorgewarnt?«, fragte Yella. »David und die Kinder wären mitgekommen, wenn wir gewusst hätten, worum es geht.«

»Ich hatte gehofft, es ist einfacher, wenn ihr Thijs kennenlernt und der Funke überspringt«, plapperte Henriette weiter, ohne auf ihre Bemerkung einzugehen. »Der Spielplatz am *Pannenkoekenhuis* ist der beste in der Gegend, sagt er. Seine Söhne haben noch keine Kinder, deswegen hätte er Leo und Nick gerne kennengelernt. Thijs kann so gut mit Kindern umgehen.«

Yellas eine Hälfte versank in amorphen Schuldgefühlen, die andere ärgerte sich maßlos, dass ihre Mutter sich als Opfer inszenierte.

»Warum lässt du uns immer raten?«, platzte sie heraus. »Es würde unser aller Leben einfacher machen, wenn du in Zukunft deutlich sagst, worum es geht.«

»Ich weiß, wie schwierig es ist, es euch allen vieren recht zu machen«, wich Henriette aus. »Irgendeiner meiner Töchter trete ich anscheinend immer auf die Füße, so viel Mühe ich mir auch gebe.«

Yellas Verwirrung wuchs nur noch mehr. Das ergab in ihren Augen alles keinen Sinn, auch wenn ihre Mutter so tat, als läge der Fehler einzig und allein auf Yellas Seite.

»Erzähl mir mehr von ihm«, sagte sie.

Statt ihr zu antworten, scharrte Henriette Thalberg gedankenverloren mit der Fußspitze in den Holzschnitzeln, als müsse sie erst einmal nachdenken, was sie am besten preisgab.

Warum tat sie sich so schwer, über ihren zukünftigen Ehemann zu sprechen? Warum betrieb sie eine solche Geheimniskrämerei? Warum musste es so kompliziert sein? Yella hatte das deutliche Gefühl, noch immer nicht alle Puzzlestücke in Händen zu halten.

»Gibt es noch etwas, was wir wissen müssen?«, fragte Yella vorsichtig. »Von Thijs? Über Thijs? Über euch?«

»Jetzt kommt endlich wieder zu uns«, schallte eine Stimme über den Spielplatz. »Wir wollen alle etwas von Mama haben. Nicht nur Yella.«

Doro winkte ihnen von der Tür vom *Pannenkoekenhuis* zu. Yella seufzte auf. Es gab noch so viel zu besprechen, zu fragen, zu entschuldigen. So viel Ungeklärtes stand zwischen ihr und ihrer Mutter.

»Yella geht es schon viel besser«, rief Henriette und sprang auf. Sie wirkte geradezu erleichtert, weiteren Nachfragen zu entkommen.

Nichts war weniger wahr. Der Klumpen Ungewissheit war ein Stück größer geworden. Ihre Mutter stand auf und drehte sich noch einmal zu ihr um:

»Thijs platzte in mein Leben und war einfach da. Und genauso sollt ihr ihn kennenlernen. Das ist alles, was es darüber zu sagen gibt.«

16. Fragen über Fragen

Yella starrte bedenklich in den düsteren Himmel: »Minigolf? Jetzt? Das ist nicht euer Ernst.«

»Wenn man auf das passende Wetter wartet, verpasst man sein Leben«, sagte Henriette Thalberg.

Die drohende Himmelsdusche hielt sie nicht davon ab, ihr Wunschprogramm wie geplant durchzuziehen.

»Ich habe seit hundert Jahren kein Minigolf mehr mit euch gespielt«, sagte sie. »Das bisschen Wetter wird mich jetzt nicht davon abhalten.«

Nicht nur Frisur und Kleidung hatten sich verändert, Henriette Thalberg wirkte, als ob die Last von Jahrzehnten von ihr abgefallen war. Thijs brachte eine unbekannte Seite an ihrer Mutter zum Vorschein. Wie ein verliebtes junges Mädchen hing sie an seinen Lippen und himmelte ihn förmlich an.

»Du holst die Schläger«, sagte Doro und wies Ludwig in Richtung Kiosk. Er verdrückte sich, bevor die Diskussion ausartete.

Ludwig hatte sich im Lauf der Jahre für die Strategie des Nichteinmischens entschieden. Hatte es in den Anfangsjahren noch heftig gekracht, war er inzwischen ein Meister im Weg- und Überhören. »Bassd scho« lautete sein Mantra. Yella bewunderte, wie er Doros Wutanfälle mit einem gebrummten »Ja mei« oder »Schau ma moi, donn seng ma scho« abfederte.

Seine Standardsprüche wirkten wie ein dicker Theatervorhang, der jeden Streit im Keim erstickte, leider auch jedes Gespräch. Ludwig war Yella immer ein bisschen fremd geblieben.

»Gott hat das Meer erschaffen, die Holländer das Land und die passende Kleidung«, verkündete Thijs gut gelaunt. Er verteilte grellorangefarbene Regenüberwürfe, als wäre es die normalste Sache der Welt, sich selbst unter widrigsten Rahmenbedingungen an eine Runde Minigolf zu wagen.

»Holland spielt seit Menschengedenken gegen das Wasser«, erklärte Thijs. »Wir kennen es nicht anders.«

»Geht schon mal los«, tönte Ludwigs tiefer Bass vom Kiosk. »Ich komme nach.«

Während ihr Schwager am Kiosk für die Schläger anstand, schlenderte der Rest der Familie Thalberg über den Außenbereich des Restaurants und den Spielplatz in Richtung Minigolfanlage, die malerisch hingeworfen zwischen den Bäumen lag. Erste Regentropfen trommelten gemütlich auf die Kapuzen ihrer Regenumhänge. Auf ihren Rücken leuchteten die niederländische Flagge und der Schlachtruf *Hup Holland Hup*.

»Die Ponchos gab's nach der verlorenen EM im Sonderangebot«, verkündete Thijs lachend.

Ein Esel, Teil des Streichelgeheges, iahte fröhlich, als wolle er sämtliche Kollegen im angrenzenden Streichelzoo auf die absurd grellfarbene Truppe aufmerksam machen.

»Hi ho hi ho, wir sind vergnügt und froh. Hi ho hi ho hi ho«, sang Lucy lauthals das Lied aus dem alten Disney-Zeichentrickfilm »Schneewittchen und die sieben Zwerge«, den Leo und Nick so liebten. Als sie an Yella vorbeistapfte, wirkte sie plötzlich wieder wie das kleine Mädchen, mit dem sie früher so viel

Zeit verbracht hatte. Lucy bewegte sich in einem Niemands-
land zwischen Kind- und Erwachsensein. Unter ihrem T-Shirt
zeichneten sich deutlich erste Spuren von Brüsten ab. Ihr ganzer Körper war aus der Proportion geraten. Die Arme schienen
zu lang, die Füße zu groß, die Schultern zu schmal, das Gesicht
zu rot, ihre Ohren zu abstehend. Die Tatsache, dass sie jedes
ihrer Instagram-Fotos mit Filtern bis zur Unkenntlichkeit be-
arbeitete, zeigte deutlich, wie unsicher sie sich in ihrer neuen
Haut fühlte. Sie war jetzt genauso alt wie sie selbst damals. Yella
schüttelte sich. Sie wollte nicht schon wieder gedanklich in den
verhängnisvollen Sommer abtauchen.

Während sie auf Ludwig warteten, versuchte sie an den
Mienen ihrer Schwestern die allgemeine Stimmungslage ab-
zulesen. Amelie hatte sich bei Paul eingehakt und unterhielt
sich angeregt mit ihrem Noch-nicht-Schwager. Seine größte
Stärke war, vorurteilsfrei zuzuhören, ohne augenblicklich die
Meinungsmaschine zu aktivieren. Vielleicht lag es daran, dass
er aus einfachen Verhältnissen stammte und sein Leben vom
Widerspruch geprägt war zwischen der Tankstelle mit Kiosk
und Einliegerwohnung, in der er groß geworden war, und den
glänzenden Bürotürmen, die er heute als Architekt mitentwarf.
»Ich habe alles, was ich fürs Leben brauche, bei Esso gelernt«,
sagte er immer. »Es gibt keinen Ort der Welt, an dem so viele
unterschiedliche Menschen aufeinandertreffen. Du musst alle
bedienen, und das rund um die Uhr.«

Vielleicht sollte David darüber mal einen Roman schreiben.
Aber vielleicht war Paul als potenzielle Romanfigur einfach zu
anständig. »Glück schreibt mit weißer Tinte«, lehrte David in
seinen Seminaren. »Nette Figuren taugen nicht fürs Drama.«

Der aufstrebende Architekt war so verständnisvoll und zurückhaltend, dass Yella sich kaum vorstellen konnte, wie man überhaupt mit ihm streiten konnte.

»Er trug dieses dämliche Motto-T-Shirt«, hörte sie Amelie sagen. »Da habe ich gedacht, das muss er sein. Ich habe immer Pech in der Liebe. Warum kommt bei mir nie jemand mit einem alten Foto vorbei?«

Ganz offensichtlich weihte ihre Schwester Paul gerade in die Geschichte ihres missratenen Blind Dates ein. Im Gegensatz zu Yella hatte Amelie nicht die geringste Mühe, ihre Fehlschläge, Desaster und Unsicherheiten mit jedem, der ihr ein Ohr schenkte, zu teilen.

»Ich wünschte, ich wäre mir bei der Auswahl meiner Männer so sicher wie Mama. Wenn sie glücklich ist, bin ich es auch.«

In Amelies Leben war immer Platz für neue Menschen. Ihre lange Liste von Beziehungsirrtümern dokumentierte eindrucksvoll, dass ihr gesundes Misstrauen, Skepsis und Vorsicht fehlten. Sie glaubte beharrlich an das Gute in jedem einzelnen Menschen. Beneidenswert, fand Yella.

»Was ist dein Eindruck?«, fragte eine Stimme neben ihr. Helen schob sich an sie heran.

»Ich fühle mich, als hätte ich beim Seminar die Vorstellungsrunde verpasst. Ich weiß einfach nicht, was ich von alledem halten soll.«

Ihr Kopf platzte von all den Fragen. Wohnte Thijs in Bergen? Arbeitete er noch? War er schon in Rente? Wie stellten sie sich das vor? Wollte ihre Mutter etwa auswandern? Zog Thijs zu ihr nach Köln? Oder wollten sie in Zukunft zwischen Deutschland und den Niederlanden pendeln? Weil er noch eine Familie hatte, um die er sich kümmern musste? Hatte ihre Mutter nicht von Kindern gesprochen? Warum waren die eigentlich nicht eingeladen? Wollten die ihre Mutter nicht kennenlernen? Und ihre neue Schwiegerfamilie? Wussten sie schon von den plötzlichen Heiratsplänen ihres Vaters? Oder waren sie genauso ahnungslos? War Thijs geschieden? Verwitwet? Und warum wollten sie so plötzlich heiraten? Sie wusste nichts über den Verlobten ihrer Mutter. Sie kannte noch nicht einmal seinen Nachnamen.

»Er hat nichts über sich erzählt«, sagte Helen. »Gar nichts. Der feuert im Sekundentakt Fragen und Anekdoten auf uns ab, als ob er verhindern will, dass er selber etwas gefragt wird.«

Eigentlich war das Helens Spezialität, dachte Yella, verkniff sich jedoch die Bemerkung.

»Wir wissen nichts über ihn«, sagte Helen.

»Das hier ist kein Bewerbungsgespräch, in dem man sich die eigene Biografie so schön wie möglich zusammenlügt«, sagte Yella. »Vielleicht müssen wir einfach dankbar sein, dass unsere Mutter nicht mehr alleine ist.«

Besonders überzeugend klang sie anscheinend nicht.

»Hast du keine Bedenken?«, fragte Helen.

»Es geht doch gar nicht darum, was ich von dem Mann halte. Es ist der Freund unserer Mutter, nicht meiner. Unsere Aufgabe ist, Thijs unvoreingenommen in den Kreis unserer Familie aufzunehmen«, sagte Yella und spürte sofort, wie weit sie von einer entspannten Haltung entfernt war.

Yella beobachtete, wie Thijs schützend den Arm um Henriette legte und ihr einen Kuss auf die Wange drückte. Sie schmiegte sich verliebt an ihn. Das ungewohnte Bild weckte widerstreitende Gefühle.

»Es gibt so was wie Liebe auf den ersten Blick«, sagte Yella, als wolle sie sich selbst überzeugen. »Ich bin da quasi Spezialistin.«

»Du wusstest wenigstens, welchen Beruf David hat«, sagte Helen.

»Du klingst wie unsere Mutter«, sagte Yella und klang dabei wie David. »Du ahnst nicht, was ich mir anhören musste, als ich David zum ersten Mal nach Hause mitgebracht habe.«

»Du warst schwanger«, gab Helen zu bedenken. »Schwanger wird sie jedenfalls nicht sein.«

»Ich hasse diese Frage beim Daten: Und? Was machst du so?«, mischte sich Amelie ein. »Als ob der Beruf einen Menschen beschreibt. Vom Beruf wird nämlich direkt auf das Einkommen geschlossen. Der ideale Partner, habe ich gelesen, verdient 4.200 Euro im Monat. Was für ein Unsinn. All die biografischen Details sind doch nur wichtig, damit wir sie mit unseren Vorurteilen abgleichen können. Ah, ein Arzt, oh, ein Gemüsehändler, ein Abfallspezialist, wie interessant, schon ist die Schublade auf, die Meinung fertig und der Mensch verschwunden. Wir sind nicht mehr neugierig, weil wir glauben, alles verstanden zu haben.«

»Amelie, wir haben keine Ahnung, mit wem wir es zu tun haben«, sagte Helen eindringlich. »Unsere Mutter ist nicht sie selber.«

»Ich bin immer noch dabei, mich selber kennenzulernen«, erklärte Amelie. »Wie soll ich mir da rausnehmen, jemanden in einer Stunde zu beurteilen?«

Angeblich brauchte man höchstens sieben Sekunden, um eine erste Meinung über einen Menschen zu formen. Aber wie lange brauchte man, um sein Gegenüber wirklich einzuschätzen? Wann kannte man einen Menschen wirklich? Wenn man eine bestimmte Anzahl Stunden gemeinsam verbracht hatte? Wenn man ihn einmal betrunken erlebt hatte? Wenn man seine Familie kannte und die Schule, auf die er gegangen war? Wenn man das Wohnzimmer inspiziert und jede noch so geheime Schublade durchsucht hatte, wenn man wusste, welches Auto er fuhr und was er im Keller zwischenlagerte? Was sagte der Kontostand über einen Menschen aus und was ein tabellarischer Lebenslauf?

Yella selbst war in Rekordtempo in ihre Beziehung hineingestolpert. Wieso fühlte sich eine überstürzte Ehe so anders an, wenn es die eigene Mutter betraf?

Doro wollte Yellas Fragen gar nicht erst hören. »Was spricht gegen eine Hochzeit?«, fragte sie. »Nicht jede will so leben wie du, Yella. Sieben Jahre, zwei gemeinsame Kinder, aber sich immer noch nicht festlegen wollen. Manche entscheiden sich eben schneller.«

Noch bevor Yella antworten konnte, unterbrach ihre Nichte Lucy das Gespräch. »Wenn ich erwachsen bin, will ich auch so leben. Das ist das Romantischste, was ich je gehört habe. Oma könnte mit der Fotogeschichte ins Fernsehen.«

»Mir würde es vorerst genügen, seinen ganzen Namen zu kennen«, witzelte Yella.

»Janssen«, sagte Thijs, der sich auf einmal einmischte. »Thijs Janssen.«

Yella lief rot an. Sie hatte nicht mitbekommen, dass er direkt hinter ihr stand. »Und für alles andere haben wir Zeit, bis dass der Tod unsere Familien scheidet.«

Helen hatte andere Sorgen: »Wenn wir halbwegs trocken durchkommen wollen, sollte Ludwig sich mit den Schlägern ein bisschen beeilen«, sagte sie und winkte mit ihrem Handy, auf dem sie eine Wetter-App aufgerufen hatte.

Paul an ihrer Seite sah aus, als wäre er im falschen Film gelandet. Als Einziger hatte er auf den grellorangen Regenschutz verzichtet. Ohne den Packen Bücher und die Rolle Entwürfe, die er schon im Studium immer mit sich herumgetragen hatte, sah er immer ein bisschen nackt aus. Nach seinem Abschluss war Paul bei einem renommierten Büro untergekommen. Dass er dort in der Macht-sich-gut-im-Lebenslauf-Phase seiner Karriere nur einer von vielen Architekten und chronisch unterbezahlt war, interessierte ihn nicht. Genauso wenig wie Hobbys. Freizeit bedeutete für ihn, mit befreundeten Architekten zu fachsimpeln, wie Architektur die Welt verbessern kann. Auf dem Minigolfplatz wirkte er so deplatziert, dass es fast schon lachhaft war.

»Ich muss noch ein paar Mails erledigen«, sagte er mit gequältem Blick auf die Anlage.

Ihre Mutter, erste Vorsitzende des Paul-Fanclubs, schien enttäuscht. »Ich will nachher alles über euer Kölner Projekt wissen. Ich war schon dreimal auf der Baustelle.«

Paul nickte begeistert: »Ich habe dir Fotos und ein paar Pläne mitgebracht. Ich bin so neugierig, was du davon hältst.«

Paul konnte den Satz aussprechen, ohne falsch zu klingen. Helen schien geradezu erleichtert, als ihr Freund zwischen den Bäumen verschwand.

»Ein paar Mails« hieß bei Workaholic Paul, dass man in den nächsten Stunden nicht mehr mit ihm rechnen musste.

»Er hat ein Zimmer in einer Pension gemietet, um ungestört arbeiten zu können«, erklärte sie.

Yella verstand die Welt nicht mehr. »Was ist eigentlich los bei euch?«, fragte sie.

»Wir haben eine kleine Meinungsverschiedenheit«, gab Helen zögerlich zu.

In Helens nüchternem Sprachgebrauch deutete die vorsichtige Formulierung auf eine massive Krise hin.

»Es kann losgehen«, brüllte eine verrauchte Stimme. Ludwig trabte heran: mit rotem Kopf, die Arme voll mit Schlägern in verschiedenen Längen und Gewichtsklassen. Aus den Taschen seiner dicken Lederjacke zauberte er die dazugehörigen Bälle.

»Ich erzähle es dir ein andermal«, sagte Helen.

Yella seufzte auf. Neben der Frage, was sich im Leben ihrer Mutter abspielte, hatten sie alle ihren eigenen unsichtbaren Rucksack mit Problemen mit nach Holland gebracht. Sobald man an der Oberfläche kratzte, wurde das Leben unübersichtlich. Vielleicht hatten ihre Mutter und Thijs recht. Am besten, man ignorierte die dunklen Wolken am Himmel und konzentrierte sich stattdessen auf die schönen Dinge im Leben.

17. Versenkt

Minigolf war harmlos, erforderte keine besonderen Vorkenntnisse, und die Rahmenbedingungen an diesem Tag waren so problematisch, dass jede Niederlage Pech und Zufall geschuldet war und nicht dem eigenen Unvermögen. Achtzehn Betonbahnen im Regen würden ausreichen, die erhitzten Gemüter runterzukühlen und einen besseren Eindruck von Thijs zu gewinnen. Theoretisch jedenfalls. Wenn es sich nicht um die Familie Thalberg handeln würde, die hier zum Wettstreit antrat.

»Die Jüngste beginnt«, rief Lucy. Sie drückte ihrer Social-Media-erfahrenen Tante Amelie das Telefon in die Hand. »Du machst die Videos«, sagte sie.

Lucy öffnete den Regenmantel, rollte den Pullover hoch, sodass der Bauchnabel freilag, und orientierte sich mehr in Richtung Kamera als in Richtung Ball. Sie holte aus, als wäre der Schläger das Pendel einer Uhr, und touchierte beim vierten Versuch den Ball, der mit deutlicher Schlagseite die Bahn runterkullerte, um dann mit einem metallischen Plopp im Loch zu verschwinden.

»Omg, hast du das?«, rief sie der verblüfften Amelie zu. »Zeig her.«

Die Punkte waren ihr herzlich egal, solange sie gut dabei aussah. Den Rest der Partie war sie mehr mit Filtern, Musikauswahl, einem passenden Text und Likes beschäftigt. Der

Beifall ihrer Schulfreundinnen zählte mehr als ein eventueller Sieg.

Helen nahm das Spiel schon ernster. Die jüngste Schwester ging das Leben strategisch an, selbst wenn es sich nur um eine Partie Minigolf handelte. Mit gewichtiger Miene, bewaffnet mit Schläger, Ball und Punktezettel, inspizierte Helen die Bahn. Die schnurgerade Strecke mit zwei Hindernissen auf der rechten und linken Seite erforderte keine große Denkleistung und war ideal zum Warmwerden. Helen kniete sich hin, um Augenmaß zu nehmen, legte den Ball dann leicht rechts von der Mitte ab und spielte nach links. Der Ball rollte mit einer kaum wahrnehmbaren Kurve an den Hindernissen vorbei, tickte an die Rückwand und verschwand im Loch.

»Anfängerglück«, sagte Doro, die die Deutungshoheit für sich reklamierte.

»Präzisionsarbeit«, sagte Helen.

»Helen kann einfach alles«, klärte ihre Mutter Thijs auf. »Schon immer.«

Amelie dagegen scheiterte schon an der allereinfachsten Übung und erntete große Heiterkeit mit ihren Versuchen, den Ball auch nur zu treffen. Sie kicherte sich ungerührt durch sechs Fehlschläge, bis der Ball endlich dort ankam, wo er angeblich hingehörte.

»Full House«, jubelte sie.

Dann war Yella an der Reihe. Thijs reckte ihr aufmunternd den Daumen zu, ihre Mutter ging unbewusst die Bewegung als Trockenübung durch. Vorsichtig holte Yella zum ersten Schlag aus, als eine Stimme im Rücken sie aus dem Konzept brachte.

»So wird das nie was«, sagte Doro.

Ihre große Schwester war mit allen Finessen psychologischer

Kriegsführung vertraut und scheute vor keinem Mittel zurück, ihre Gegner zu verunsichern. Sie hatte ihre Fähigkeiten zur gepflegten Intrige offenbar im Wespennest Theater gehörig geschult und erweitert.

Yella probierte einen vorsichtigen Stoß, der mehr an Billard als an Minigolf erinnerte. Der Ball torkelte an den Hindernissen vorbei, bis ihm zehn Zentimeter vor dem Loch langsam die Puste ausging.

Doro lachte. »Du hättest besser auf mich gehört«, sagte sie.

Der Ball schaukelte ein wenig auf der Stelle, bis der Wind Einsehen zeigte und ihn kurzerhand mit einer kräftigen Böe ins Ziel wehte.

Thijs klatschte Yella begeistert ab.

»Das gilt nicht«, empörte sich Doro.

»Man muss sich eben auf die Elemente einstellen«, sagte Yella. »Dann geht das Einlochen wie von selbst.«

Nachdem Doro und Ludwig ihre Runden absolviert hatten, zog ihre Mutter Thijs mit sich an die Bahn. »Wir spielen im Team«, sagte sie. »Sonst dauert das zu lange.«

Sie schmiegte sich an Thijs Bauch, während er ihr über ihre Schultern hinweg sanft die Hände führte, als ob sie noch nie im Leben einen Schläger in der Hand gehabt hätte. In seinen Armen wirkte Henriette Thalberg geradezu zerbrechlich.

Die Männer ihrer Mutter waren Yella immer latent unangenehm. Mit Grausen erinnerte sie sich an die peinlichen Momente am Frühstückstisch, als Herr Seitz zum ersten Mal barfuß aus dem Badezimmer tapste und so tat, als wäre er für den tropfenden Wasserhahn gekommen. Yella konnte sich des Eindrucks nicht erwehren, dass ihre Mutter ihr neues Glück ein bisschen zu demonstrativ vorführte. Was wollte sie beweisen? Was war wirklich los mit ihr? Das Gefühl, dass sie längst noch nicht alles wusste, ließ sich nicht wegdrücken.

Bereits an der zweiten Bahn entgleiste die Minigolfpartie. Doro brauchte vier Schläge, sah dabei jedoch atemberaubend gut aus. Ihre große Schwester rockte selbst die allerbilligste Plastikhülle. Der orangefarbene Regenschutz über dem gelben Tüllkleid, dazu klobige Schuhe und Minigolfschläger: Auf dem regendampfenden Platz inmitten düsterer Bäume und Pilzhocker sah sie aus, als posiere sie in Wirklichkeit für eine Fotostrecke in einem Modemagazin oder die Sonderedition von *Theater heute*. Stolz postete Amelie ein paar Doro-Fotos auf ihrem Account, versehen mit dem Hashtag *#Sister in wonderland*. Aus sportlicher Sicht gab es keine Höchstleistungen zu vermelden. Der 90-Grad-Winkel der Bahn erwies sich für Doro als unüberwindbares Hindernis. Nach drei Fehlschlägen identifizierte sie zweifelsfrei die Ursache.

»Der Ball taugt nichts«, verkündete sie.

Doro betastete jede einzelne der verfügbaren Kautschukkugeln, um zu prüfen, ob sie glatt genug waren, unbehelligt über die Bahn zu rollen. Die Auswahl des passenden Spielgeräts entwickelte sich zur Nervenprobe. Sie benahm sich, als stünde sie im Endspiel um die Weltmeisterschaft.

»Wir führen ein Zeitlimit ein«, sagte Helen. »Das dauert ja ewig.«

»Nicht nötig«, sagte Yella ätzend. »Sie schließen Ende September.«

Am Ende entschied Doro sich für ein pinkes Exemplar, und nach ausführlichem Dehnen und Strecken und Wägen und

Zielen stieß sie es endlich ab. Mit wenig Erfolg, aber großem Getue.

»Du bist so peinlich«, stöhnte Lucy.

Wenn sie nicht auf ihr Handy starrte, widmete sie sich voller Hingabe ihrem Kerngeschäft: Kopfschütteln und Augenrollen. Am liebsten über ihre Mutter. Wie ging es wohl hinter den Kulissen ab, wenn die beiden Dickschädel ohne Beobachter aufeinandertrafen? Vor Zeugen beließ Doro es dabei, ihre Tochter mit einem strahlenden Lächeln zu bedenken: »Ich liebe dich auch«, sagte sie. Lucy stöhnte theatralisch auf.

Bei Doros zweitem Versuch rollte der Ball in hohem Tempo rund ums Loch, nur um sich, abgelenkt durch eine kleine Brise oder eine Unebenheit, wie eine beleidigte Leberwurst in eine Ecke zu verkrümeln.

»Der war drinnen«, rief Doro. »Der ist nur wieder rausgesprungen.«

»Das gilt trotzdem nicht«, sagte Helen nüchtern.

»Zwei Punkte«, verkündete Doro.

»Das war der fünfte Schlag.«

»Niemals. Die ersten zählen nicht. Materialermüdung.«

Wie sollte Yella Thijs näher kennenlernen, wenn Doro den Platz im Scheinwerferlicht mal wieder für sich alleine beanspruchte? Ihr zukünftiger Stiefvater sah überrascht zwischen den Schwestern hin und her, als ob ihm allmählich dämmerte, in welche Familie er einheiraten wollte.

»Das ist erst der Anfang«, klärte Lucy ihn altklug auf. »Du müsstest sie mal bei Monopoly erleben.«

Ludwig hatte seine Methode perfektioniert, mit Doros Launen umzugehen. Er stieß mit so einer ungestümen Urgewalt gegen den Ball, dass dieser weit über die Bahn hinausflog und irgendwo in einer Hecke verschwand, genauso wie Ludwig selber. Seine Position konnte man für den Rest der Partie an den enormen Rauchwolken seiner E-Zigarette, die mal hier und mal da zwischen den hohen Büschen aufstiegen, unschwer nachvollziehen. Yella hatte ihn im Verdacht, sich absichtlich ins Aus gekickt zu haben, um in der sicheren Distanz das Ende der Partie auszusitzen.

Die Familie verteilte sich über den Platz. Auf allen Bahnen wurde geschossen, gestoßen, geflucht, gejubelt und argumentiert. Minigolf und Holland bedeuteten einen Widerspruch in sich. Auf der Anlage in Bergen spielte man immer auch gegen die Elemente: gegen die Willkür des Windes, der die Bälle nach dem Zufallsprinzip beförderte, gegen den Regen, der Wasserpfützen auf der Bahn hinterließ und den Beton über die Jahre in eine Kraterlandschaft verwandelt hatte. Und gegen Doro, die das Spiel in eine Diskussionsveranstaltung verwandelte und damit ihre Schwestern zur Weißglut brachte.

Hingebungsvoll wischte ihre große Schwester mit einem Schaber eine Wasserpfütze von der Bahn und trocknete mit ihrem Strandhandtuch letzte feuchte Stellen. Angesichts des zunehmenden Regens nicht wirklich zielführend. Doro knallte den Schläger auf den Hartgummiball, der empört wegflog, am Hindernis abprallte oder in die falsche Richtung segelte. Sechs Mal hintereinander.

»Das sind sieben Punkte«, beschied Helen.

»Das war erst der dritte Schlag«, empörte sich Doro. »Das macht keinen Spaß, wenn du nicht ehrlich spielst.«

»Du hast schon früher immer gemogelt«, kommentierte Helen nüchtern.

»Jetzt vertragt euch«, mischte sich ihre Mutter ein, verdrückte sich aber lieber mit Thijs zu Bahn 18, angeblich um die Bahnen in Gegenrichtung aufzurollen. »Sonst kommen wir nie durch«, sagte sie schwach.

Dr. Deniz hatte einmal die Theorie aufgestellt, dass das »Vertragt euch«, das durch viele Kinderzimmer wehte, toxisch war. Stattdessen sollte man Kindern eine bessere Streitkultur beibringen. Aber wie konnte Yella etwas vermitteln, was ihr selbst schwerfiel? Während ihre Söhne einfach mal explodierten, glich ihr Streit mit David eher einem Schwelbrand. Auseinandersetzungen mit Doro, die als Erdbeben starteten und sich dann allmählich steigerten, überforderten sie gänzlich. Die Sommerschwestern wussten nur zu gut, dass Niederlagen jeder Art nichts für Doro waren. Schon als Kind wollte sie immer und um jeden Preis gewinnen. Bei Mensch ärgere Dich nicht, beim Notenvergleich, bei den Bundesjugendspielen oder dem morgendlichen Run auf das einzige Badezimmer. Wie oft hatten Yella und ihre Schwestern morgens in hoher Not an die Tür getrommelt, ein »Bin gleich fertig« gehört und kurz darauf die angehende Dusche.

»Wenn ich jemals geschummelt habe, dann bestimmt aus reiner Notwehr«, behauptete Doro.

Helen marschierte kommentarlos zum nächsten Hindernis. Sie legte die Distanz zwischen den verschiedenen Bahnen im Laufschritt zurück, als gäbe es zusätzlich Geschwindigkeitsrekorde zu brechen.

»Das ist wieder typisch«, rief Doro ihr hinterher. »So kann niemand überprüfen, wie viele Schläge du wirklich brauchst.«

Während ihre große Schwester einen unglaublichen Wind um ihre Ergebnisse machte, kalkulierte Helen in aller Ruhe. Sie stellte ihre Füße fest nebeneinander und legte sorgsam den

Ball auf den Abschlagpunkt, um den herum sich bereits eine Mulde gebildet hatte. Ihre Augen tasteten die Abstände ab, der Rest des Körpers verharrte regungslos. Mit einem kontrollierten Schlag lochte sie ein. Regen und Wind brachten sie ebenso wenig aus dem Konzept wie Doros Auftritt. Yella beneidete sie dafür, Streitereien ausblenden zu können und selbstbewusst ihre eigene Strategie zu verfolgen.

Das Spiel nahm den üblichen Verlauf. Ihre Mutter zeigte mehr Interesse an ihrem Zukünftigen als an der Partie, Amelie hatte mehr Glück als Verstand, Helen ging ihren eigenen Gang, und Doro und Yella verhakten sich rettungslos ineinander. Achtzehn Löcher reichten, eine Familie in den Wahnsinn zu treiben.

Yella konnte es nicht fassen. Sie waren zwanzig Jahre älter geworden, sie hatten sich alle verändert, und tief im Inneren waren sie immer noch die Sommerschwestern von einst, die sich über einer Partie Minigolf zerstreiten konnten. Erwachsen sein war ein fragwürdiges Konzept und drei Schwestern eine echte Herausforderung. Sie verhielten sich wie eine Patchworkfamilie, die nur zusammengekommen war, weil ein Gericht sie dazu verdonnert hatte, gemeinsam alte Konflikte zu lösen.

»Lass sie doch«, sagte Amelie.

Yella zog ihre Plastikhülle aus, unter der es unerträglich warm geworden war, und positionierte sich. Ein geheimer Schalter in ihrem Inneren legte sich wie in Zeitlupe um. Es ging plötzlich nicht mehr um den zukünftigen Mann ihrer Mutter, nicht um die überstürzte Hochzeit, nicht um Spaß, sondern nur noch darum, gegen Doro zu gewinnen.

Looping? Netz mit Rampe? Wellenberge? Yella lag hoffnungslos hinten. Je mehr sie ausholte und sich aufregte, umso mehr ging es auf Kosten der Richtung. Ihre große Schwester feixte. Grummelnd stellte Yella sich der nächsten Herausforderung. Theoretisch sollte der Ball eine Rampe hinauf, zwischen zwei Hindernissen in einer kleinen Röhre verschwinden, um an der anderen Seite des Tunnels wieder aufzutauchen und von dort über den Hügel hinunter elegant ins Loch am Ende der Bahn zu rollen.

»Ein klassischer Einpunkter«, sagte Doro und schaffte es auch noch.

Yella holte aus und knallte den Ball zweimal so heftig an die Rampe, dass er das Spielfeld verließ und in Thijs' Nähe landete. Der nahm das verirrte Geschoss zum Anlass, sich als Vermittler anzubieten.

»Wenn der Ball zweimal die Bahn verlassen hat, darf ihn der dienstälteste Spieler über das Hindernis heben«, sagte er und legte ihn zehn Zentimeter vor dem Loch ab.

Während ihre Mutter aufgab, versuchte Thijs mit allen Mitteln, die aufgeheizte Partie zu entkrampfen. Als selbst ernannter Schiedsrichter flog er über den Platz und schob Amelies Ball ins Loch, bevor sie verzweifelte, wechselte Bälle aus und notierte Fantasiezahlen. Anders als Doro, die die Regeln ununterbrochen diskutierte, um zu gewinnen, ging es Thijs darum, dass alle eine gute Zeit erlebten. Er setzte alles daran, die dunklen Wolken, die über ihnen hingen, mit Unfug zu vertreiben. Er betrog so offensichtlich und deutlich, dass er Doro jeden Wind aus den Segeln nahm. Er schaffte es, das Spiel im absoluten Chaos untergehen zu lassen und damit den Weg dafür zu ebnen, einfach nur albern und übermütig zu sein. Die Erkenntnis, dass man diese Partie nicht mehr gewinnen konnte, hatte etwas Befreiendes. Selbst Helen ließ sich anstecken. Es wurden nach Thijs' anarchistischem Regelwerk Bälle rückwärts durch die Beine gespielt, mit der Hand geworfen, ausgetauscht, umgelegt, geschoben, aus Pfützen im Gras geschossen, chaotisch gezählt, falsch zusammengerechnet und viel gelacht. Um Zeit zu sparen, legte Thijs schon mal sechs Bälle an den Abschlag und führte einen Siegestanz auf, wenn verblüffenderweise einer traf. Und als die Hartgummikugel aus Versehen im Papierkorb landete, zählte er das natürlich auch als Treffer.

»Besondere Leistungen müssen belohnt werden«, sagte er.

Yella staunte. Wie lange hatte sie ihre Schwestern nicht mehr so ausgelassen gesehen? Sie bewunderte Thijs, der die Stimmung auffing und ausglich. War er womöglich wirklich anders als alle anderen Männer, die ihre Mutter ihnen präsentiert hatte? Yella erkannte neidlos an: Thijs hatte ein ansteckendes Lachen, Talent zum Glücklichsein und dazu, den Moment zu genießen.

Am Ende hatte der Himmel ein Einsehen und ersparte ihnen weitere Debatten, wer den Wettbewerb im Täuschen, Schummeln und Betrügen gewonnen hatte.

Die Familie rückte vergnügt unter den Sonnenschirmen zusammen, die ihre wahre Bestimmung als Regenschutz erst jetzt enthüllten. Der leichte Regen hatte sich zum Wolkenbruch ausgewachsen und trommelte unablässig auf den bunten Stoff, während die Gruppe begossener Zwerge dicht an dicht gedrängt auf schöneres Wetter wartete. Nass, aber erstaunlich gut gelaunt hatten sie neben ihrer Mutter Unterschlupf gesucht. Der Boden duftete nach nasser Erde. Geschützt von einem Regenschirm brachte Thijs Kaffee und Kuchen.

Yella musste lachen, als sie die Kuchenstücke sah, deren

oberste Glasurlage giftig rosa schimmerte. Wie hießen diese typisch niederländischen Dinger nur?

»*Tompoezen*«, rief Helen aus, die sich natürlich an alles erinnerte.

Yella fiel siedend heiß ein, wie sie als Kind diese Teile beim Bäcker bestellen sollte und daran gescheitert war, dass sie keine Ahnung hatte, wie man das Wortungetüm auf ihrem Einkaufszettel aussprach.

»Tom und Pusen. Wie pusten ohne t«, fielen ihr die Worte ihres Vaters wieder ein. »Ein *oe* wird wie *u* ausgesprochen. Deswegen sagen Holländer gerne *Dr. Utker* statt Dr. Oetker.«

Wer weiß, vielleicht hatte sie in Zukunft mehr Gelegenheit, ihr eingerostetes Niederländisch zu neuem Leben zu erwecken. Und die Lebensweisheiten ihres Vaters.

»Mein besonderer Wunsch«, erklärte ihre Mutter.

Die backsteinförmigen Blätterteigteilchen waren mit einer weichen Vanillecreme gefüllt und unmöglich auf zivilisierte Weise zu essen.

Thijs nahm sein Stück mit der Hand auf, sperrte den Mund so weit auf, wie er konnte, biss einmal herzhaft zu und störte sich nicht weiter daran, dass die Füllung in alle Richtungen tropfte, ihre Mutter versuchte sich allen Ernstes mit Messer und Gabel, während Ludwig rohe Kräfte walten ließ und seine Gabel in das Stück Kuchen rammte, in der Hoffnung, alle Lagen mit einer energischen Geste zu durchstoßen. Ein einziger Versuch, die Cremeschnitte in mundgerechte Stücke zu teilen, reichte, Ludwigs Kuchenteller in ein Schlachtfeld aus Füllung und Blätterteigbruch zu verwandeln.

Yella warf einen ratlosen Blick auf ihre Schwestern, um zu überprüfen, ob sie eine bessere Taktik gefunden hatten. Amelie entfernte vorsichtig das Dach mit der Glasur und verspeiste erst mal die unteren Lagen. »Das Leckerste zuletzt.«

Helen ging dagegen strategisch vor. Wie ein Chirurg trennte sie die oberste Schicht ab und legte sie mit der glasierten Seite nach unten auf dem Teller ab. Dann hob sie das ganze Stück auf den Blätterteig und aß als Einzige in einer Art und Weise, die dem Grundgedanken des Gebäcks, die verschiedenen Geschmäcker im Mund zu vereinen, gerecht wurde.

Yella entschied sich für einen ähnlich pragmatischen Umgang. Sie versuchte die Blätterteigschnitte von der Seite her zu bearbeiten und endete ebenfalls in einem Creme-Massaker.

In der Familie Thalberg konnte man sich nicht einmal darauf einigen, wie man Tompoezen unfallfrei zu sich nahm. Nur Lucy aß gar nicht. Die fotografierte die glänzenden Teile für ihre diversen Social-Media-Accounts.

Mitten in die fröhliche Kuchenschlacht nahm Helen den Faden vom Essen wieder auf.

»Wie hat Thijs dich eigentlich gefunden?«, fragte sie interessiert.

»Über Papas Namen«, sagte ihre Mutter leichthin.

»J. Thalberg?«, wiederholte Helen skeptisch.

»So stand es auf der Rückseite des Bildes«, bestätigte Henriette.

Thijs rutschte auf einmal ein bisschen ungemütlich auf seinem Platz herum. Das Gesprächsthema war ihm sichtlich unangenehm.

»Googeln kann man unseren Vater nicht«, mischte Yella sich ein.

»Irgendwo im Internet wird schon etwas über ihn stehen«, meinte Henriette Thalberg.

»Nein«, sagte Yella bestimmt. »Das habe ich schon mal versucht.«

Damals, als sie bei Dr. Deniz in Behandlung war, hatte sie die letzten Ecken des Internets durchforstet, um zu überprüfen, ob sie irgendwo noch neue Informationen über Johannes Thalberg auftreiben konnte. Alte Klassenkameraden, die Schulfotos online gestellt hatten, irgendeine Vereinsmeisterschaft, die er als Halbwüchsiger mit einem denkwürdigen Rekord gewonnen hatte, ein Kongress, der ihn als Referenten führte, ein Dankwort, das ihn berücksichtigte, eine Auktionsseite, die ein Bild von ihm anbot. Sie hatte Nächte damit zugebracht in der Hoffnung, irgendeine Kleinigkeit aufzutun, die in der digitalen Welt bewies, dass ihr Vater wirklich existiert hatte. Selbst sein Grab auf dem Kölner Melaten-Friedhof war nirgendwo erfasst.

»Ich habe alles abgesucht«, beharrte Yella auf ihrer Einschätzung. »Er ist unfindbar. Vor allem, wenn man noch nicht einmal einen Vornamen hat.«

»Umso besser, dass Thijs mich trotzdem gefunden hat«, sagte ihre Mutter gereizt.

Yella sah von ihrem Teller auf. Sie hatte sich so sehr in Minigolfspiel, Regen und Kuchen verloren, dass ihr erst jetzt auffiel, wie angeschlagen ihre Mutter wirkte. Sie lächelte bemüht, aber die Farbe war aus ihrem Gesicht gewichen. War es die Aufregung? War es die Kälte, die ihr in die Glieder gefahren war? Auf einmal sah sie grau und alt aus.

»J. Thalberg. Wie viele Menschen heißen so?«, sagte Helen, die sich nun in die Frage verbissen hatte.

»Es ist doch egal«, sagte ihre Mutter und stand abrupt auf. »Hauptsache, wir sind hier.«

Helen, gewöhnt den Dingen auf den Grund zu gehen, tippte auf ihrem Handy herum.

»Wenn ich *J. Thalberg* eingebe, lande ich bei einem amerikanischen Autor. Oder in Österreich«, sagte Helen. »Aber nicht in Köln bei dir.«

Da war wieder dieses nagende Gefühl, dass ihre Mutter nicht die ganze Wahrheit sprach. Gab es einen tieferen Grund, warum sie sich so schwergetan hatte, ihre Töchter in ihre neue Liebe einzuweihen? Sie wirkte auf einmal nervös und fahrig.

»Lasst uns gehen«, stoppte ihre Mutter die Diskussion. »Es war ein langer Tag.«

18. Das Ende der Sommerschwestern

Yella hakte ihre Mutter unter.

»Ich habe mir mein ganzes Leben Sorgen gemacht«, sagte Henriette Thalberg ein bisschen atemlos. »Über euren Vater, über das Geld, über morgen, über übermorgen. Jetzt bin ich einfach mal damit beschäftigt, glücklich zu sein.«

Selbst der kurze Weg zum Parkplatz gestaltete sich schwierig. Henriette sprach im Laufen, blieb aber ständig an den wichtigen Stellen stehen, um aufgeregt zu gestikulieren, und zwang Yella damit ebenfalls innezuhalten. Es dauerte nicht lange, und die ganze Gruppe war auseinandergerissen. Ihre Mutter machte Yella ständig auf Gefahren aufmerksam, als wäre sie ein kleines Mädchen, das man ununterbrochen korrigieren und anleiten musste.

»Pass auf, eine Pfütze, ein Hundehaufen, ein Mountainbiker, ein Ast, Yella, pass auf, wo du hintrittst! Yella! Wo bist du nur immer mit deinen Gedanken?«, sagte ihre Mutter, blieb stehen und sah sie aufmerksam an, als erwarte sie irgendeine Antwort.

Sie lügt, durchfuhr es Yella wie ein plötzlicher Geistesblitz. Die dunkle Ahnung formte sich zu einem hämmernden Gedanken.

»Du verschweigst irgendwas«, platzte sie heraus.

Ihre Mutter lachte laut auf, als hätte sie einen besonders guten Witz gemacht.

»Wie kommst du denn darauf?«, fragte sie und schwankte.

Wieder hatte Yella den Eindruck, dass sie sich nur schwer aufrecht halten konnte. Auf einmal meldeten sich die Ängste wieder, die merkwürdigen Lügen über den Gesundheitszustand, der abgesagte Arzttermin. Die Mutter wankte und stolperte.

»Geht es dir wirklich gut?«, fragte sie. »Warum musst du auf einmal regelmäßig Tabletten nehmen?«

»Es ging mir nie besser«, antwortete Henriette Thalberg. »Ich liebe es, wenn wir alle zusammen sind. Das sind die schönsten Momente für mich.«

Sie drückte fest Yellas Hand. Für einen Moment fühlte es sich warm und vertraut an. Das anheimelnde Gefühl hielt genau zwei Sekunden.

»Ich hatte solche Angst, dass du sauer auf mich bist, weil ich es gewagt habe, David ein paar kritische Fragen zu stellen«, sagte sie. »Schön, dass wenigstens einer aus eurer Familie gekommen ist.«

»David hatte zu tun …«, sagte Yella reflexartig. »Er wäre sicher mitgefahren, wenn er gewusst hätte …«

Ihre Mutter ließ sie gar nicht erst ausreden: »Alles in Ordnung, Yella. Ich erwarte nicht, dass du dich an Davids Stelle entschuldigst …«

»Ich entschuldige mich nicht, ich will es dir nur erklären …«

»Es ist in Ordnung, Yella«, unterbrach ihre Mutter harsch. »Als ihr Teenager wart und die ersten Freunde bei uns auftauchten, habe ich mir vorgenommen, nicht in die Muster meiner Schwiegereltern zu verfallen. Die mochten mich nie und ließen mich das jede Sekunde spüren. Ich habe es immer als meine Aufgabe gesehen, meine Kinder zu lieben, selbst wenn ich ihre Entscheidungen nicht nachvollziehen kann.«

Yella zuckte zusammen. Henriette Thalbergs vorgebliche Politik der Nichteinmischung hielt sie nicht davon ab, ungefiltert und ungefragt ihre Meinung zu äußern. Ihre Mutter war eine Meisterin darin, ihre Angriffe mit einer dicken Lage Zuckerguss zu garnieren. Der kurze Moment der Waffenruhe war nicht mehr als eine kleine Atempause.

»Wenn David sich in unserer Familie nicht wohlfühlen will, ist das seine Entscheidung. Wer wäre ich, ihn zu seinem Glück zu zwingen?«, fuhr sie fort.

Das war wieder typisch ihre Mutter. Zwischen den Worten machte sie eindeutig klar, wer für ihr schlechtes Verhältnis verantwortlich war. Ganz alleine David. Ihre Mutter löste sich von ihr.

»Familie soll etwas sein, das Spaß macht, ein warmes Nest, in das jeder freiwillig zurückkehrt. Ich zwinge niemanden, Teil meines Lebens zu sein«, sagte sie. »Nicht mal meine eigene Brut. Und am allerwenigsten einen jungen Mann mit Schwiegermutter-Allergie. Wenn er mich nicht leiden kann, ist das sein gutes Recht.«

Yellas Mund blieb offen. Noch bevor sie etwas sagen konnte, schloss Thijs zu ihnen auf. Er war offenbar schon mal zum Auto gegangen und hüllte ihre Mutter in eine orangefarbene Regenjacke. *You'll never walk alone* stand auf ihrem Rücken. *Nijmegen 2012*. Die Gelegenheit, in Ruhe miteinander zu sprechen, war wieder einmal ungenutzt vorübergezogen.

Yella blieb irritiert zurück. Die Formulierungen ihrer Mutter kamen ihr merkwürdig bekannt vor. In Yella formte sich ein ungeheurer Verdacht. Hatte Doro etwa weitererzählt, was sie ihr gestern Nacht unter dem Siegel der Verschwiegenheit anvertraut hatte?

Empört näherte sie sich Doro, die mit dem Telefon am Ohr auf dem Spielplatz auf und ab ging. Sie hielt die Hand abwehrend in Yellas Richtung.

»Wunderbar, danke, du bist ein Schatz«, flötete sie ins Telefon. »Ich bin so froh, dass Simon zufrieden ist. Was wären wir ohne ihn? Er trägt mit seiner Stimme die ganze Vorstellung. Richte ihm aus, dass er mich jederzeit anrufen kann, wenn er noch Vorschläge hat.«

Sie drückte den Anrufer weg. Ihre zuckersüße Stimme ging sofort eine Oktave tiefer: »Was für ein Idiot«, sagte sie. »Mit dem arbeite ich nie wieder. Der kostet mich den letzten Nerv.«

Dann erst bemerkte sie Yellas düsteren Blick.

»Was ist jetzt schon wieder?«, platzte Doro heraus.

»Hast du Mama von unserem Gespräch erzählt?«

»Mir ist kalt. Lass uns gehen«, wand sich Doro.

»Das kann doch kein Zufall sein, dass Mama auf einmal damit anfängt, dass David sie nicht leiden kann. Schwiegermutter-Allergie, das denkt sie sich doch nicht aus.«

»Du täuschst dich«, sagte Doro, aber sie klang nicht mehr ganz so bestimmt wie am Anfang.

»Warum ist alles, was du tust, hintenrum?«, empörte sich Yella.

Doro ließ die Vorwürfe nicht auf sich sitzen. Sie gab nichts zu und verteidigte sich trotzdem. »Was kann ich dafür, wenn David lieber in Berlin bleibt? Das sieht doch ein Blinder, dass der keine Lust auf uns hat.«

»Du hast ihr brühwarm erzählt, was ich dir gestern nach zu viel Wein anvertraut habe?«, fragte Yella verblüfft.

»Ich habe Henriette nur bestätigt, was sie längst wusste. Sie hat mich nach David gefragt, und ich war ehrlich. Im Gegensatz zu dir.«

»Ich habe dir unter dem Siegel der Verschwiegenheit von unserer Auseinandersetzung erzählt.«

Amelie mischte sich ein. »Lasst uns einfach nach Hause gehen.«

Yella war fassungslos. Bei Doro wusste man nie, welche Seite man bekam: die liebende Schwester oder den verhexten Geist.

»Warum erzählst du so was weiter?«, empörte sie sich.

»Warum machst du so ein Geheimnis daraus? Wir wissen alle, dass David eine Krise hat, weil er keinen Zentimeter mit seinem Roman vorankommt. Du kannst dir deine Beschönigungen sparen.«

Doros Vorwürfe enthielten einen Kern von Wahrheit: Die Pressesprecherin in ihr war nicht ehrlich gewesen. Aber das gab Doro noch lange nicht das Recht, die Familienpolitik in eigene Hände zu nehmen und ihre Geheimnisse weiterzuverbreiten. Vermutlich hatte sie die Geschichte mit einer ordentlichen Prise Doro garniert. Am liebsten hätte sie sich auf Doro gestürzt und ihr einen Kinnhaken verpasst.

Amelie zog Yella am Ärmel zurück: »Komm, wir machen es uns zu Hause gemütlich. Feuer im Kamin, warmer Tee …«

»Hör auf, dich in meine Angelegenheiten einzumischen, Doro Thalberg«, sagte Yella und konnte nicht verhindern, dass sie laut wurde. »Ich kann prima für mich selber sprechen.«

»Eben nicht. Du verbreitest permanenten Bodennebel, Yella«, sagte Doro. »Nie sagst du wirklich, was in dir vorgeht.«

»Jetzt hört endlich auf. Wir hatten es gerade so nett«, mischte Amelie sich ein und versuchte, sich zwischen die Schwestern zu drängen.

Doch Doro lief sich gerade erst warm. »Kein Wunder, dass unsere Familientreffen so aufreibend sind, wenn keiner wirklich sagt, was er denkt.«

»Und du machst ständig im Hintergrund Stimmung«, sagte Yella. »Dir geht es vor allem darum, dich selber ins beste Licht zu rücken. Kein Wunder, dass du einen Kulissenbauer geheiratet hast. Hauptsache, deine Fassade stimmt.«

»So ist das in einem Quartett«, versuchte Amelie die Wogen zu glätten. »Jeder singt seine eigene Melodie, und am Ende entsteht durch die Verschiedenartigkeit der Stimmen Musik.«

In Yellas Ohren hörte sich das schwesterliche Konzert eher wie eine ungeordnete Kakofonie an, in der jeder für sich alleine Takt, Tempo und Tonsorte wählte.

»Wir feiern hier eine Hochzeit!«, wies Doro Amelie zurecht. »Ich habe was Besseres zu tun, als mir ständig Yellas Mist anzuhören.«

Und dann baute sie sich vor Yella auf: »Falls du es noch nicht gemerkt hast, Yella: Zur Abwechslung geht es an diesem Wochenende ausnahmsweise nicht um dich und deine Befindlichkeiten. Hör endlich auf, so anstrengend zu sein.«

In die plötzlich entstehende Gesprächspause klingelte Yellas Telefon.

Doro verdrehte die Augen. »Geh dran, Yella. Hat David ein Wehwehchen? Musst du ihm zu Hilfe eilen? Braucht er moralische Unterstützung? Oder ist ihm einfach nur das Taschengeld ausgegangen?«

Yella schüttelte erschlagen den Kopf. Sämtliche Geheimnisse, die sie ihrer Schwester anvertraut hatte, nutzte diese als Munition.

»Du hast vollkommen recht, Doro«, sagte sie und versuchte, ihre flatternden Nerven unter Kontrolle zu bekommen. »Wir tun alle so nett, wir geben uns alle furchtbare Mühe, und in Wirklichkeit verbindet uns nichts mehr. Wir sind schon lange keine Sommerschwestern mehr. Die Sommerschwestern sind tot.«

Und dann rauschte sie einfach davon.

Tränen stiegen in Yellas Augen. Sie sank in sich zusammen, als sie im Gehen auf das Display ihres Handys blickte: siebenundzwanzig neue Mitteilungen von David.

Du glaubst nicht, was hier los ist, meine Mutter hat uns eröffnet ...

Erst jetzt realisierte sie, dass sie den angefangenen Satz wohl versehentlich losgeschickt hatte. Darunter standen Davids Nachrichten.

Deine Mutter hat was?, fragte er nach.

Dann eine Minute später.

Soll das ein Cliffhanger sein?

Yella?

Yella, ich warte.

Was ist das, ein Quiz?

Es folgten verpasste Anrufe. In der Hitze des Minigolfspiels hatte sie keinen davon mitbekommen.

Yella, ist alles in Ordnung bei dir?

Melde dich kurz. Ich mache mir Sorgen.

Yella!!!

Yella?

Am Ende stand ein pampiges: *Spar dir die Mühe, Doro hat mich über alles informiert. Herzlichen Glückwunsch zum neuen Stiefvater und viel Erfolg noch beim Auskurieren deines Katers.*

Panik machte sich in ihr breit. Was in aller Welt hatte Doro David erzählt, dass er so genervt reagierte? Sie könnte ihrer Schwester den Hals umdrehen.

Hektisch wählte sie seine Nummer. Er ging nicht ans Telefon.

Tut mir leid, ich war abgelenkt. Alles Mist hier. Doro und ich haben Megakrach, und Mama will morgen heiraten. Erkläre dir später alles. Wann passt es?

Sie starrte auf das Handy, wo ein einziger Haken erschien.

Sorry, David.

Und dann schickte sie noch ein paar Herzchen hinterher. Ohne Erfolg. Er hatte sein Handy offenbar komplett ausgeschaltet. Auch das noch. Bis vor ein paar Tagen hatte sie geglaubt, ihr Leben perfekt im Griff zu haben. Jetzt erst spürte sie, auf wie dünnem Eis sie unterwegs gewesen war. Die Geschichte, die sie sich selber über sich erzählt hatte, geriet ins Wanken. Ein einziges Teil des Ichpuzzles, das man unvorsichtigerweise herausnahm, reichte, das ganze Bild durcheinanderzubringen. Was für ein Desaster!

19. Hier bin ich

Amelie atmete auf. Die Familie hatte sich in alle Himmelsrichtungen zerstreut. Bis zum gemeinsamen Abendessen blieb ihr genug Zeit, sich endlich um die mitgebrachten Familienfotos zu kümmern. Mit ihrem letzten Geld gönnte sie sich am Kiosk vom *Pannenkoekenhuis* eine Flasche Bier als Gegengift gegen die allzu süßen *Tempoezen* und die streitlustigen Schwestern. Auf einem fröhlichen gelb-rosa Etikett prangte der ausgesprochen seltsame Name des Biers *Mannenliefde,* Männerliebe. Amelie kicherte. Vielleicht war das ja eine Art Zaubertrank? Das musste sie probieren. Sie hatte kaum die Flasche angesetzt, als eine atemlose Stimme sie unterbrach.

»Hier bin ich!«

Amelie fuhr herum und erkannte überrascht die Taxifahrerin vom Vortag, die ihren Wagen verbotenerweise in der Auffahrt geparkt hatte. Die junge Frau mit der heiseren Stimme war nicht einmal einen Meter sechzig groß, drahtig und voller Energie. Sie trug den knallroten Fußballdress des VV Bergen und wirkte so entschlossen, als wäre sie bereit, sich sofort in jeden Zweikampf zu werfen.

Amelie sank schuldbewusst in sich zusammen. »Ich habe das mit dem Fahrpreis immer noch nicht geregelt«, gestand sie. »Aber ich kümmere mich. Versprochen.«

»Du hast mich angerufen«, sagte die junge Frau.

Amelie kramte ratlos ihr Telefon hervor und warf einen prüfenden Blick auf das Display.

»Hosentaschengespräch«, sagte sie entschuldigend. »Mein Po hat ohne mein Wissen ein Taxi bestellt.«

Philomena musterte Amelie, als ob sie auf irgendetwas wartete. Aber worauf?

»Wie viel hast du mitgehört?«, fragte Amelie misstrauisch.

»Genug, um mir Sorgen zu machen«, antwortete Philomena.

»Der ganz normale Schwesternwahnsinn«, sagte Amelie.

»Es klang eher nach Mord und Totschlag«, sagte Philomena.

»Du kommst deswegen vom Fußballplatz? Wegen uns?«

»Ich saß sowieso auf der Ersatzbank«, sagte sie. »Ich sitze immer auf der Ersatzbank. Ich bin schlecht in Fußball …«

Ihre Ehrlichkeit hatte etwas Entwaffendes.

»Unsinn, das Spiel war gerade vorbei«, sagte Philomena lachend.

»Unseres auch«, sagte Amelie. »Wir haben alle verloren. Und Geld habe ich auch keins.«

Philomena wandte sich schon zum Gehen, als ihr auf einmal etwas einfiel.

»Du kannst deine Schulden auch bei mir abarbeiten«, sagte sie.

Amelie lachte auf.

»Ich habe keinen Führerschein. Taxi fahren kann ich nicht.«

»Brauchst du auch nicht.«

»Nein?«

»Ich meine es ernst. Ich brauche jemanden«, bekräftigte Philomena. »Du musst echt nichts können.«

»Klingt wie gemacht für mich«, lachte Amelie.

So kompliziert sich die Beziehungen in ihrer Familie gestalteten, so federleicht war der Kontakt mit Philomena.

»Ich bin dabei«, sagte sie. Die Fotos konnten warten.

Eine Stunde später fand Amelie sich auf dem *dorpsplein* wieder, dem zentralen Platz des Dorfs. Gemeinsam mit Philomena versuchte sie, Publikum für ihre Comedyshow zu werben.

»Es ist diesmal ein deutscher Abend«, erklärte Philomena. »Wir konzentrieren uns auf Touristen.«

»Was soll ich sagen?«, fragte Amelie.

»Nichts«, sagte sie.

»Nichts?«

»Ja.«

»Oh.«

Amelie starrte Philomena an, die offenbar glaubte, sie umfassend genug insistiert zu haben.

»Bei uns im Unverpackt-Laden wollen die Leute immer alle Bestandteile wissen, bevor sie was kaufen.«

»Du verkaufst nichts«, erläuterte Philomena ihre Strategie. »Du verschenkst was.«

Sie übergab der verdutzten und komplett überrumpelten Amelie einen Korb mit einzeln verpackten Sirupwaffeln, die mit zwei Aufklebern versehen waren. Auf der einen Seite stand: *Bezahlen Sie mit einem Lächeln.* Auf der anderen las sie die kryptische Botschaft: *Mehr davon?* Darunter stand eine Internetadresse: *Niemandemverraten.nl.*

Sie lächelte stolz: »Das war meine Idee«, sagte sie. »Wir sind schließlich ein geheimer Comedyclub.«

Voller Energie warf sie sich ins Getümmel auf dem Dorfplatz.

Philomena hatte ihre eigene unkonventionelle Methode entwickelt und konzentrierte sich auf die Passanten, die Kopfhörer im Ohr hatten. Sie stellte sich auf und fuchtelte aufgeregt vor ihnen herum.

»Wenn die stehen bleiben und die Hörer rausnehmen, habe ich schon mal die volle Aufmerksamkeit«, hatte sie ihre besondere Taktik erklärt. »Der Rest ist ein Kinderspiel.«

Amelie war in ihrem Element. Endlich konnte sie den männlichen Blicken, die ihr folgten, etwas entgegensetzen. Ihr unschuldiger Blick sagte etwas wie: Ich würde dich gerne etwas fragen, bin aber leider ein bisschen schüchtern. Mit verlegenem Kichern übergab sie einen Keks und eilte zum nächsten Passanten. Die Waffeln fanden reißenden Absatz, ohne dass sie sich besonders anstrengen musste.

Es lief großartig und machte Spaß, bis sie auf einmal in der Menge eine orangefarbene Jacke aufblitzen sah. Auf dem Rücken prangte die bekannte schwarze Aufschrift: *You'll never walk alone.* Es war Thijs. Ganz offensichtlich hatte er ihre Mutter alleine im Hotel zurückgelassen. Vielleicht musste sie sich ausruhen. Amelie wollte bereits auf ihn zugehen, als eine Frau ihr zuvorkam und ihn überschwänglich umarmte. Thijs drückte ihr drei Küsse auf die Wangen. Als er sich aus ihren Armen löste, entdeckte er Amelie. Sein Lächeln gefror.

20. Willst du mich heiraten?

Yella atmete tief durch. Die Regenwolken hatten sich verzogen, und mit den Sonnenstrahlen kehrte das Leben zurück. Während Doro und Amelie mit dem Rest der Familie zum Ferienhaus zurückgefahren waren, liefen Helen und Yella zum Meer.

Die Flut drückte das Wasser an Land, Wellen mit großen Schaumkronen brachen sich eindrucksvoll am Strand, der betupft war von todesmutigen Sonnenanbetern und Spaziergängern. Über ihnen knatterten bunte Drachen in der Luft.

Yella zog ihre Schuhe aus und krempelte die Jeans hoch. Vorsichtig tauchte sie ihre Zehen in das Wasser, nur um im nächsten Moment von einer überraschend großen Welle erfasst zu werden. Das Kreischen der Möwen klang gehässig, als der Kälteschock durch ihren Körper zitterte, aber schon nach ein paar Metern gewöhnte sie sich an die eisige Temperatur.

»10 Grad. Höchstens«, sagte Helen, die es ihr gleichtat.

Die Wellen umspielten ihre weiß glänzenden Knöchel und zeichneten unablässig mit Algen immer neue Linien in den Sand, die ebenso flüchtig waren wie die Wolkengebilde am Himmel. Die Nordsee hatte eine beruhigende Wirkung auf Yella. Gemessen an der Unermesslichkeit des Meeres kamen ihr ihre eigenen Probleme gering vor. Um keinen Preis der Welt wollte Yella den Rest des Tages mit Doro in einem

Raum verbringen. Sie brauchte einfach eine Pause von ihrer großen Schwester. Vor allem aber brauchte sie eine Pause von sich selbst.

»Findest du mich anstrengend?«, fragte sie kleinlaut.

Helen biss auf ihrer Lippe herum und sah sie hilflos an. Eigentlich hätte ihr das Antwort genug sein sollen.

»Sei ehrlich«, insistierte sie, als ob der Teufel sie ritt.

»Erst trinkst du zu viel, dann kommst du nicht pünktlich aus dem Bett, erscheinst wie der lang erwartete Überraschungsgast auf unserem Fest, stocherst ein bisschen pikiert im Essen rum, bevor dir schlecht wird und unsere Mutter dir hinterhergehen muss, um dich persönlich an den Tisch zurückzubitten. Und dann krachst du mit Doro zusammen. Aber sonst finde ich dich ganz okay.«

»Anstrengend«, sagte Yella schuldbewusst. Sie konnte nur allzu gut nachvollziehen, wie all ihre Handlungen von außen wirkten. Wieso gelang ihr einfach kein entspannter Umgang mit ihrer Familie? Sie gab sich wirklich Mühe, es allen recht zu machen, und erreichte am Ende doch nur das Gegenteil. Was machte sie falsch? Wie war sie in diesen Kreislauf hineingeraten? Wenn sie ehrlich war, konnte sie die Yella, in die sie sich verwandelte, sobald sie in ihre Herkunftsfamilie eintauchte, nicht ausstehen. Innerhalb von achtundvierzig Stunden hatte sie es geschafft, wirklich alle gegen sich aufzubringen. Ihr Holland-Aufenthalt, eine Reihe von tausend winzigen Fehlentscheidungen und Unaufmerksamkeiten wuchs sich zum Problem aus.

»Manchmal ist es schwierig zu akzeptieren, wer man geworden ist«, sagte Helen tröstend.

Der Himmel riss immer mehr auf, sodass man die Windräder draußen auf dem Meer gut erkennen konnte. »Thijs hat erzählt, dass er da draußen Kabel gelegt hat. Das muss ein Höllenjob sein.«

Sie ließen sich am Rand der Dünen nieder und starrten schweigend in den Sonnenuntergang.

»Bist du glücklich?«, fragte Yella.

Helen zuckte mit den Achseln. »Wer hat uns eigentlich eingeredet, dass wir immer glücklich sein müssen? Arbeit ist immer auch Stress und jede Beziehung eine Herausforderung. Und dann sollen wir obendrauf auch noch ständig glücklich sein.«

Yella lachte. »Keiner will unglücklich sein.«

»Mir ist wichtiger, dass das, was ich tue, einen Sinn hat«, sagte Helen. »Ich will etwas für andere tun. Und das macht mich dann glücklich.« Sie legte eine Pause ein. »Im besten Fall«, schob sie nach.

»Was ist eigentlich los bei dir und Paul?«, fragte Yella, ihre selbst auferlegte Zurückhaltung über Bord werfend. Und zu ihrer Überraschung antwortete Helen.

»Pauls Arbeit ist nur eine Ausrede«, sagte Helen. »Ich habe ihn ausgeladen. Und er bestand darauf, trotzdem zu kommen. Deswegen ist er im Hotel.«

Helen log nie. Aber sie erzählte auch nie die ganze Wahrheit.

»Was hat er denn so Furchtbares angestellt?«, fragte Yella vorsichtig.

»Ich weiß nicht, ob ich noch mit ihm zusammen sein kann«, sagte Helen traurig.

»Weil …«, ergänzte Yella.

Sie hatte das Gefühl, über rohe Eier zu laufen. Bei Helen wusste man nie, wann man ihr zu nahe trat. Ihre Schwester grub ihre Zehenspitzen in den kühlen Sand ein, bis sie auf eine Muschel stieß.

»Vor drei Wochen hat er mich am Wochenende entführt«, setzte sie stockend an und unterbrach sich sofort. »Ich weiß wirklich nicht, ob ich das erzählen kann.«

»So schlimm?«, fragte Yella.

»Er ist mit mir auf ein Schloss gefahren, er hat großartiges Essen bestellt, und dann ist er auf die Knie gefallen und hat mir einen Heiratsantrag gemacht«, sagte Helen.

»Das ist doch toll«, sagte Yella. »Wo ist das Problem?«

Man musste ihrer kleinen Schwester wirklich jedes Wort aus der Nase ziehen.

»Und dann habe ich Nein gesagt.«

Yella lachte laut auf. Helen sprang auf, klopfte allen Sand von ihrer Kleidung.

»Es ist mir ernst, Yella«, sagte sie verletzt.

Yella erhob sich mühsam aus dem Sand und lief Helen hinterher. Am Horizont erkannte sie die ersten Strandhütten vom fünf Kilometer entfernten Egmond aan Zee, in weiter Entfernung zeichneten sich die hohen Schornsteine der Hochöfen von IJmuiden ab.

»Was spricht gegen heiraten?«, fragte Yella. »Ihr seid so ein gutes Paar.«

»Weil wir freiwillig zusammen sind«, sagte Helen. »Ich will nicht werden wie unsere Mutter. Sie wartet ihr ganzes Leben darauf, dass ein Mann sie glücklich macht. Sie vergisst, dass sie für ihr eigenes Schicksal verantwortlich ist.«

Yella sah sie an. »Du sagst Nein wegen unserer Mutter?«

»Paul will heiraten. Und er will Kinder«, gab Helen endlich zu. »Aber ich weiß nicht, ob ich das hinbekomme. Ich war noch nie gut mit Kindern. Noch nicht mal als kleines Mädchen. Ich war schon früher lieber mit Erwachsenen zusammen.

Aber keiner hatte Lust, die Weltprobleme mit einer Siebenjährigen zu diskutieren.«

Yella schluckte schwer. Helens trotzige Unabhängigkeit hatte auch eine traurige Seite.

»Nach Papas Tod war alles anders. Ich war ein Kind, das es kaum erwarten konnte, erwachsen zu werden, mit einer Mutter, die sich wie ein Kind verhielt und sich diesem Mann unterordnete.«

Yella realisierte, dass sie seit vielen Jahren nicht über die dunkle Periode nach dem Tod ihres Vaters gesprochen hatten. Die ganze Familie vermied kollektiv das Thema, das unweigerlich zu Tränen führte.

»Kinder sind das Schönste auf der Welt«, sagte Yella. »Beziehungen sind schwierig.«

»Was, wenn es nicht funktioniert? Was, wenn meine Kinder dieselben Probleme haben wie ich? Das hat kein Mensch verdient. Was, wenn ich eine genauso schlechte Mutter bin wie unsere?«

»Sie war keine schlechte Mutter«, sagte Yella.

»Doch«, sagte Helen. »Sie war eine schlechte Mutter. Und sie ist bis heute eine schlechte Mutter.«

Der Wind trug ihren wütenden Satz davon. Für einen Moment starrten sie schweigend auf das Strandleben. Spaziergänger stemmten sich gegen die steife Brise, ein Vater schrie nach seinem Sohn und schaffte kaum, die brechenden Wellen zu übertönen. Der kleine Junge schleppte in einem Eimer Nordseewasser für seinen frisch gebuddelten Burggraben heran, während seine Baby-Schwester ausprobierte, wie Sand schmeckte. Überall wurden Fotos geknipst und Filme aufgenommen. Irgendwo dudelte Musik. Jugendliche gruppierten sich um einen Minilautsprecher wie um ein imaginäres Lagerfeuer. Yella wollte nie wieder weg von diesem Strand.

»Ich habe mich nie gesehen gefühlt«, sagte Helen. »Da kann sie mir noch so oft einflüstern, dass ich ihr Liebling war.«

»Das hat Mama gesagt?«, fragte Yella betroffen.

Helen nickte. »Sie hat mich an die Seite genommen und mir ganz verschwörerisch zugeraunt, dass sie sich mir am nächsten fühlt. Weil sie meine Unabhängigkeit bewundert.«

»Ihr Zwillinge wart immer ihre Lieblinge«, sagte Yella schwach.

»Sie hat uns rausgeputzt. Sie liebte es, uns einzukleiden wie Puppen. Alle fanden uns so niedlich, bis wir nicht mehr so niedlich waren, dass man mit uns angeben konnte.«

Das Leben ihrer Mutter war sicher nicht das geworden, was sie sich als junge Frau einmal erträumt hatte. Mit achtzehn war sie aus ihrer erzkonservativen Familie in die Arme des Erstbesten geflüchtet, der ihr einen Ausweg bot, und begann als Stewardess zu arbeiten. Das erste Kind war ungeplant, beim zweiten legte sie die Berufstätigkeit und ihre hochfliegenden Pläne, mit Johannes die Welt zu bereisen, endgültig auf Eis. Die Zwillinge zementierten ihre Situation. Richtig fröhlich war sie nur in Holland, wenn sie nicht den ganzen Tag mit den Kindern beschäftigt war.

»Sie hat nach dem Unfall den Halt verloren«, verteidigte Yella ihre Mutter.

»Sie war auch vorher nie da, Yella.«

»Wir waren glücklich hier. Wir waren die Sommerschwestern mit einer intakten Familie.«

»Unsinn«, sagte Helen scharf.

Yella sah ihre Schwester überrascht an. Alle Wut schien aus ihr herauszubrechen.

»Wir waren uns selber überlassen. Nur fiel es hier nicht so auf. Hast du dich jemals gefragt, was sie in all den Sommern getan hat, während wir am Strand waren und alleine über den Campingplatz streunten?«

»Was meinst du damit? Worauf spielst du an?«

»Ich weiß nur, dass sie an uns nicht sonderlich interessiert war.«

Yella hatte den Eindruck, dass Helen mehr wusste als sie. In ihrem Elefantengedächtnis ging nichts verloren.

»Du meinst, wir waren Sommerschwestern, weil sich sonst niemand um uns gekümmert hat?«, fragte Yella nach.

»Ich will niemanden verantwortlich machen für mein Leben«, nahm Helen den Faden wieder auf. »Noch nicht mal auf dem Papier. Und ich will für niemand anderen verantwortlich sein. Am allerwenigsten für ein Kind.«

Yella konnte sich nicht daran erinnern, wann sie zuletzt so offen mit ihrer Schwester gesprochen hatte.

»Vielleicht wäre alles anders gewesen, wenn unser Vater noch lebte«, schob Helen leise nach.

Yella drückte Helens Hand. Ihre kleine Schwester war so introvertiert, dass sie es anderen Leuten leicht machte, sie falsch zu verstehen. Anders als Doro, die immer Publikum brauchte, und Amelie, die schnell zu verunsichern war, schien Helen unbeeindruckt davon, was andere Menschen von ihr hielten. Für einen Moment zeigte die Mauer, die Helen um sich errichtet hatte, Risse. Vielleicht war Helen ihr gar nicht so unähnlich, wie sie immer gedacht hatte.

»Und was ist mir dir?«, fragte ihre Schwester. »Warum habt ihr nie geheiratet?«

»David und ich haben sowieso lebenslang, schon wegen

der Jungs«, sagte Yella. »Wenn wir nicht verheiratet sind, wer dann?«

Helens hartnäckiges Schweigen zwang sie weiterzusprechen. Es war nicht leicht, ihrer aufmerksamen Schwester etwas vorzumachen. Sie schien ihre Ausweichmanöver zu durchschauen.

»David hat mich noch nie gefragt«, gab sie kleinlaut zu. »Einmal dachte ich, es wäre so weit. Er ging plötzlich auf die Knie.«

»Und dann …?«

»Schenkte er mir einen schönen Stein, den er auf dem Boden entdeckt hatte«, sagte Yella.

Sie lachten.

»Vielleicht ist das auch gut so. Ich weiß nicht einmal, ob ich ihm die Ewigkeit versprechen kann. Es ist schwierig.«

Helen lachte auf einmal auf. »Unsere Mutter legt mehr Wert darauf, verheiratet zu sein, als wir. Dabei ist ihr sogar egal, wie würdig der Kandidat ist.«

Vom Lautsprecher der Jugendlichen wehte ein bekanntes Lied heran. »You'll never walk alone.«

Yella ließ sich von der Melodie anstecken und fiel ein: »Walk on through the wind, walk on through the rain, though your dreams be tossed and blown, walk on, walk on, with hope in your heart and you'll never walk alone.«

Helen neben ihr war blass geworden. Ihre ganze Haltung hatte sich verändert.

»You'll never walk alone«, wiederholte sie. »Die ganze Zeit habe ich mich gefragt, wo ich den Text schon mal gesehen habe.«

Sie holte ihr Handy heraus und scrollte sich durch Amelies Instagram-Account, bis sie den erfolgreichen Post fand, den

Amelie auf der Terrasse gefilmt hatte. Sie zoomte ein auf das ältere Paar, das anscheinend nicht nur ihre Zwillingsschwester gerührt hatte. Über dem Stuhl hing die orangefarbene Jacke mit der Aufschrift: *You'll never walk alone. Nijmegen 2012.* Es war Thijs' Jacke.

In Egmond aan Zee tranken Yella und Helen in einem Strandrestaurant heißen Tee. Sie hatten keinen Blick mehr für Wellen, den Strand und die zauberhafte Atmosphäre. Mithilfe von Suchmaschine und Google Translate durchforsteten sie das Internet nach weiteren Informationen. *Nijmegen 2012* spielte ganz offensichtlich auf ein Event an, bei dem man vier Tage lang die niederländische Provinz Gelderland rund um Nijmegen abmarschierte: die berühmte *Vierdaagse.*

»Fünfzig Kilometer am Tag, und das mit über 40.000 anderen Wanderern«, las Helen vor. »Bei der Tour läuft man wirklich nicht *alone*. Kein Wunder, dass Amelie so viele Reaktionen bekommen hat.«

Yella fand in einer alten Ausgabe vom *Nordhollands Dagblad* einen Artikel über die schwierige Offshorearbeit auf einer Bohrinsel, der unter anderem Thijs Janssen erwähnte. Auch seine Exfrau und die Mutter seiner Kinder gehörte zu den Interviewten: »Man kann keine Ehe führen«, so hatte sie dem Journalisten zu Protokoll gegeben, »wenn der Mann auf der Nordsee unterwegs ist. Die Kinder bekommen ihn wochenlang nicht zu Gesicht. Und wenn er mal zu Hause ist, will er sich amüsieren. Die Scheidungsrate unter Offshorearbeitern ist enorm.«

Ein paar Jahre später berichtete dieselbe Zeitung über einen Betriebsunfall, bei dem Thijs schwer verletzt worden war.

Danach verlor sich seine digitale Spur. Einen Handwerksbetrieb, der auf seinen Namen zugelassen war, konnten sie nicht finden. Weder vor noch nach Corona. Womit hatte er in den letzten Jahren sein Geld verdient?

Wie bei einer Zwiebel schälte sich langsam der Kern einer Biografie heraus. Thijs Janssen hatte die Hälfte seines Lebens auf dem Meer verbracht und war, was Hochzeiten, Scheidungen und gescheiterte Familien betraf, Wiederholungstäter.

»Er passt kein bisschen zu ihr«, sagte Helen. »Was findet sie nur an ihm?«

Dr. Deniz sagte immer, dass hinter jeder Tat eine gute Absicht steckte. Sie glaubte fest daran, dass ihre Mutter genau diese guten Absichten auch Thijs unterstellte. Aber war das auch die Wahrheit?

»Unsere Mutter verschweigt etwas«, wiederholte Yella. »Genau wie Thijs.«

Helen nickte einfach nur.

21. Erinnerungen

Nach einer unruhigen Nacht war Yella viel zu früh aufgewacht. Sofort standen die Schreckgespenster des gestrigen Tages wieder vor ihr: die überraschenden Heiratsabsichten ihrer Mutter, die Auseinandersetzung mit Doro, der schwelende Konflikt mit David, die verstörenden Informationen über Thijs.

Nach der Rückkehr vom Strand hatten sie Amelie auf den Film von der Terrasse angesprochen. Doch die konnte nichts Beunruhigendes erkennen.

»Ich habe die beiden gestern auf dem *dorpsplein* getroffen«, lachte sie. »Das ist seine Exfrau. Die zweite. Sie ist Floristin und liefert die Blumen für die Hochzeit. Deswegen treffen die beiden sich.«

Yella wünschte, sie könnte die Gutgläubigkeit ihrer Schwester teilen.

»Sie waren nur zwei Jahre verheiratet. Deswegen verstehen sie sich noch«, hatte ihre Schwester Thijs' Erklärung zitiert. »Und drei Küsse als Begrüßung sind in Holland ganz normal. Wusste ich auch nicht.«

Yella kämpfte mit sich. Wenn man den Film Bild für Bild auseinandernahm, konnte man tatsächlich nicht zweifelsfrei beurteilen, ob die beiden ein Liebespaar waren oder doch nur als allerbeste Freunde Blumenarrangements besprachen und auf Thijs' Hochzeit anstießen.

Auch am Morgen hatte sich das Chaos in Yellas Kopf noch nicht gelichtet. Wie konnte ihr Leben innerhalb kürzester Zeit so entgleisen?

Vielleicht sollte sie Amelies Antistressprogramm folgen und den Tag mit Affirmationen starten.

»Ich habe mein Leben im Griff«, quetschte sie zwischen dem Schaum der Zahnpasta heraus. »Ich kann alles schaffen, ich liebe mich selbst, ich bin attraktiv, ich bin ein wertvoller Mensch und verdiene, glücklich zu sein. Ich bin geduldig und ausgeglichen und lasse mich von nichts und niemandem provozieren. Noch nicht mal von Doro.«

Das Programm versagte bei Yella genauso wie bei Amelie, die trotz Affirmationen und Achtsamkeitstraining immer etwas verweht wirkte.

Das Ferienhaus lag noch im Tiefschlaf, als sie auf Zehenspitzen die Treppe hinunterschlich. Als Kind war sie im Urlaub oft heimlich aus dem Zelt gekrochen und vor Tagesanbruch herumgestromert. Noch heute liebte sie die besondere Morgenstimmung, den Moment des Alleinseins vor Tagesanbruch, bevor das Leben wieder unübersichtlich und kompliziert wurde.

Sie erschrak, als sie als Erstes in ihr eigenes dreizehnjähriges Gesicht blickte. Eine ihrer Schwestern hatte die Seelandschaft vom Nagel geholt und stattdessen das neu aufgetauchte Schwesternporträt an die Wand gehängt. Mit dem dünnen schwarzen Rahmen passte es so perfekt in die Einrichtung, als hätte es seinen ultimativen Platz gefunden. Wieder beschlich Yella dieses merkwürdige Gefühl, dass das Geheimnis tief in diesem Bild verborgen war. Ihr Blick glitt über die Gesichter ihrer Schwestern und blieb an ihrer grimmigen Miene hängen. Was irritierte sie nur so an diesem Bild? Hatte ihre Mutter sich tatsächlich entzogen, als sie nachhakten, wie das Foto seinen Weg nach Köln gefunden hatte? Ohne eine gehörige Portion Koffein gelang es ihr nicht, einen klaren Gedanken zu fassen.

Die Küche lag genau neben dem Zimmer, in dem Amelie schlief. Um keinen Krach zu verursachen, beschloss Yella, sich im Dorf auf die Suche nach frischen Brötchen und einem Kaffee zu machen.

Nach der Erfahrung des gestrigen Tages achtete Yella genau auf ihren Weg. Solange man sich nicht von einem schottischen Hochlandrind in die Büsche treiben ließ, war es selbst für ortsunkundige Wanderer und Fahrradfahrer ein Kinderspiel, sich zu orientieren. An Straßenlaternen wiesen bunte Pfeile von Knotenpunkt zu Knotenpunkt. Ohne große Mühe folgte sie der Route, die in weitem Bogen ins Dorf führte. Hatte sie bislang vor allem den Wald und die Dünen erkundet, entschied sie sich heute für die nördliche Seite des Dorfs, die einen freien Blick über die Polderlandschaft bot.

Die Sonne versteckte sich hinter einer grauen Wolkenfront. Noch waberte der Nebel dunstig über die Felder, Wiesenflächen glänzten, feucht vom Morgentau. Sie sog jedes kleine Detail in sich auf. Yellas Augen schweiften über die flache Landschaft. Erfreut entdeckte sie die zarten Umrisse einer Windmühle, die vermutlich kilometerweit entfernt war. Daneben durchkreuzte ein Boot die Landschaft, als ob es sich durch die Äcker pflügen würde. Sie balancierte auf einer schmalen Holzbrücke über einen der unzähligen Kanäle, die überschüssiges Wasser aus den Feldern abtransportierten und die Landschaft schraffierten. Der Wanderweg führte über Privatgelände, an Feldrändern und Uferböschungen vorbei. Immer wieder versperrten

ihr Viehgatter, die für Wanderer mit kleinen Holzstufen zum
Überklettern ausgerüstet waren, den Weg. Plötzlich flatterte etwas über dem Wasser. Gerührt erkannte sie einen Eisvogel, der
sich pfeilschnell ins Nass stürzte. Im Schlafzimmer über ihrem Bett hing eine winzige Zeichnung ihres Vaters, auf der er
mit ein paar schnellen Strichen und ein paar Farbklecksen den
charakteristischen Vogel mit seinem langen Schnabel und dem
leuchtend blau-orangen Gefieder skizziert hatte. Yella wertete
es als gutes Zeichen, dass der kleine Vogel ihren Weg beglei-
tete. Wie ein Gruß aus einer fernen Welt, traurig und tröstend
zugleich. Sie staunte über die monumentalen Einfamilienhäuser mit ihren schillernden Namen auf dem Wierdije, bevor sie
nach links in die Slotlaan einbog, um am Landgut Oude Hof
vorbei Richtung Hauptstraße zu laufen.

Ein grüner Schlund verschluckte sie. Die schiefen Bäume
der Eeuwigelaan verneigten sich neugierig über ihrem Kopf.
Unter dem Schild *Fietsstraat. Auto te gast* stand der entscheidende Hinweis: *Centrum 500 meter.* Zu ihrer Linken tauchte
das Museum Kranenburgh auf, eine stattliche Klinkervilla, deren Fläche mit einem modernen Glasanbau erweitert worden
war. Wie oft war sie im baumreichen Außenbereich der Kunst-
sammlung im sogenannten Skulpturenwald zwischen den Sta-
tuen herumgetollt, während ihr Vater die Werke der berühmten Bergener Schule studierte? Am Anfang des 20. Jahrhunderts
hatten sich viele namhafte Künstler in dem noch jungen Dorf
niedergelassen. Die Künstlerkolonie hatte es zu überregionaler
Bedeutung gebracht und bis heute nichts an Strahlkraft einge-
büßt. Noch immer lebten am Ort überdurchschnittlich viele
Künstler. Ihr Vater erforschte in Bergen nicht nur akribisch
Farbe und Lichtgestaltung der von den Impressionisten be-

einflussten Künstler, sondern ließ sich auch durch die Werke zeitgenössischer Maler und Bildhauer inspirieren. Wie oft hatten sie am Tag der offenen Tür von morgens bis abends Ateliers besucht? Während ihr Vater mit befreundeten Künstlern fachsimpelte und deren Werke bestaunte, mümmelte sie sich durch den leuchtend gelben Sandkuchen und die klebrigen Sirupwaffeln, die fast überall für Atelierbesucher bereitstanden. Dazu gab es für die Kinder rote Limonade mit viel Zucker und Erdbeergeschmack, *Ranja* genannt.

Jeder einzelne Meter, den sie im Dorf zurücklegte, war voller Erinnerungen. Die Proportionen, die sie abgespeichert hatte, stimmten nirgendwo mit der Wirklichkeit überein. Der Park wirkte größer, die geduckten Häuser im Zentrum wesentlich kleiner, die Wege belebter. Zu allen Seiten begrenzten Bäume den Blick. Es mussten Tausende sein, die im Zentrum von Bergen angepflanzt worden waren. Rechts und links der Allee standen reetgedeckte historische Millionenvillen einträchtig neben hypermodernen Bungalows mit gigantischen Gärten, deren Preise astronomisch sein dürften. Die Straße, das wusste sie noch von früher, bildete das überraschend schmale Nadelöhr in den Ort hinein. Viele Bäume trugen Narben in der Rinde, die darauf schließen ließen, dass es nicht jedem Autofahrer gelungen war, auf dem schmalen Weg Spur zu halten. Unwillkürlich fiel ihr der Unfall ihres Vaters ein. Es war, als ob die dazwischenliegenden Jahre wegschmolzen wie Schnee in der Sonne. Hinter jeder Ecke rechnete sie damit, seine lange, hagere Gestalt zu entdecken. In den Fluchten dieses holländischen Dorfs war Johannes Thalberg schmerzhaft gegenwärtig. Unaufhaltsam wirbelte der Wind, der von der Nordsee her durch die Straßenzüge fegte, verloren geglaubte Bilder heran.

Die Spaziergänge, bei denen ihr Vater sie auf Tiere, Pflanzen und besonderes Licht hinwies, sein Glück, wenn er einen seltenen Vogel entdeckte, unbekannte Farne oder belebte Nistkästen, seine große warme Hand in der ihren.

Die Erinnerungslawine drohte Yella mit Haut und Haar zu verschlucken. Abgeschnitten von ihrem normalen Leben ohne den permanenten Laufschritt, der sie davon abhielt, sich in der Vergangenheit zu verlieren, verwandelte sie sich wieder in das Mädchen von einst. Es war, als tanze die kleine Yella immer noch durch die engen Straßen des Dorfes. Ein Teil von ihr war hier zurückgeblieben, als sie nach dem Unfall überstürzt abgereist waren. Alles in Bergen erzählte die Geschichte der Familie, die sie einmal gewesen waren. Aber wo war ihre Mutter in dem Bild? Hatte die Trauer alle positiven Gedanken überlagert? Oder war sie wirklich so abwesend gewesen, wie Helen behauptete? Stattdessen sah sie Menschen vor sich, an die sie seit zwei Jahrzehnten nicht mehr gedacht hatte. Schwankend lief sie weiter. In jedem Gesicht, das ihr begegnete, suchte sie fieberhaft einen Bekannten von früher. Ob es hier jemanden gab, der sich an ihre Familie erinnerte? Was war zum Beispiel aus Sjaak mit den riesigen abstehenden Ohren geworden, der in der Snackbar auf dem *dorpsplein* Pommes mit dicker weißer Mayo verkaufte, oder aus Frenkie, dem blond gelockten Surfer, in den sie im letzten Sommer unsterblich verliebt gewesen war?

Jedes Haus, jeder Baum, jeder Stein schien mit einer geheimen Botschaft aufgeladen. *Find me later* luden verschnörkelte Buchstaben, die mit einem Pfeil versehen waren, ein. Mit klopfendem Herzen folgte sie dem Wegweiser, nur um festzustellen, dass »Find me later« der Name eines Geschäfts war, das antike

Wohnaccessoires und Kleinmöbel verkaufte. Sie hätte es wissen können, denn das erklärende Wort *Brocante,* das unter dem Namen des Geschäfts stand, wurde in Holland gerne für Flohmärkte benutzt, um ihnen etwas französisches Ambiente einzuhauchen.

In den engen Gassen hatten sich zahllose Restaurants, Cafés und Geschäfte angesiedelt. Ein paar Ecken weiter, zwischen edlen Lifestyle- und verblüffend teuren Boutiquen, einer Metzgerei, deren Logo mit dem blauen K und der roten Krone sie noch von früher kannte, und einem Gemüsehändler befand sich *Het Stokpaardje,* der Kinderladen, in dem sie jedes Jahr aufs Neue für das wechselhafte holländische Wetter eingekleidet wurden. Nie hatten sie die passende Kleidung, mit der sie Wind und Wolkenbrüchen trotzen konnten, aus Köln mitgebracht. Nie hielten die dauerstrapazierten Regensachen länger als eine einzige Holland-Saison. Sie erinnerte sich, wie ihr funkelnagelneuer Regenanzug knirschte, als ihr Vater ihr auf diesen Straßen das Fahrradfahren beigebracht hatte. *Ich kann jetzt fietsen,* hatte Yella ihrer Kölner Freundin im Urlaubskauderwelsch mitgeteilt.

Yella hatte das Gefühl, im Museum ihres eigenen Lebens unterwegs zu sein. Sie war so damit beschäftigt, in sich nach Erinnerungsstücken zu fahnden, dass sie nicht wahrnahm, wie sie das ultimative Kapitalverbrechen beging. Sie trat zurück, um ein Foto von einer besonders anheimelnden Fassade aufzunehmen, als sie um ein Haar von einem Fahrrad erfasst wurde.

»Sorry«, rief ein fröhlicher junger Mann auf die typisch holländische Art mit einem imaginären scharfen s am Anfang.

Sie wich mit einem hastigen Satz nach hinten aus, nur um fast von einem Fahrradgeisterfahrer erfasst zu werden. Eine

Sechsjährige rief ihr empört etwas zu, was vermutlich »Platz da, jetzt komm ich« bedeutete, dahinter rollerte ihr kleiner Bruder mit einem dicken Windelhintern auf einem Laufrad. Selbst kleinste Holländer verfügten über ein unerschütterliches Fahrradfahrer-Selbstbewusstsein, das niemandem erlaubte, ihren Weg zu blockieren. Niederländische Autofahrer zeigten Respekt vor den Zweirädern, die anscheinend ab Fabrik mit Vorfahrt ausgerüstet waren.

Yella staunte über die auffällige Ruhe. Während in Berlin längst der Morgenwahnsinn begonnen hatte, herrschte hier im Dorf eine gemütliche Stimmung. Die Bäume, die überall die Straßen säumten, wirkten wie ein beschützendes Dach. Darunter hatten die Leute auffallend viel Zeit und gute Laune. Im Glücksatlas schnitt Berlin meist sehr schlecht ab. Die Mütter und Väter am morgendlichen Schultor konnten sich über alles aufregen: über steigende Mieten, viel zu niedrige Einkommen, den BVG-Bus, der nicht pünktlich oder überfüllt war, das letzte Burn-out, die Kälte, die Hitze, die Baustelle an der Ecke, den wenigen Schlaf, über Touristen auf Segways und das Wetter. Und das durchgängig von Oktober bis März, wenn es in Berlin chronisch viel zu wenig Sonne gab.

In Bergen ging es gemütlicher zu. Das Fahrrad war in Bergen erste Wahl für alle täglichen Erledigungen, was das Tempo drosselte und, so man den Radlern nicht in die Quere kam, einen Hauch universeller Gelassenheit vermittelte. Eltern radelten mit ihren Kindern auf den Lenkstangensitzen, ultralangen, mit Polstern ausgestatteten Gepäckträgern und breiten Lastenfahrrädern zur Schule, ein Mann mit Anzug und Aktentasche schwang sich auf sein Rennrad, Teenager machten sich in dicken Trauben auf den Weg nach Alkmaar in die weiterführenden Schulen, die ersten Dorfbewohner kamen bereits mit dicken Einkaufstaschen vom Supermarkt zurück. Ein älteres Paar mit Elektrofahrrädern fiel ihr besonders auf, weil sie die Einzigen waren, die Helme trugen. Vor einem Café, das gerade die Stühle nach draußen stellte, hielten sie an.

»Mann, habe ich Hunger«, sagte eine männliche Stimme in klarstem Ruhrpottdialekt.

Während Yella ihren Söhnen verbot, ohne Kopfschutz auf ihre kleinen Räder zu steigen, waren Helme in Holland offensichtlich Touristen vorbehalten.

Yella hielt erschrocken den Atem an, als sie ein paar Meter weiter den altehrwürdigen Laden mit Künstlerbedarf entdeckte: *Jonkmans. Art, Verf en Lijsten.* Mit zittrigen Knien trat sie an die Fensterscheibe, um einen Blick in den Innenraum zu erhaschen. Ob es den schrulligen Besitzer noch gab, der ihrem Vater alle Blautöne dieser Welt verkauft hatte? Die Tür flog krachend auf. Yella fuhr zusammen, als hätte man sie bei einer verbotenen Aktion ertappt.

Eine lange, hagere Gestalt verließ den Laden. Ihr Gesicht blieb hinter einer Malerei verborgen. Einen Moment lang hegte sie die absurde Hoffnung, hinter der Leinwand könne sich ihr Vater verbergen. Wie oft hatte Johannes Thalberg, anstatt zügig die Familieneinkäufe zu erledigen, einen Zwischenstopp bei Jonkmans eingelegt, um durch die langen Regale mit Pigmenten, Farben, Pinseln und Papier zu streunen. Wie oft war er mit einem neuen Zeichenblock, besonderen Stiften oder Einladungen zu Ausstellungen, Atelierbesichtigungen und Malkursen, jedoch ohne Milch, die verlangten Nudeln oder das Brot fürs Frühstück auf den Campingplatz zurückgekehrt. Yella fühlte eigentümliche Schockwellen durch ihren Körper jagen. Sie starrte den Mann viel länger an als sozial erwünscht.

Er drehte sich immer wieder zu ihr um und lachte sie freundlich an.

»Gaat het?«, fragte er.

Als sie nicht reagierte, versuchte er es auf Deutsch: »Alles in Ordnung?«

Yella nickte hastig. »Ich habe Sie verwechselt«, murmelte sie und machte sich davon.

»Kein Problem«, rief er ihr hinterher. »Das passiert mir dauernd. Ich habe ein Allerweltsgesicht.«

Yella fiel das merkwürdige Schwesternfoto ein, das sich zwanzig Jahre lang im Lager dieses Ladens versteckt hatte, bevor Thijs es zufällig entdeckte und ihrer Mutter überbrachte. Was irritierte sie nur so an diesem Foto und seiner Geschichte? Sie konnte den Finger einfach nicht drauflegen. Fast schon erleichtert entdeckte sie ein paar Schritte weiter das vertraute blau-weiße Logo der Supermarktkette *Albert Heijn*. Gleich daneben lag der *Bakkerswinkel*. Endlich Kaffee!

22. Sechs für den Preis von vier

Die Ladenglocke klingelte fröhlich, als Yella die Bäckerei betrat. Das Angebot an Backwaren war überschaubar im Vergleich zu ihrem Berliner Bäcker, der noch fünfzehn Minuten vor Ladenschluss mit einer großen Palette an verschiedenen Brötchen, süßen Teilchen und Kuchen aufwartete. In der Schlange fühlte sie sich wieder wie das kleine Mädchen, das nervös auf ihren Auftritt wartete. Von allen Seiten flogen die niederländischen Worte sie an. »Dag«, »Tot ziens«, »Een halfje«, was bedeutete, dass ein Brot in einen Brotschneider gelegt und ratternd in zwei Hälften geteilt wurde.

Von früher wusste sie noch, dass es im Dorf nicht gerne gesehen war, einfach auf Deutsch loszuplappern. Und das, obwohl viele Einheimische die Sprache problemlos verstanden. Die kindliche Unbedarftheit, sich ohne Rücksicht auf Verluste in der fremden Sprache auszuprobieren, war ihr abhandengekommen. Yella war fast schon bereit, sich mit Zeigefinger und Gebärden aus der Affäre zu ziehen, als aus den Untiefen ihres Gedächtnisses ein Satz an die Oberfläche trieb. »Mag ik vier krentenbollen, alstublieft.« Wie viele Strandtage an der Nordsee hatten mit diesem Satz begonnen? »Dank u wel«, sagte sie automatisch, als sie eine längliche Verpackung mit sechs weichen Rosinenbrötchen ausgehändigt bekam. Sechs waren, so hatte das Mädchen hinter der Theke freundlich erläutert, viel günstiger als vier. Auch daran erinnerte Yella sich lebhaft: In holländischen Geschäften gab es ständig Mengenrabatt, Sonderaktionen und Spargelegenheiten. Jeden Sommer rissen sie ihren Eltern die Marken von der Shell-Tankstelle aus den Händen, schnitten die Punkte auf den Douwe-Egberts-Kaffeeverpackungen aus und sammelten gewissenhaft die Rabattmarken, die in verschiedenen Supermärkten ausgegeben wurden. Sie sparten für Strandhandtücher, besondere Trinkbecher, Tischwäsche, Besteck oder Aufbewahrungsdosen. Noch beliebter waren bei den Schwestern jedoch die Gratisgeschenke für Kinder, die je 30 Gulden an der Kasse ausgegeben wurden. Manchmal lungerten sie sogar an der Kasse herum, um die begehrten Aufkleber fürs Sammelalbum, Schlüsselanhänger, Tattoos oder Lebensmittelminiaturen für den Kaufmannsladen von anderen Kunden zu erbetteln.

Yella fotografierte gerührt den länglichen Plastikbeutel und schickte die Aufnahme in die Familiengruppe. *Wer will?*, fragte sie. Ganz offensichtlich waren die Schwestern inzwischen wach, denn die Antworten trudelten sofort bei ihr ein: *Für mich nicht*, schrieb Helen. *Ich habe gestern zu viel gegessen.*

Oh mein Gott, die habe ich als Kind gehasst. Ich habe den halben Tag damit verbracht, die Rosinen rauszupulen, antwortete Amelie. *Ich hatte dich immer im Verdacht, sie nur zu kaufen, damit du zwei essen kannst.* Und ihre große Schwester war wieder mal auf dem Planeten Doro unterwegs. Ohne eine Antwort auf die eigentliche Frage zu geben, schickte sie eine Sprachnachricht: »Yella, wenn du einkaufen bist, könntest du so lieb sein, mir schwarzen Tee mitzubringen? PG tips, aber nicht die Pyramidenbeutel, sondern den losen. Wenn du den nicht findest, nimm grünen Tee, aber nur den japanischen Matcha.

Von dem billigen bekomme ich Herzrasen. Aber nur wenn es dir nicht zu viel ist, Liebes. Und vielleicht noch Milch für meinen Kaffee, Hafermilch, aber achte darauf, dass er keine künstlichen Zusätze hat. Bei manchen Marken mischen sie Phosphat und künstliche Vitamine rein …«

Der Rest der Ansage ging im Zischen der Kaffeemaschine unter.

»Danke dir, du bist ein Schatz, Yella!«, sagte sie.

Willkommen in Doros Welt. Den gestrigen Krach hatte sie offenbar schon wieder vergessen. Einen Moment später ging eine zweite Sprachnachricht ein.

»Wenn du überhaupt noch mit mir redest«, sagte Doro und klang überraschend zerknirscht und kleinlaut. »Es tut mir leid, Yella. Ich bin so was von gestresst. Die ganze Hochzeit hängt an mir. Ich weiß nicht, wo mir der Kopf steht.«

Es folgte eine lange Reihe Entschuldigungen, in denen vor allem das Wort *ich* vorkam. Doro war Spezialistin in verbalen Attacken und Weltmeisterin im Entschuldigen. Wenn sie keine Schwestern wären, würden sie es wohl kaum miteinander aushalten. Aber diesmal würde sie nicht auf das Gesäusel reinfallen. Sie löschte die Sprachnachricht und schlenderte gemütlich rüber zur Kirche, die, umgeben von einem Ring aus Bäumen, leicht erhöht über das Dorf wachte. *Ruïnekerk. Protestantse kerk. Evangelische Kirche. Eglise Réformé:* Das viersprachige Holzschild wies auf die kulturgeschichtliche Bedeutung des imposanten Baus hin. Alles war besser, als sofort zurück zum Ferienhaus zu laufen, wo Doro allen Sauerstoff für sich beanspruchte.

Yella nahm Platz an einem der langen Holztische, die vor der Kirche zum Verweilen einluden, trank den heißen Milchkaffee und biss genüsslich in ihr weiches Rosinenbrötchen, das herrlich nach früher schmeckte. Die Kirche wirkte in dem Dorf, in dem kleine Häuser dicht an dicht aneinanderlehnten, geradezu überdimensioniert. Die riesigen bogenförmigen Fenster in den verfallenen Backsteinmauern erzählten von alter Größe, Kugellöcher von leidvoller kriegerischer Vergangenheit.

Ganz pragmatisch hatten die Holländer die zerstörte Kathedrale wiederaufgebaut, so gut es ging. Die eine Hälfte der Kirche war intakt, die andere bestand nur noch aus den Grundmauern aus dem 15. Jahrhundert, die wie eine monumentale Zahnreihe aus der sorgfältig geschnittenen Grasfläche herausragte. An der Rückwand des halbierten Kirchenschiffs, umgeben von Mauern, die seit Jahrhunderten malerisch verwitterten, klebte ein niedriges dunkel gelacktes Holzhaus, das den Bauten im Dorf ähnelte. Was aussah wie ein Wohnhaus, diente in Wirklichkeit als Eingangsportal der Kirche. Der spitze Giebel des Häuschens, in dessen Seitenflügel gerade mal zwei Fenster passten, war mit Farbe abgesetzt, als hätte Leo die Hausumrisse mit dickem weißen Stift nachgezeichnet.

Sie kramte ihr Handy heraus, machte ein Foto und begutachte noch einmal Davids Mitteilungen. Sie war ihm unendlich dankbar, dass er ihre Söhne nicht in ihre Auseinandersetzung hineinzog. Auch wenn seine Antworten einsilbig ausfielen und sich nur noch um die Kinder drehten, hielt er sie auf dem Laufenden und übergab regelmäßig sein Handy an die beiden. Leo berichtete mit sich überschlagender Stimme von dem Piratenschatz, den sie in Penelopes Garten gefunden hatten, und Nick bestand darauf, Mama die Schramme an seinem Knie zu zeigen.

Die Tränen in seinen Augen brachen Yella auch beim fünften Mal Abspielen fast das Herz. Sie schickte Leo ein paar Grüße mit einem Gif von einer Katze, die als Pirat verkleidet war, und nahm für Nick einen kurzen Film auf, in dem sie in die Kamera pustete. »Falls du wieder hinfällst«, sagte sie.

Dann zog sie den Notizblock aus ihrer Handtasche. In ihrem Start-up wurde sie immer ausgelacht, wenn sie Papier und Stift brauchte, um ihre Gedanken zu sortieren, anstatt ihre Aufgaben mit Apps zu verwalten. Heimlich leistete sie Abbitte bei Dr. Deniz, dem größten Verfechter des Denkens mit dem Stift. Früher hatte sie seine altmodische Herangehensweise abgetan. Jetzt tat es ihr gut, alles, was in den letzten achtundvierzig Stunden schiefgegangen war, mit der Hand in eine Prioritätenliste umzusetzen.

Unter Punkt Nummer 1 stand *David*. Seitdem die Einladung ihrer Mutter eingetroffen war, hing eine Art permanenter Gewitterstimmung über ihnen. Vielleicht hatte sich in den Jahren, in denen sich alles um Kinder und Arbeit drehte, zu viel Unausgesprochenes angesammelt. Sie beschloss, dass es wenig Sinn hatte, die Missverständnisse von hier aus auszuräumen zu wollen. Sie verschob das klärende Gespräch auf einen Zeitpunkt, wo sie einander leibhaftig gegenübersaßen.

Unter Punkt 2 schrieb sie *Doro* und setzte sofort vier große Fragezeichen dahinter.

Kinderstimmen wehten zu ihr an den Tisch. Ein Ball rollte vor ihre Füße, dahinter tobten zwei kleine Mädchen heran. »*Niet doen*«, kreischte das schnellere Mädchen, als die kleinere sich in den Pullover festkrallte, um der Schwester den Ball abzujagen. »*Laat me los.*« Sie fielen und verwandelten sich in ein Knäuel aus Armen und Beinen. Yella strich energisch Doros

Namen durch. Sie hatten tausendmal Krach gehabt, und tausendmal hatte sich Doro entschuldigt. Sie konnte mit den Gefühlsschwankungen ihrer großen Schwester einfach nicht umgehen.

Dann setzte sie *Mama* darunter, strich auch diesen Namen durch und ersetzte ihn durch *Thijs.*

Als sie aufsah, bemerkte sie, dass sie nicht mehr alleine war. Helen kam mit einem Kaffee aus der Bäckerei.

»Ich konnte nicht schlafen«, sagte Yella.

»Ich auch nicht«, sagte Helen.

Stöhnend ließ sie sich neben Yella nieder. »Ich habe von unserem Vater geträumt«, erzählte sie.

»Ich wünschte, ich würde auch mal von ihm träumen«, entgegnete Yella traurig. »Hat er was gesagt?«

»Wissen Sie vielleicht, wo ich die Dosenravioli finde?«, sagte Helen.

Yella sah sie verblüfft an. »Wie bitte?«

»Ich bin ihm im Supermarkt begegnet. Unser Vater suchte eine Dose Ravioli. Und er hat mich gesiezt.«

Yella verschluckte sich beinahe vor Lachen.

»Ich habe jahrelang gehofft, dass Papa einen Brief für uns versteckt hat, in dem Dinge stehen, die ich noch nicht von ihm weiß. Einen Brief, in dem er mir eine Weisheit für das Erwachsenenleben hinterlässt. Irgendetwas, woran ich mich festhalten kann. Und dann taucht er in meinem Traum auf und fragt nach Ravioli in Tomatensoße«, sagte Helen. »Ich habe Angst vor Dosenravioli.«

»Er liebte sie, weil sie immer gleich schmecken«, sagte Yella. »Papa wollte immer dasselbe. Denselben Campingplatz, denselben Urlaub, dieselben Abläufe.«

Helens Mundwinkel zuckten. »Es gibt so wenig, was von unserer Kindheit übrig ist. Er hat mich nicht einmal erkannt.«

Auf einmal füllten sich Helens Augen mit Tränen. So emotional hatte Yella ihre Schwester noch nie erlebt.

»Ich verstehe nicht, warum unsere Mutter unbedingt hierherkommen wollte«, sagte Helen. »Die ganzen Erinnerungen machen mich fertig.«

Yella drückte ihr einen Kuss auf die Wange.

»Lass uns was Gutes aus dem Tag machen.«

»Was ist dein Vorschlag?«, schniefte Helen.

»Lass uns noch mal ganz von vorne anfangen. Bei dem Schwesternfoto.«

Helen nahm einen Schluck heißen Kaffees.

»Weißt du, was mich umtreibt?«, begann sie zögerlich. »Mich wundert, dass unser Vater es überhaupt hat rahmen lassen. Das hat er nicht mal mit seinen eigenen Bildern gemacht.«

Helen hatte recht. Die Zoofotos, alle Familienaufnahmen, selbst die Zeichnungen endeten in Pappkartons auf dem Dachboden.

»Es geht nicht ums Besitzen, Yella«, sagte er immer. »Es geht um den Schaffensprozess.«

Yella dachte an den kleinen Eisvogel über ihrem Bett, den sie selber hatte rahmen lassen: »Er hatte nie das Gefühl, dass etwas gut genug war, um es aufzuhängen.«

»Wenn du etwas hinter Glas bannst, ist es abgeschlossen. Dann hört es auf zu leben«, wiederholte Helen Worte ihres Vaters.

»Lass uns das Foto noch mal genauer untersuchen«, sagte Yella.

Helen nickte. Das Gefühl, endlich auf einer brauchbaren Spur angekommen zu sein, einte sie.

23. Etwas Neues, etwas Altes

Yella stellte Hafermilch und Tee auf die Anrichte in der Küche. Doro sah sie so überrascht an, als habe sie nicht im Mindesten damit gerechnet, dass Yella die Einkäufe wirklich erledigte.

»Wow«, sagte sie verblüfft. »Das ist wirklich nett.«

»Bedank dich bei Helen«, entgegnete Yella kühl und ließ sie einfach stehen.

Im Vorübergehen registrierte sie ein bisschen neidisch, dass ihre Schwester selbst im Freizeitlook umwerfend aussah. Yella fragte sich, wie lange Doro wohl gebraucht hatte, ihre Haare so gekonnt zu verwuscheln und ein derart nonchalentes Makeup aufzulegen, als koste es keine Mühe, so ungeschminkt auszusehen. Unter einer bodenlangen eierschalenfarbenen Kaschmirjacke trug sie einen hautengen, bauchfreien Sportanzug in auffälligem Rot, knapp genug, um ein beeindruckendes Sixpack erkennen zu lassen und die makellosen Fesseln, die in Prada-Turnschuhen mit transparenter Sohle steckten. Selbst am frühen Morgen schaffte Doro es, zugleich Glamour und Arbeitsatmosphäre zu verbreiten. Auf dem Küchentisch balancierte Amelie in einem strahlend weißen Unterrock zwischen Stoffteilen, Stiften, Heißkleber, Drahtrollen, Glitter, Garn und Kaffeetassen, während Doro den Saum absteckte. Amelie war exakt so groß wie ihre Mutter und hatte, nachdem Henriette Thalberg so sehr an Gewicht verloren hatte, am ehesten ihre Figur.

Doro klickte einen der Schalenkoffer auf und packte eine tragbare Nähmaschine aus, aus einem zweiten holte sie das Rohmodell des Hochzeitskleids hervor. Der aufwendige Entwurf dokumentierte eindrucksvoll, wie lange sie bereits in die mütterlichen Pläne eingeweiht war.

»Wer bin ich, Henriettes Pläne zu durchkreuzen?«, verteidigte sie ihr Stillschweigen. »Sie hätte mich umgebracht, wenn ich ihr die Überraschung kaputt gemacht hätte.«

Yella winkte ab. »Geschenkt«, sagte sie.

Dabei war nichts weniger wahr. Sie hatte bloß keine Lust, eine weitere Entschuldigungsarie über sich ergehen zu lassen. Sie war fertig mit Doro. Und das unabhängig von Hafermilch und Tee.

»Unsere Mutter will barfuß am Strand heiraten, und ich werde dafür sorgen, dass sie großartig dabei aussieht«, verteidigte sich Doro, als ob sie dringend Yellas Bestätigung brauchte.

»Sie kennt ihn kaum«, gab Helen zu bedenken.

Yella war ihr fast dankbar, dass sie das Gespräch umleitete.

»Und wenn schon. Wir sind nicht hier, um ihre Wahl in Zweifel zu ziehen. Solange Thijs nicht mit unserem Erbe davonrauscht, hat sie meinen Segen.«

»Als ob es um Geld geht«, wandte Amelie ein. »Es geht vor allem darum, ob sie glücklich ist.«

»Wenn er mit ihrem Geld durchbrennt, wird sie wohl kaum glücklich sein«, meinte Helen trocken.

Amelie konnte auch dieses Argument nicht überzeugen. »Niemand kann wissen, wie die Geschichte ausgeht. Es gibt keine Garantien.«

»Henriette kommt zur Anprobe«, sagte Doro. »Dann haben wir genug Zeit, das Geschäftliche noch einmal durchzusprechen.«

Lucy stürmte in den Raum. »Kann ich so an den Strand?«, rief sie und drehte sich im Bikini vor Doro.

Verblüfft erkannte Yella den korallenroten Bikini ihrer Mutter. In den Händen trug sie die verblichenen Jip-und-Janneke-Strandlaken von damals.

»Wo kommt das ganze alte Zeug her?«, fragte sie.

»Hab ich von Oma abgestaubt«, sagte Lucy. »Als sie die alten Holland-Sachen vom Speicher geholt hat. Steht der mir? Ich bin so eklig weiß.«

»Kein Problem«, quetschte Doro die Worte zwischen den Stecknadeln hervor. »Wenn du bei den Temperaturen ins Wasser willst, bist du ohnehin in zwei Minuten blau. Da sieht man die weiße Haut nicht mehr.«

»Eisbaden ist total angesagt auf TikTok«, verteidigte sich Lucy. »Und supergesund.«

»Zieh dir lieber was an«, sagte Doro. »Sonst erfrierst du, bevor du am Strand angekommen bist.«

»Willst du wirklich nicht mitkommen?«, sagte Lucy.

»Ich habe noch so viel zu tun«, stöhnte Doro.

Lucy packte die Handtücher in ihren Rucksack. Ludwig kam aus der Küchenecke und wedelte mit einer Thermoskanne. »Ich habe uns heiße Schokolade gemacht«, sagte er. »Mit einer Prise Chili, Kardamom und Zimt. Das wärmt von innen auf. Und für den Rest bin ich gut gepolstert.«

Er klopfte zufrieden auf seinen imposanten Bauch. Yella erkannte den Enthusiasmus in Lucys Augen. Genauso waren sie früher auch gewesen. Nichts und niemand und bestimmt keine Wassertemperatur hatte sie abhalten können, sich jeden einzelnen Tag in die Fluten zu stürzen.

Die Schwestern schwärmten in alle Himmelsrichtungen aus. Jedes Familienmitglied nutzte die Zeit auf eigene Weise. Bis zur Trauung blieben noch etwas mehr als dreißig Stunden. Während Doro mit dem Kleid beschäftigt war, übernahm Amelie praktische Aufgaben.

»Blumendekoration und Brautstrauß sind ja geregelt«, sagte sie. »Aber wo bekommt man auf die Schnelle eine Hochzeitstorte her? Ich weiß nicht einmal, wie das auf Niederländisch heißt?«

Helen tippte auf ihrem Telefon herum und hielt ihrer Zwillingsschwester die gegoogelte Übersetzung hin: *Huwelijkstaart.* Amelie starrte das exzentrische Gebilde aus Vokalen und Konsonanten an.

»Und wie spricht man das aus? Und zwar so, dass jemand am Telefon versteht, was ich meine.«

Auch die alternative Übersetzung *bruidstaart* sah nur ein klein wenig vertrauenswürdiger aus.

»Hast du Thijs gefragt?«

»Der ist mit Mama an der Hochzeitslocation«, sagte Doro, deren Stimme sich überschlug. »Und dann brauche ich sie.«

Amelie schlüpfte in ihre Jacke. »Ich radle ins Dorf. Irgendjemanden werde ich schon finden, der mir hilft.«

Doro war genervt: »Henriette kommt gleich. Gebt mir zwei Stunden alleine, sonst ist nichts fertig bei der Anprobe.«

Sie war so gestresst, dass sie nicht registrierte, wie Yella im Hintergrund das Schwesternbild abnahm und heimlich in ihr Zimmer im oberen Stock transportierte. Helen folgte ihr unauffällig. Sie atmeten tief auf, als sich die Tür hinter ihnen schloss. Von unten hörte Yella gedämpft das Rattern der Nähmaschine und hämmernde Musik. Endlich hatten sie Zeit, ungestört das Porträt zu betrachten. Je länger sie es anschaute, desto verrückter kam es ihr vor. Die fahlen Farben und unsinnigen Requisiten erinnerten an röhrende Hirsche und weinende Zigeunerjungen. Vor der verblassten Fotowand mit dem Bergmassiv war auf einem abgetretenen Perserteppich eine mit halb vertrockneten Blumen gefüllte Bodenvase drapiert, in der linken Ecke faltete sich ein asiatischer Raumteiler.

»*Wordt door J. Thalberg afgehaald*«, las Helen noch einmal vor. »Da fängt es schon an. Wer in Bergen einen Rahmen braucht, geht zu Jonkmans. Aber dort kannten sie unseren Vater. Der Besitzer sprach ihn mit dem Vornamen an, so viel Geld hat er dorthin geschleppt. Wir selber waren ständig dort. Das Foto hat unmöglich zwanzig Jahre in dem Laden herumgelegen, ohne dass sich jemand bei uns gemeldet hat.«

Vorsichtig löste Yella die Klemmen und Rückwand des Bildes. Im Inneren fand sich ein Passepartout, das eher auf einen industriell gefertigten Rahmen als auf Handwerk verwies. Darunter kam ein Etikett zum Vorschein.

»Das Foto war nie im Leben bei Jonkmans«, sagte Helen ernüchtert. »Dafür brauchst du keinen Spezialisten.«

Sie las die Informationen vor: »*Knoppäng. 21675. Made in Poland*«.

»Das Ding stammt von Ikea«, sagte Yella entgeistert.

Helen nickte: »Wenn Thijs das Bild nicht bei Jonkmans gefunden hat, woher stammt es dann?«

»Vielleicht aus dem Studio in Amsterdam?«

Helen googelte den Namen des Fotografen, Lee To Sang.

»Sein Laden ist seit 2003 geschlossen«, sagte sie ernüchtert. »Aber eine Tessa van Dijk hat ein Buch über ihn geschrieben. Interessiert dich das?«

»Wenn der Rahmen bei Ikea gekauft ist, stimmt die ganze Geschichte nicht, wie das Bild bei Thijs gelandet ist«, sagte Yella.

Sie blickten ratlos in die Gesichter der vier Mädchen auf dem Foto, als könnten sie das Geheimnis, wo sie die letzten zwanzig Jahre verbracht hatten, enthüllen.

»Warum sollte er über so was lügen?«

Der Satz schwang unbeantwortet in der Luft.

»Sollen wir ihm ein bisschen auf den Zahn fühlen?«, sagte Yella.

Helen nickte.

»Willst du nicht lieber was mit Paul unternehmen?«, fragte Yella vorsichtig.

»Der hat seine eigenen Pläne«, sagte Helen. »Er versucht gerade, das Haus zu finden, das wir damals gemietet haben. Es ist um 1920 gebaut und scheint architektonisch etwas ganz Besonderes zu sein. Mama konnte sich nicht an die Adresse erinnern.«

Yella sah sie nachdenklich an: »Du kannst nicht ewig vor ihm davonlaufen.«

Helen blieb eine Antwort erspart, denn in diesem Moment ertönte ein markerschütternder Schrei durchs Haus. Yella und Helen rasten nach unten.

Doro lief kopfschüttelnd im Wohnzimmer auf und ab. »Sie haben Thijs' Anzug vergessen«, wütete sie, während sie am Telefon hing. Offenbar war Doro nicht nur für das Outfit ihrer Mutter zuständig.

»Er muss heute Nachmittag noch passende Schuhe kaufen.«

»Er kann ihn doch hier abholen«, sagte Helen.

»Und so ganz nebenbei einen Blick auf das Brautkleid werfen?«, sagte Doro und wies auf die großen Fensterscheiben. »Das Kleid soll eine Überraschung für den Ehemann bleiben. Die beiden übernachten doch sogar getrennt voneinander.«

Entnervt legte sie auf. Ganz offensichtlich erreichte sie niemanden.

»Ludwig sollte eine Sache erledigen, eine einzige ...«, schimpfte Doro munter weiter. »Stattdessen machen sie es sich am Meer gemütlich.«

Helen grätschte sofort in die Lücke. »Wir können ihm die Sachen vorbeibringen«, sagte sie.

Ein Strahlen huschte über Helens Gesicht. Yella verstand sofort, was in ihr vorging. Die Situation bot den idealen Vorwand, Thijs Janssen einen Überraschungsbesuch abzustatten.

»Duinrand«, sagte Doro. »Ihr könnt den Anzug einfach an der Rezeption abgeben.«

»Wie bitte?«, sagte Yella entgeistert.

»Der Campingplatz«, sagte Doro genervt. »An den Dünen, du weißt schon.«

»Er wohnt auf dem Campingplatz?«, fragte Helen. »Auf unserem Campingplatz?«

»Er arbeitet da«, sagte Doro, die über jedes Detail informiert war. »Es ist quasi eine Dienstwohnung.«

Yella tauschte einen alarmierten Blick mit Helen aus. Henriettes neue Liebe war auf magische Weise mit der Vergangenheit verwoben. Jeder Schritt konfrontierte sie mit dem Gestern und dem Verlust, der seit über zwanzig Jahren die Familie prägte.

24. Post für dich

»Hier sieht es genauso aus wie früher«, sagte Yella.

»Wer weiß, vielleicht hatte er sich damals schon hier herumgetrieben ...«, meinte Helen.

»Bis zu seinem Unfall arbeitete er auf der Bohrplattform im Meer. Ich glaube kaum, dass er seine freie Zeit auf dem Campingplatz seines Heimatdorfs verbracht hat.«

»Aber möglich wäre es ...«

»Nein«, sagte Yella bestimmt. »Dann würdest du dich erinnern. Du vergisst nie etwas.«

Mit gemischten Gefühlen passierte Yella gemeinsam mit Helen die Schranke zum Campingplatz in den Dünen, der wie jedes Jahr um diese Zeit aus dem Winterschlaf erwachte. Noch eine Pforte in die Vergangenheit, die sich öffnete. An diesem grauen Frühjahrstag in der Vorsaison war noch nicht viel los. Trübe Regenwolken verdeckten die Sonne und verliehen der ganzen Szenerie eine melancholische Endzeitstimmung. Der Wind wehte eine leere Tüte über die verlassene Rasenfläche, auf der sich bald wieder Zelte dicht an dicht drängen würden. Helen erwischte sie mit dem Fuß und entsorgte das Plastikteil an der Recyclingstation, die es früher noch nicht gegeben hatte.

An der Tür des winzigen Supermarkts, in den Sommerferien Zentrum allen Lebens, flatterte noch ein vergilbter Zettel aus dem Vorjahr: *Bedankt lieve mensen en tot volgend jaar.* Daneben hübschte ein Maler den Kiosk mit blauer Farbe für die kommende Saison auf.

»Wenn er offen wäre, könnten wir ein *schatkistje* kaufen«, sagte Yella.

Helen strahlte. Auch sie erinnerte sich: Vanille- und Schokoeis in einer leuchtend blauen Plastikschatzkiste. Unter der kühlen Köstlichkeit verbarg sich wie in einem Überraschungsei ein kleines Geschenk: Klebetattoos, Plastikfiguren oder Minipuzzles, die sie den ganzen Sommer über sammelten, bis sie eine ganze Serie zusammengespart hatten.

Der riesige Spielplatz mit Airtrampolin dagegen kam ihnen genauso unbekannt vor wie die Sanitäranlagen und die Zusatzangebote am Schwarzen Brett. Zu ihren Zeiten gab es noch keinen Wasch-, Frühstücks-, Einkaufs- oder Babysitterservice.

»Glamping war zu unserer Zeit noch nicht erfunden«, sagte Helen.

Neben den verblassten Speisekarten verschiedener Restaurants und Reklamezetteln diverser Lieferdienste flatterte ein strahlend weißer handgeschriebener Zettel. *Klusjesman gezocht? Handwerker gesucht? Thijs Janssen,* darunter stand eine Telefonnummer, die mit 06 begann, und eine Angabe, wo er auf dem Camping zu finden war. *Huisje 135.*

»Das ist das holländische Handynetz«, wusste Helen. »Wir hatten einen niederländischen Wissenschaftler, der immer von Null-Sechs-Null-Nummern sprach, wenn er Handynummern meinte.«

Von wegen Vertrag mit dem Campingplatz! Der improvisierte Aushang ließ eher auf Gelegenheitsarbeiten als auf einen geregelten Handwerksbetrieb schließen.

»Weißt du noch, wie wir von Wohnwagen zu Wohnwagen gezogen sind, um zu fragen, ob sie Arbeit für uns haben?«

»*Heitje voor karweitje* hieß das«, wusste Helen. »Das haben wir wohl von den holländischen Kindern gelernt.«

»Mama war das superpeinlich«, sagte Yella.

Nach Johannes hatte ihre Mutter bei Männern immer nur auf Geld und Status geachtet. Kein Wunder, dass sie kein gutes Haar an David lassen konnte, der sich seit seinem ersten Erfolg mit unregelmäßigen Aufträgen über Wasser hielt. Alles, was sie an David ablehnte, entschuldigte sie bei Thijs. Was in aller Welt sah sie in diesem Mann, für den sie all ihre Prinzipien, mit denen sie die Töchter traktierte, über Bord warf?

Ein Traktor mit Anhänger fegte sie beiseite. Die schwere Zugmaschine transportierte einen *stacaravan* heran. Die besonderen »Wohnwagen« wurden im Winter bei Bauern in der Umgebung gelagert und nun für alte und neue Gäste reinstalliert.

»Ich habe das immer absurd gefunden«, sagte Helen. »Ein Wohnwagen, der nur zwei Räder hat und an einem festen Platz steht. Das ist doch ein Widerspruch in sich.«

»Ich glaube, Mama wäre gerne auch mal woandershin gefahren«, sagte Yella. »Irgendwohin, wo es mondäner war.«

»Hier verbrachten jede Menge wohlsituierte Amsterdamer ihre Wochenenden«, sagte Helen. »Erinnerst du dich, dass wir unsere unmittelbaren Campingnachbarn einmal dort besucht haben? Die hatten eine riesige Wohnung mit Grachtenblick und konnten sich nichts Schöneres vorstellen, als jeden Sommer auf ein paar Quadratmetern zusammenzurücken.«

Johannes Thalberg war ohnehin zufrieden mit dem holländischen Wolkenwetter und einer festen Scholle unter den Füßen.

»Unsere Zeit zum Reisen kommt noch«, hatte er seine Frau immer wieder vertröstet. »Wenn die Kinder groß sind …«

War es das, was Yella manchmal an David beunruhigte? Dass er sein Leben auf Morgen verschob, wenn der Roman fertig war? Ein Morgen, in dem ihr Vater nie angekommen war?

Mit gemischten Gefühlen liefen Helen und Yella an der neuen Waschstation vorbei. Eine junge Frau spülte im Freien Geschirr ab, während in einem zweiten Becken die Matschhosen ihrer herumwuselnden drei Kinder einweichten. Yella, inzwischen kindererfahren, stellte sich vor, wie das Campingplatzleben mit vier kleinen Mädchen aus Erwachsenenperspektive ausgesehen haben mochte. Bei Schmuddelwetter und Nieselregen bot der Campingplatz trotz neuer Bezeichnung und neuer Einrichtungen wenig Glamour. Kein Wunder, dass ihre Mutter sich manchmal nach etwas mehr Komfort gesehnt hatte. Sie war es denn auch gewesen, die im letzten Sommer auf ein Ferienhaus gedrängt hatte.

»135«, wiederholte Helen Thijs' Standnummer vom Schwarzen Brett. Die Einteilung der Felder folgte immer noch dem altbewährten System, das sie mühelos aus Kindertagen rekapitulierten. Mit Leichtigkeit fanden sie den Stellplatz am Rand des großen Fußballfelds. Einmal angekommen, schlug Nervosität zu.

»Was sollen wir sagen?«, fragte Yella.

Helen, die grundsätzlich den direkten Weg bevorzugte, sah das ganz pragmatisch: »Wir fragen ihn einfach, woher er das Bild hat.«

»Erst mal die Lage sondieren«, wehrte Yella ab.

Aus Angst vor der eigenen Courage versuchten sie, sich erst einmal aus der sicheren Distanz heraus einen Überblick zu verschaffen. Eine rot-weiße Zeltplane, die Tisch und Stühle vor Regengüssen schützte, behinderte den Blick, aber Thijs' fahrbares Zuhause gehörte wohl in eine mittlere Preiskategorie. Bunte Glühlampen leuchteten in den grauen Tag und zauberten einen Hauch Zirkusambiente auf den Platz. Seine sogenannte Dienstwohnung auf dem Campingplatz war nicht mehr als ein provisorischer Unterschlupf für die Sommermonate.

»Das Ding hat vier funktionierende Räder«, sagte Yella überrascht, war sie doch gewöhnt an die zweirädrigen *stacaravans*. Das Wohnmobil war sichtbar gut in Schuss und deutlich auf jemanden ausgerichtet, der auf dem Sprung war.

Die Zeit kroch zäh dahin, während sie jedes Detail studierten, ohne dass etwas passierte.

»Ist er zu Hause?«, fragte Yella.

Sie starrten so angespannt und konzentriert auf Thijs' Behausung, dass sie erschreckt zusammenzuckten, als das schrille Geräusch von Helens Telefon erklang. Beim Blick auf die Nummer verdunkelte sich Helens Miene.

»Warum gibst du ihm nicht noch eine Chance?«, fragte Yella.

»Wie soll das gehen, wenn man so unterschiedliche Vorstellungen vom Leben hat?«, fragte sie.

»Ich glaube, er liebt dich wirklich«, sagte Yella.

Hinter ihnen raschelte es im Gebüsch. Yella fuhr herum. Was war das? Aus dem Gestrüpp schälte sich eine Entenmama mit vier folgsamen Küken. Widerspruchslos folgten sie dem Weg und Beispiel ihrer Mutter. Wenn ein Menschenleben doch auch nur so einfach wäre.

Helen prustete auf einmal los: »Ist das nicht absurd, wir sitzen hier im Matsch genau wie früher, wenn wir was ausgefressen hatten und uns nicht nach Hause trauten. Wir haben uns in zwanzig Jahren kein bisschen verändert.«

Ein warmes Gefühl durchströmte Yella. Ihr Verhältnis zu ihrer Mutter war kompliziert, das zu Doro komplett zerrüttet. Aber ihre Recherche hatte den wundervollen Nebeneffekt, dass sie sich ihrer kleinen Schwester so viel näher fühlte als in all den Jahren zuvor.

»Ich vermisse uns«, sagte Helen. »Ich vermisse die Sommerschwestern, und ich vermisse Papa.«

Yella nickte stumm. Wenn sie jetzt etwas sagte, würde sie bestimmt in Tränen ausbrechen.

Ein Mitarbeiter des Campings radelte gefährlich nahe an ihrem Versteck vorbei und warf in hohem Bogen einen Packen Papier vor Thijs' Wohnmobil ab. Einen Moment lang starrte Yella unschlüssig auf das Bündel Post. Dann siegte ihre Neugier. Während Helen die Augen verdrehte, blätterte Yella hastig durch den Stapel Umschläge: Werbung, Rechnungen, das Kundenmagazin der KLM, eine Mitteilung der *Postcode Loterij* und ein Brief von einem *Centraal Justitieel Incassobureau,* was nachgerade bedrohlich klang. Seine Post ging an eine Adresse in Bergen, die von Hand durchgestrichen war. *Wijzend 85.* Ganz offensichtlich war das die offizielle Adresse, unter der er gemeldet war.

Sie winkte Helen heran. Ein obenauf liegender blau-lila Umschlag sah besonders interessant aus: hochoffiziell mit königlichem Wappen, wäre da nicht diese merkwürdige Farbe. Helen schüttelte den Brief, bis der Absender im Sichtfenster besser lesbar war.

»Belastingdienst«, las sie ratlos vor.

»Dienst kann ich ja noch übersetzen«, wunderte sich Yella.
»Aber was ist *belasting*?«

»Der ist vom Finanzamt«, sagte eine männliche Stimme in ihrem Rücken. »Wenn man einen lila Umschlag im Briefkasten findet, weiß jeder Bewohner dieses Landes, was er zu befürchten hat.«

Yella wollte am liebsten im Boden versinken, als sie Thijs entdeckte.

Er verhielt sich, als wäre es die normalste Sache der Welt, dass seine zukünftigen Stiefkinder um seinen Caravan herumschlichen und seine Post durchsuchten, aber seine Augen blitzten wie die eines Raubtiers kurz vor dem tödlichen Sprung. So beiläufig wie möglich legte Yella die Umschläge ab und versuchte, sich unbeeindruckt zu geben.

»Wir sind Doros Laufburschen«, sprang Helen ihr zu Hilfe. Sie hisste die Kleiderhülle mit dem Anzug in die Höhe.

»Ach ja?«, sagte Thijs.

Der Ton seiner Stimme schwebte zwischen Offenheit und Angriffslust, jede Sekunde konnte seine Stimmung in die eine oder andere Richtung kippen. Yella zuckte unwillkürlich zusammen, als Thijs näher trat. Er nahm den lila Umschlag an sich, riss ihn auf und hielt ihr das Schreiben hin.

Yella traute sich nicht zuzugreifen.

»Schulden«, sagte er. »Aber das wisst ihr vielleicht schon.«

Er stieß schwungvoll die Tür zum Wohnmobil auf und forderte sie mit großer Geste auf einzutreten. »Ich an eurer Stelle würde auch wissen wollen, wen meine Mutter heiratet.«

Das Lächeln war aus seinem Gesicht verschwunden. Seine blauen undurchdringlichen Augen funkelten gefährlich. Ähnlich wie das holländische Wetter kaum einzuschätzen war, wusste man nicht, in welche Richtung seine Laune ausschlagen konnte. Auf dem Minigolfplatz hatte er etwas von einem ausgelassenen Clown, doch hinter der fröhlichen Maske verbarg sich etwas Unheimliches und Unberechenbares. Yella verständigte sich mit einem Blick mit ihrer Schwester. Was sollten sie tun? Helen fackelte nicht lange und trat als Erste ein. Yella folgte ihr mit einem mulmigen Gefühl im Magen.

Yella sog neugierig die leicht abgestandene Luft ein. Wie lange hatte sie sich nicht mehr in einem Wohnmobil aufgehalten? Als sie den gemütlichen Wohnraum betrat, in dem Küche, Sitzecke und Bett platzsparend untergebracht waren, erfasste sie ein heimeliges Gefühl. Während Thijs in seiner Kitchenette Wasser aufsetzte, nutzte Yella den unbeobachteten Moment, um die Bücher, Andenken und Bilder in Augenschein zu nehmen. Sie zog sogar eine Schublade auf.

Helen schüttelte entsetzt den Kopf. Wenn ein forensisches Team später diesen Tatort untersuchen würde, fänden sie überall Yellas Fingerabdrücke.

Der heiße Tee, den Thijs ausschenkte, versetzte sie augenblicklich in die eigene Kindheit. *Sterrenmix!* Ihre Mutter trank früher kannenweise diese eigentümliche Mischung aus Süßholzwurzel, Anis und Pfefferminz. Und wie damals gab es *gevulde koek,* überdimensionierte Plätzchen mit einer süßen, weichen Marzipanfüllung. Vielleicht war alles ganz einfach. Waren es nostalgische Gefühle, die Henriette verleitet hatten, sich Hals über Kopf in Thijs zu verlieben? Wollte sie mit einem neuen Mann noch einmal ihre Jugend aufleben lassen?

Thijs zeigte sich rückhaltlos ehrlich. »Ich bin keine gute Partie«, erklärte er. »Ich würde mich nicht heiraten. Ich gehe als der lebende Beweis für Murphy's Law durch. Was schiefgehen konnte in meinem Leben, das ist auch schiefgegangen. Ich habe Beziehungen in den Sand gesetzt, Karrieren, Geschäftsideen, Vater- und Freundschaften, meine Gesundheit. Alles. Ich bin großartig im Scheitern, aber ich bin noch besser im Aufstehen. Ich werde immer wieder aufstehen, bis ich es eines Tages nicht mehr schaffe. Bis dahin werde ich fröhlich weiter scheitern.«

Er tat nonchalant, aber die Art und Weise, wie er den Brief vom *belastingdienst* verschwinden ließ, verriet seine Nervosität.

»Es ist wie beim Fußball«, sagte er. »Wir Holländer verlieren gerne mal ein großes Spiel. Aber beim nächsten Turnier sind wir wieder dabei. Wir hören nicht auf, daran zu glauben, dass wir einmal Weltmeister werden.«

Während er sprach, sah Yella sich weiter um. An den Wänden hingen Fotos, die ihn bei seiner Arbeit auf der Bohrinsel zeigten. Thijs folgte ihrem Blick.

»Ich habe draußen auf dem Meer gearbeitet. Das lehrt einen ganz einfache Dinge. Nichts ist von Dauer. Nicht der Sturm und nicht das schöne Wetter. Alles ist vergänglich.«

»Mit Kalendersprüchen kann man sich alles schönreden«, platzte Helen heraus.

Thijs fuhr um und blitzte Helen an.

»Vielleicht kannst du uns noch mal die Geschichte erzählen, wie du das Foto gefunden hast?«, fragte Helen. »Diesmal die richtige.«

»Ist es meine Vergangenheit, die euch stört? Meine drei Ehen?«

»Es ist der Bilderrahmen von Ikea«, sagte Helen. »Ich glaube kaum, dass Jonkmans so was verkauft.«

Einen Moment schien Thijs verwirrt, doch dann fing er sich.

»Der alte Rahmen war kaputt. Ich musste ihn ersetzen. Für Jonkmans reicht mein Geld nicht, wie ihr wisst.«

Yella schluckte schwer. Sahen sie Gespenster? Oder hatte er sich das gerade eben ausgedacht? Es klang so einfach, so glaubwürdig, so einleuchtend.

»Ich dachte, mein Leben wäre vorbei, als ich von der Bohrinsel runtermusste. Ich habe von Antidepressiva und Alkohol gelebt. Bis eure Mutter kam. Sie ist die Seelenverwandte, auf die ich gewartet habe«, schwärmte er. »Ich danke dem Universum jede Sekunde dafür, dass ich auf meine alten Tage die Liebe meines Lebens gefunden habe.«

»Und wie genau hast du unsere Mutter gefunden?«, fragte Helen, die wenig beeindruckt war.

»Die Wahrheit ist ein Haus mit vielen Räumen«, sagte Thijs kryptisch. »Wie in einem Schloss ist es unmöglich, alle gleichzeitig zu bewohnen.«

»Mir würde schon eine einzige überzeugende Antwort genügen«, sagte Helen.

»Ihr ahnt nicht, wie wichtig es für Henriette ist, dass ihr alle vier gekommen seid«, sagte er. »Sie spricht so liebevoll über euch. Ich wünschte, ich hätte ein so gutes Verhältnis zu meinen Kindern. Henriette ist mir in allem ein Vorbild.«

Thijs bot all seinen Charme auf, erging sich in Schmeicheleien und schwelgte in Anekdoten und Lebensweisheiten, bis ihre Mutter ihn anrief. Wie erlöst sprang er auf.

»Ich muss passende Schuhe kaufen«, sagte er und griff nach dem Anzug. »Ihr könnt euch gerne noch weiter in meinem Leben umsehen. Einfach die Tür hinter euch zuziehen, wenn ihr mit dem Rumschnüffeln fertig seid. Hier kommt nichts weg.«

Mit einem lauten Rums schmiss er die Tür von außen ins Schloss. Dann war es plötzlich totenstill.

»Viel reden kann auch ein Mittel sein, sich zu verstecken«, sagte Yella ernüchtert.

Helen streckte sich, als müsse sie die Wortflut von sich abschütteln: »Der ist wie ein Fisch, man kann ihn nicht fassen.«

»Oder ein Politiker, der Antworten auf Fragen gibt, die man gar nicht gestellt hat«, ergänzte Yella.

»Wijzend 85«, las Helen die Adresse vom lila Umschlag ab.

Yella verstand sofort, was sie meinte: »Einen Versuch ist es wert.«

25. Bekannte Gesichter

»Überall Reihenhäuser«, stellte Yella verblüfft fest.

Das Viertel am östlichen Rand Bergens erinnerte sie an eine Perlenschnur. Wie bei einer Kette reihten sich einförmige Einfamilienhäuser aneinander. Schulter an Schulter, Reihe um Reihe identische Häuser.

»In Pauls Bücherschrank gibt es ein Buch darüber«, sagte Helen. »Es scheint, dass Reihenhäuser nirgendwo in Europa so populär sind wie hier. 60 Prozent aller Menschen wohnen so. Wenn man die Häuser aneinanderklebt, reichen sie bis nach Peking und zurück.«

»16.000 Kilometer lang pragmatisch schnörkellose Häuser«, staunte Yella.

Die Häuser am Wijzend waren rechteckig um einen gemeinschaftlichen Innenhof angeordnet und betonten sowohl das Miteinander als auch Individualität. Die riesigen Fenster an der Vorderseite boten Passanten freien Blick durch die Wohnzimmer bis in den Garten.

»Weißt du, wie so was heißt?«, sagte Helen. »*Doorzonwoning*. Für so was gibt es nicht mal eine deutsche Übersetzung.«

Als hätten sich die Bewohner abgesprochen, standen in den Fensterbänken jeweils zwei Vasen mit trockenen Zweigen, zwei Orchideen, identische Topfpflanzen in silbernen Übertöpfen. Dazu Urlaubsreliquien und Sammlungen von

Kristall, Kakteen und Kitsch. An einem Fenster klebte ein halber Plüschstorch mit weit ausgestreckten Flügeln, dessen Hinterteil sich Spaziergängern entgegenstreckte, als wäre er ins Fenster gekracht und auf halbem Weg in der Scheibe stecken geblieben. Darüber glänzten auf einer rosa Girlande die Worte *Hoera, een meisje.*

»Ein *oe* wird wie *u* ausgesprochen«, rekapitulierte Yella den Lehrsatz ihres Vaters.

»Hurra, ein Mädchen«, übersetzte Helen.

Für alle, die es noch genauer wissen wollten, klebte darunter ein Fenstersticker mit dem Namen des Neuankömmlings: *Welkom, lieve Saar.* So etwas konnte man in Holland offenbar bestellen.

»Die Leute haben ein enormes Mitteilungsbedürfnis«, lachte Yella. »Die Fenster haben was von einem Schwarzen Brett.«

Ein paar Meter weiter wurde Geburtstag gefeiert, wie ein großes handgeschriebenes Spanntuch verkündete. Im Vorgarten schwankte eine drei Meter hohe, wenig charmante aufblasbare Puppe mit enormem Busen und Weinflasche in der Hand, auf deren blauer Schürze ein Verkehrszeichen mit 60 prangte. Andere Familien warben an den Fenstern für Kunstausstellungen, politische Parteien oder gaben das Erreichen persönlicher Meilensteine wie Führerschein und Diplome bekannt.

Vor dem Haus mit der Nummer 85 stand ein Umzugswagen. Zwischen den Kisten wirbelte eine blasse Frau um die vierzig umher, der man das Unglück vom Gesicht ablesen konnte. Noch bevor sie sich eine Strategie zurechtlegen konnten, ließ die Frau einen Karton aus ihrer Hand sacken und schoss wie eine Furie auf sie zu.

Helen streckte ihre Hand aus.

»Helen Thalberg«, sagte sie. »Und das ist meine Schwester Yella.«

Die Frau hielt sich nicht mit Höflichkeiten auf.

»Großartig«, sagte sie. »Ihr seid sicher wegen der 1.000 Euro hier«, schimpfte sie in perfektem Deutsch los.

»Welche 1.000 Euro?«, fragte Helen.

»Ihr wisst schon, wer die verdammte Hochzeit sponsert?«, fragte die Frau. »Mein Sohn. Der zukünftige Mann eurer Mutter hat es fertiggebracht, meinen vierzehnjährigen Sohn anzupumpen! Er hat ihm ein iPhone als Dank versprochen. Und das Kind hat ihm geglaubt.«

Im Hintergrund drückte sich ein magerer Junge mit dunkler Haut und schwarzem Lockenkopf herum.

»Thijs ist nicht sein Vater«, sagte die Frau, als könne sie ihre Gedanken erraten. »Zum Glück. Aber ich kann euch die Adresse seiner Kinder geben, da gibt es sicher auch noch ein paar alte Rechnungen zu begleichen.«

Der Junge senkte schuldbewusst den Blick und versuchte, so unsichtbar wie möglich zu sein.

»Er hat drei Jahre für diese Summe gespart«, empörte sie sich. »Mit Thijs zusammen zu sein, ist teuer. Fragt eure Mutter doch mal, wer den Camper bezahlt.«

Sie seufzte auf und wirkte auf einmal unendlich müde.

»Ich hätte es wissen müssen«, sagte sie. »Vor ein paar Jahren war ich nämlich die andere. Die Romantischen sind die Schlimmsten. Erst macht er dir von morgens bis abends Komplimente, schwärmt davon, dass er in dir eine Seelenverwandte und die einzig Wahre gefunden hat. Dann überzeugt er dich davon, in die gemeinsame Zukunft zu investieren.«

Helen und Yella versuchten vergeblich, ihren Redeschwall zu bremsen. Mit ihrem Mitteilungsbedürfnis bügelte sie über jede Frage, die sie stellten, hinweg. Sie lud ihre ganze Frustration bei den Schwestern ab.

»Noch glaubt sie, ihn verändern zu können. Aber es ist nur eine Frage der Zeit, wann ihm wieder langweilig wird. Männer wie Thijs gehören zu den Fluchttieren.«

Plötzlich ging ihr die Luft aus. Sie musterte Helen und Yella, als würde sie die beiden jetzt erst wirklich wahrnehmen.

»Ich habe mich oft gefragt, was aus euch geworden ist«, sagte sie.

»Aus uns geworden ist?«, fragte Yella nach.

»Nach dem Unfall wart ihr Gesprächsthema Nummer eins. Alle hatten Mitleid mit euch. Und mit eurer Mutter. Das halbe Dorf wollte sie trösten.«

Yella war wie elektrisiert. Waren sie zum ersten Mal auf jemanden getroffen, der die Familie Thalberg noch von früher kannte?

»Fleur«, sagte Helen auf einmal. »Ihr hattet das Café ganz am Ende vom Strand.«

»Mein Onkel, ich habe nur in den Ferien ausgeholfen. Weil ich in der Schule so gut in Deutsch war.«

»Wir hatten da so einen kleinen Bretterverschlag gemietet, wo unsere Liegestühle und Strandsachen drin waren«, erklärte Helen aufgeregt.

»De Jutter«, sagte Yella, die nun auch begriff. »Der Laden neben der Surfschule.«

»Eure Mutter saß oft schon nachmittags mit ihren Freundinnen vom Camping bei uns auf der Terrasse, Flasche Rosé und dann Hof halten. Ich sehe sie noch vor mir, wie sie in ihrem korallenroten Bikini zwischen der Bar und den Lounge-stühlen hin und her stolzierte, immer perfekt geschminkt und frisiert. Der Strand war ihr Laufsteg.«

»Du erinnerst dich an uns?«, sagte Yella noch immer ver-blüfft.

»Ihr wart bekannt wie bunte Hunde«, sagte sie. »Deine Mut-ter, Doro … die Mädchen, die für die Ferien herkamen, waren immer interessanter als die Mädchen aus dem Dorf. Daran hat sich bis heute nichts geändert.«

»Dann warst du das, die uns auf dem Foto erkannt hat?«, sagte Helen.

War es das, was Thijs verschwiegen hatte? Dass seine Freun-din sie identifiziert hatte? Hatte er diese Frau vor ihrer Mutter geheim halten wollen?

»Welches Foto?«

»Das Foto, das Thijs von uns gefunden hat. Angeblich bei Jonkmans.«

Fleur befand, dass sie genug Zeit verschwendet hatte.

»Ich habe was Besseres zu tun«, sagte sie genervt. »Was auch immer Thijs erzählt hat, vermutlich ist es eine einzige große Lüge.«

Sie drehte sich um, um weiter ihre Kisten einzupacken.

Yella zog ihr Telefon heraus, scrollte durch die Fotos, bis sie das Schwesternporträt fand, das sie für David abfotografiert hatte.

»Es geht um dieses Foto«, sagte sie und hielt ihr die Auf-nahme hin.

Fleur war zu neugierig. Sie schaute flüchtig auf das Display und lachte dann auf.

»Das Foto will Thijs bei Jonkmans gefunden haben?«

»Angeblich lag es dort zum Rahmen.«

Fleur lachte immer noch schrill.

»Was ist daran so komisch?«, fragte Helen.

Statt ihr zu antworten, öffnete Fleur die Mülltonne, wohin sie ganz offensichtlich Thijs' übrig gebliebene Sachen entsorgt hatte, und wühlte in den Habseligkeiten, bis sie gefunden hatte, was sie suchte. Sie überreichte Helen ein blaues Buch mit chinesischem Titel. Yella erkannte den in lateinischen Buchstaben geschriebenen Namen der Autorin: Tessa van Dijk.

Helen schlug das Buch auf und stellte überrascht fest, dass es sich um ein Kunstbuch handelte, das den Fotos von Lee To Sang gewidmet war.

»Ich habe mich schon gewundert, warum Thijs sich neuerdings für Fotografie interessiert«, sagte sie. »Er ist sogar nach Amsterdam gefahren und hat Sangs Archiv abgesucht nach einem Foto, das er erwerben kann. Mir hat er erzählt, er hat nichts Schönes gefunden.«

Helen gab das Buch zurück.

»Ich schenke es euch. Ihr könnt seinen ganzen Müll mitnehmen. Das Einzige, was mich tröstet, ist: Er wird Henriette früher oder später das Herz brechen. So wie jeder Frau vor ihr.«

Sie ließ sie stehen und winkte ihnen zu.

»Schönes Leben noch!«

26. Vom Suchen und Finden

Die Dinge lagen weit komplizierter als gedacht. Je tiefer die Schwestern in Thijs' Leben eintauchten, umso mehr stapelten sich Fragen und Bedenken. Er hatte Schulden und verfügte weder über ein geregeltes Einkommen noch über einen festen Wohnsitz. Sein gutes Aussehen und sein mitreißender Charme, den er durchaus entwickeln konnte, waren sein ganzes Kapital.

»Mama fragt schon, wo wir bleiben«, sagte Yella.

»Erst mal Luft holen«, verantwortete Helen.

Auf dem Weg nach Hause machten sie mit einem *Koffie verkeerd,* den sie an einem mobilen Stand gekauft hatten, am Hertenkamp halt. Das enorme Tiergehege lag mitten im Dorf. Rehe trabten neugierig zum Zaun und verkrümelten sich ebenso schnell, als sie merkten, dass es bei ihnen kein Futter zu holen gab. Ein Reh nieste sie empört an und zog weiter zu zwei Kindern, die sich über den schräg geneigten Zaun beugten, um die Tiere mit Maiskolben, Karotten und Salatköpfen zu füttern.

Erschöpft ließen Yella und Helen sich auf eine Parkbank fallen. Sie brauchten einen Moment, um alle Informationen zu verarbeiten, bevor sie zu ihrer Familie ins Ferienhaus zurückkehrten.

»Leo und Nick würden es hier lieben«, sagte Yella.

Ihre beiden Jungen hätten ihre helle Freude an den zutraulichen Tieren gehabt. Zwischen dem Damwild, einem Pfau und jeder Menge Krähen dösten dicke Schafe. Dahinter stolzierte ein schwarzer Schwan.

»Ist das derselbe, den wir früher gesehen haben?«, fragte Yella verblüfft.

»Schwäne können bis zu zwanzig Jahre alt werden«, wusste Helen.

Sie erinnerte sich, wie sie als Kinder hierhergekommen waren, um jedes Jahr aufs Neue nachzusehen, ob der schwarze Schwan, der immer alleine war, eine Partnerin gefunden hatte. Es war beruhigend und beängstigend zugleich, dass es auf dieser Welt Plätze gab, denen die Zeit nichts anhaben konnte.

»Und was sagt uns das jetzt?«, nahm Yella den Faden wieder auf.

Helen blätterte durch die Fotografien in dem Buch.

»Wenn ich das richtig verstehe«, sagte Helen und deutete auf den Klappentext, »betreut Tessa van Dijk das gesamte Archiv von Lee To Sang. Mit 70.000 Fotos.«

Auf einmal dämmerte es ihr, dass alles auch ganz anders gewesen sein könnte.

»Was ist, wenn Thijs die Aufnahme nicht gefunden, sondern aktiv gesucht hat? Vielleicht hat er Henriette früher mal gesehen und ahnte, dass es bei ihr etwas zu holen gibt«, sagte Yella.

»Und woher wusste er von der Existenz des Fotos?«

»Wir waren bekannt wie die bunten Hunde«, zitierte Helen Thijs' Exfreundin. »Vielleicht wussten mehr Leute von unserem Amsterdamer Ausflug.«

Der Himmel über ihnen war genauso düster wie ihre Stimmung. Dicke Wolken dräuten über ihren Köpfen und veränderten ununterbrochen ihre Gestalt. Yella fotografierte das flüchtige Schauspiel, das schon ihren Vater gefangen genommen hatte.

»Man hat ständig das Gefühl, etwas zu verpassen«, hatte er gesagt, wenn er wieder stundenlang den Himmel studiert und vergeblich versucht hatte, die Flüchtigkeit des Moments auf einem Stück Papier einzufangen. Jetzt verpasste er seit zwanzig Jahren alles. Beim Blick auf das Wolkenschauspiel wurde Yella auf einmal klar, was zu tun war. Sie hatten ihren Vater verloren, sie durften nicht auch die Mutter verlieren, indem sie sie blind ins Unglück laufen ließen.

»Wir müssen mit Henriette sprechen«, sagte Helen, als hätte sie die Gedanken ihrer Schwester gelesen.

»Sie ist beratungsresistent«, wandte Yella ein. »Wenn sie auf unsere Meinung Wert legen würde, hätte sie uns nicht vor vollendete Tatsachen gestellt.« Sie seufzte tief auf. »Ich bin sowieso die Letzte, die Mama Ratschläge erteilen kann. Wir geraten bei der kleinsten Kleinigkeit aneinander.«

»Wir müssen es wenigstens probieren«, sagte Helen.

27. Junggesellinnenabschied

Wie fand man den richtigen Moment für schwierige Gespräche und schlechte Nachrichten? Als Yella und Helen beim Ferienhaus eintrafen, begrüßten sie laute Musik und eine hämmernde Lichtorgel. Im Wohnzimmer tobte eine regelrechte Party.

»Da seid ihr ja endlich«, rief ihre Mutter hocherfreut. »Ich kann doch meinen Junggesellinnenabschied nicht ohne euch begehen.«

Gefeiert wurde mit Wellness, mundgerechten Heringshappen mit dicker Zwiebelauflage und holländischer Fahne, Käse- und Leberwurstwürfeln, die, wie es hier üblich war, in Senf getunkt wurden, eiskaltem Heineken-Bier, lautem Gesang, Gelächter und Musik.

»Wir brauchen euch«, rief Amelie begeistert.

Zu Yellas Verblüffung brachte Lucy ihrer Großmutter im frei geräumten Wohnzimmer Dance-Moves bei.

»Omas sind immer gut für Likes«, erklärte der Teenie.

»Ihr seid meine Hintergrundtänzerinnen«, erklärte Henriette mit fieberglühenden Wangen. »Ist 'ne TikTok-Challenge für Bräute mit ihren Brautjungfern.«

Henriettes Balance und Kondition ließen zu wünschen übrig, der Atem rasselte, aber sie war trotzdem voller Eifer dabei, die Schritte zu lernen und sich für ihre Enkelin vor der Kamera in Szene zu setzen.

»Mama, hast du mal fünf Minuten?«, sagte Helen.

Ihre Schwester unternahm einen halbherzigen Versuch, ihre Mutter zur Seite zu nehmen, doch Henriette Thalberg war nicht in der Stimmung für ernste Gespräche.

»Warum bist du immer so eine Spaßbremse, Helen«, sagte sie. »Kein Wunder, dass sich Paul in die Arbeit flüchtet.«

»Es ist wichtig, Mama«, sagte Helen.

»Wichtig ist, dass wir den Tag genießen«, sagte sie. »Ab heute wird in unserer Familie nur noch gefeiert.«

Henriettes Stimme klang, als ob das Glas Wein in ihrer Hand nicht ihr erstes war. Sie wirkte so ausgelassen und fröhlich wie schon seit Jahren nicht mehr. In ihrem Gesicht erkannte Yella die Spuren der alten Henriette wieder, von der auch Fleur berichtet hatte. Die kokette Frau, die bereits am Nachmittag Rosé schlürfte und sich in männlichen Blicken sonnte. Aller Druck schien von ihr abgefallen. Wann hatten die Schwestern zuletzt so mit ihrer Mutter herumgealbert und gelacht?

Yella erstickte fast an all den Einwänden, die in ihr tobten. Helen zog sie ins Badezimmer. Auch ihr waren inzwischen Zweifel gekommen.

»Vielleicht sind wir auf dem falschen Dampfer«, flüsterte sie Yella zu. »Haben wir wirklich die Verpflichtung, uns in das Leben und Lieben unserer Mutter einzumischen?«

»Er ist eine dubiose Erscheinung«, sagte Yella. »Sie muss das wissen.«

»Thijs tut ihr gut«, entgegnete Helen.

Dem konnte Yella kaum widersprechen.

»Hat nicht jeder das Recht, sich Illusionen hinzugeben?«, fragte Helen leise. »Vielleicht ist er ja ihre große Liebe.«

»Für wie lange?«, fragte Yella.

»Und wenn es nur eine große Liebe auf Zeit ist: Wir haben uns alle schon mal für den falschen Mann entschieden«, antwortete Helen. »In einer Welt mit hohen Scheidungsraten muss man Hochzeiten nicht überbewerten.«

»Du willst aufgeben?«

»Versuch du, mit ihr zu reden«, sagte Helen erschöpft. »Ich kriege es nicht hin.«

»Nachtisch ist fertig«, rief Doro und dämpfte die Musik. »Es gibt *vier in de pan.*«

Ratlos fanden die beiden Schwestern sich wieder in der Küche ein. Yella blickte gerührt auf die pfannkuchenähnliche Eierspeise mit Apfel, die ihre Mutter abends oft auf dem Campingkocher zubereitet hatte. Vier Teigkleckse brutzelten einträchtig nebeneinander in einer Pfanne. Zu den fertigen Apfelküchlein gab es dicken holländischen Sirup und Puderzucker. Es schmeckte wie in den allerbesten Zeiten. Amelie teilte das Rezept sogar mit ihren Followern.

»Wir müssen öfter mal einen Mädelsabend veranstalten«, sagte Henriette gerührt. »Mit den Männern dabei wird es immer so unübersichtlich.«

Yella sah die Gelegenheit gekommen und holte den Bildband von Lee To Sang hervor.

»Schau mal, was wir gefunden haben«, fing sie zögerlich an.

Ihre Mutter legte das Buch zur Seite, ohne einen Blick hineinzuwerfen.

»Du erinnerst mich an was«, sagte sie und sprang auf.

»Für Leo«, sagte sie, als sie mit einem Paket in der Hand zurückkehrte. »Ich habe irgendwie nicht mehr die Nerven, mich auf kleine Kinder einzustellen.«

Überrascht packte Yella die auffällig geklebte Porzellanfigur aus, die beim Köln-Besuch zu Bruch gegangen war. Der dicke goldene Schal, der sich nun um den Hals des Pierrots wickelte und ihn damit am Platz hielt, gab dem hässlichen Erbstück einen modernen Anstrich.

»Amelie hat ihn mit so einem japanischen Kintsugi-Set repariert«, erklärte Henriette Thalberg. »Sie versucht mir beizubringen, dass das Unperfekte einen besonderen Reiz besitzt.«

Sie rutschte ein bisschen beschämt auf ihrem Stuhl herum. »Wenn man nur noch existiert, um die Erinnerungen abzustauben, hat man etwas falsch gemacht. Sagt Thijs.«

»Leo wird sich sicher freuen, dass der Kopf wieder dran ist«, sagte Yella.

Sie versuchte ihre Mutter zu umarmen, aber die wehrte ab.

»Ich ziehe es dir vom Erbe ab«, antwortete sie stattdessen. »Damit deine Schwestern nicht denken, ich bevorteile dich.«

Yella war einen Moment irritiert. Aber sie wollte sich die Stimmung nicht verderben lassen.

»Ich habe auch was für euch«, rief sie fröhlich.

Endlich bot sich eine gute Gelegenheit, ihre Mitbringsel zu verteilen. Yella brauchte keinen besonderen Anlass, andere zu beschenken. Im Wohnzimmerschrank, den sie beim Sperrmüll gefunden und liebevoll restauriert hatte, gab es drei Fächer, in denen sie ihre Fundstücke sammelte: für die Adventskalender der Kinder, für David, ihre Schwestern und die nie enden wollende Reihe Kindergeburtstage. Wann immer ein Festtag oder Besuch anstand, öffnete Yella ihr Geheimfach und ging durch ihre Schätze, die sie auf Flohmärkten, in Secondhandläden, lokalen Geschäften oder in ihrem kreativen Freundeskreis aufgetrieben hatte. Wie oft entdeckte sie auf der Suche nach einer neuen Hose im Vorübergehen ein besonderes Stück, das sehr viel besser zu jemand anderem passte. Viele ihrer Glücksfunde erwarb sie schon im Gedanken an einen ganz bestimmten Empfänger, andere mussten ihren Adressaten noch finden. Yella liebte es, anderen eine Freude zu machen.

»Das ist so lieb von dir«, sagte ihre Mutter und betrachtete den Berg an Geschenken, alle fein säuberlich eingepackt in Leos und Nicks ausgemusterten Wasserfarbenbilder, die sich prima als Geschenkpapier eigneten. Gerührt strich sie über den Seidenschal, den Yella bei einem Musterverkauf für ihre Mutter entdeckt hatte.

»Er hat genau die Farbe deiner Augen«, erklärte Yella verlegen.

Ihre Mutter reagierte nicht. Kam das vom Tanzen, hatte sie sich verausgabt? Sie wirkte immer ein bisschen angestrengt hinter der fröhlichen Fassade. Ihr fiel der Anruf der Hausärztin ein. Sie wollte gerade nachhaken, als Helen begeistert aufschrie.

»Die Zukunftsküche, Letzter Rettungsanker zur Verhütung völliger Entartung der Menschheit«, las sie amüsiert den Titel des antiquarischen Buchs vor.

»Das ist eins der ersten vegetarischen Kochbücher«, erklärte Yella ihr Geschenk für Helen.

»Es stammt aus dem Jahr 1900«, sagte Helen begeistert. »Ich bin neugierig, was man daraus heute noch lernen kann.«

Für Doro hatte Yella zwei riesige Gläser eingemachten Gemüses aus dem Bioladen um die Ecke mitgebracht, das Doro bei ihrem letzten Besuch so gut geschmeckt hatte. Lucy bekam einen Eimer grüne und rosa Aseli-Schaumkrokodile.

»Das war ein Vorschlag von Nick und Leo«, erklärte Yella. »Sie hatten gehofft, ein paar abzustauben.«

Dazu hatte sie für alle Honig von den Schwiegereltern mitgebracht. Amelie erhielt zusätzlich ein gerahmtes Porträt, das Leo von ihr gezeichnet hatte.

»Das ist wie Weihnachten«, seufzte Amelie.

»Ein gutes Weihnachten«, ergänzte Yella.

»Jetzt bin ich dran«, sagte Doro und wies mit dem Finger auf Yella. »Ich habe was für dich.«

Yella wusste noch nicht so recht, was sie davon halten sollte, doch Doro beharrte darauf, dass sie mitkam. Normalerweise wartete ihre große Schwester darauf, dass man ankroch. Wer teilhaben wollte an Doros Leben, musste sich schon in ihre Richtung bewegen. Selbst bei Premieren nahm Doro an irgendeinem Tisch in der allerletzten dunklen Ecke Platz und empfing dort Kollegen, Freunde, Fans und Presse. Nie im Leben würde sie sich unter das Partyvolk mischen oder gar in die Schlange am Buffet einreihen. Stattdessen fand sich immer ein Bewunderer, der ihr einen gefüllten Teller vorbeibrachte.

Yella hatte keine Lust, Doros Fangirl zu spielen. Seit ihrem Streit war sie jedem Gespräch aus dem Weg gegangen. Sie war mehr auf der Hut denn je und hatte nicht vor, ihrer großen Schwester so einfach zu vergeben.

»Komm einfach mit«, sagte Doro. »Danach kannst du wieder sauer auf mich sein.«

Skeptisch folgte Yella ihrer Schwester in das Balkonzimmer. Zu ihrer Überraschung ging es nicht um Henriette oder ihren Streit.

»Das habe ich in einem Londoner Schaufenster gesehen und gedacht, der ist etwas für dich«, sagte sie.

Fassungslos packte Yella einen knallroten figurbetonten Damenanzug aus knisterndem Seidenpapier aus. Doro bestand darauf, dass sie das auffällige Ensemble an Ort und Stelle anprobierte.

War das wieder einmal eine von Doros berühmten Entschuldigungen? Yella fand einfach kein Rezept, mit Doros unberechenbaren Launen umzugehen. In ihrer Familie hatte es immer eine Schwester gegeben, die schneller lesen konnte, besser in der Schule war, erfolgreicher beim Sport und beliebter bei den Jungs oder ein besseres Verhältnis zu Vater und Mutter hatte. Wie war das möglich? Sie entstammten demselben Genpool und waren doch so unterschiedlich. Hatte Thijs nicht darüber gesprochen, was man vom Meer und den Wellen lernen konnte? Der einzige Fixpunkt im Leben war, dass alles ständig in einer Übergangsphase begriffen war. Auch das Verhältnis zu Doro.

»Weißt du, dass ich mir früher oft gewünscht habe, mehr wie du zu sein«, sagte Doro versöhnungsgesinnt. »Geduldiger, aufmerksamer, liebevoller.«

Yella rang mit sich. Vielleicht war es nicht alleine Doros Schuld, dass es so schwierig zwischen ihnen war. Als Kind hatte sie Doro in allem nachgeeifert und sich sehnsüchtig gewünscht, so selbstbewusst zu sein wie die große Schwester. Später wollte sie sich krampfhaft absetzen, einfach nur anders sein, um sie selber zu werden, und blieb auf der Suche nach ihrer eigenen Nische gefangen in Doros Netz. Die Gefühle, die sie ihrer großen Schwester entgegenbrachte, schlugen ebenso schnell um wie das Wetter in Holland. Es war schwer, neben Doro zu bestehen. Irgendwie hatte sie sich immer in Konkurrenz zu Doro gesehen, als ob die Aufmerksamkeit der Eltern ein begrenzter und heiß umkämpfter Rohstoff war. Sie selbst bemühte sich jeden Tag aufs Neue, ihre beiden Söhne möglichst gleich zu behandeln, und stellte immer wieder fest, dass sie jeden auf eigene Weise liebte.

»In einem bist du mir sehr ähnlich. Du bist mindestens genauso anstrengend wie ich«, sagte Yella ehrlich. »So viel Applaus, wie du brauchst, gibt es nicht im Leben.«

Doro beharrte darauf, dass sie den Anzug anprobierte: »Es wird Zeit, dass du aus deiner Ecke rauskommst und gesehen wirst.«

Yella gab nach und schlüpfte in den außergewöhnlichen Zweiteiler. Mit ein paar geschickten Handgriffen drapierte Doro Yellas Haare zu einer Knotenfrisur, schminkte ihr die Lippen und hielt ihr ihre blauen Heels hin.

Vorsichtig trat Yella vor den Spiegel. Sie erkannte sich kaum wieder. Der schmal geschnittene Anzug passte perfekt, als wäre er ihr auf den Leib geschneidert. Gewöhnt an Mom-Jeans, pflegeleichte T-Shirts (oftmals ungebügelt), bequeme Schuhe und eilig zusammengebundene Haare erkannte sie die sexy Frau, die ihr aus dem Spiegel entgegenblickte, kaum wieder.

»Wird Zeit, dass du mal wieder an was anderes denkst als an deine drei Kinder«, sagte Doro, die sich selbst jetzt einen Seitenhieb nicht verkneifen konnte.

Yella schluckte schwer. Bei Doro wusste man nie, woran man war. Sie konnte nett und aufmerksam sein und im nächsten Moment ein Scheusal.

Aber diesmal war Yella schneller. »Drei Kinder?«, rief sie und schlug die Hände schützend über ihrem Bauch zusammen. »Sieht man schon was? Ich dachte, wir könnten die Schwangerschaft noch ein bisschen geheim halten.«

Doro verschlug es die Sprache.

»Es sind Vierlinge, alles Mädchen«, setzte Yella noch einen obendrauf, bevor sie in schallendes Gelächter ausbrach.

Das Sticheln gehörte zu Doro wie das Amen in der Kirche. Vielleicht half es, nicht bei jeder verbalen Attacke sofort an die Decke zu gehen.

»Erwischt«, sagte sie und verließ grinsend das Zimmer. Endlich einmal ein Punkt für sie, gekrönt von einem großartigen neuen Outfit.

28. Sorgenkinder

Ihr Übermut währte nicht lange. Als sie ins Wohnzimmer zurückkehrte, stellte sie fest, dass die Party ein überraschendes Ende gefunden hatte. Ihre Mutter, plötzlich aschgrau und schwankend, verabschiedete sich hastig in ihr Hotel.

»Es war ein bisschen viel«, entschuldigte sie ihre Entscheidung, so überstürzt aufzubrechen.

Yella stützte sie, während sie sich schwer atmend, am Rande ihrer Kräfte, nach draußen schleppte.

»Das Taxi muss jeden Moment da sein«, sagte sie und ließ sich erschöpft auf die Gartenbank sacken. »TikTok ist nichts für alte Knochen«, witzelte sie.

Yella rutschte neben sie. Wenn es eine Chance gab, mit ihrer Mutter zu sprechen, dann war der Moment jetzt gekommen.

»Ich muss dir was sagen«, fing Yella an. »Es ist wichtig.«

»Wir beide hatten es in der letzten Zeit nicht immer leicht miteinander«, sagte ihre Mutter schuldbewusst.

»Es geht nicht um mich«, sagte Yella.

»Doch, darum geht es«, widersprach Henriette. »Manchmal denke ich, unsere Probleme liegen daran, dass wir beide einen Fehlstart hatten. Schon bei deiner Geburt hättest du mich fast umgebracht. Ich konnte mich kaum auf den Beinen halten, und du hast mich volle drei Monate angeschrien. Dein Vater ist beinahe verrückt geworden.«

»Ich war ein Baby«, sagte Yella. »Ich hatte vermutlich Koliken.«

Aber so einfache Erklärungen akzeptierte ihre Mutter nicht.

»Heute weiß man mehr über Depressionen, aber damals dachte ich, meine negativen Gefühle sind meine Schuld. Doro war so ein einfaches und sonniges Kind, und plötzlich drehte sich alles um dich. Ich konnte nicht mehr arbeiten, nicht mehr reisen, nicht mehr mit deinem Vater ausgehen, nichts. Ich dachte immer nur: Das erste Kind läuft mit, mit dem zweiten sitzt du in der Falle.«

Je weiter Henriette ausholte, um den schwierigen Start zu rekapitulieren, umso mehr begriff Yella, warum ihr Verhältnis zur Mutter sich manchmal so schwierig gestaltete. Henriette hatte das Gefühl, sich für Yella geopfert zu haben: Alles hatte sie für dieses Kind aufgegeben: ihren Beruf als Stewardess, ihre Gesundheit, ihre Zukunftspläne. Und Yella dankte es ihr nicht damit, das anhängliche, schöne, begabte und rundum perfekte Kind zu sein, mit dem sie glänzen konnte.

Ihre Mutter lachte glockenhell, als sie ihr betroffenes Gesicht bemerkte.

»Das ist doch nichts Persönliches, Dummerchen«, sagte sie. »Das geht nicht gegen dich. Aber wenn ich noch mal vor der Wahl stände ...«

Sie ließ offen, welche ihrer Lebensentscheidungen sie damit meinte. Yella schluckte. Eben war sie noch drauf und dran gewesen, mit ihrer Mutter über deren zukünftigen Mann zu sprechen, jetzt musste sie erst mal verdauen, was ihr gerade klar geworden war. Machte ihre Mutter sie insgeheim dafür verantwortlich, dass ihr Leben nicht das große Abenteuer geworden war, das sie sich erträumt hatte?

»Ich habe viel zu spät begriffen, worum es im Leben wirklich geht, Yella«, sagte sie. »Mach nicht denselben Fehler wie ich und binde dich wegen der Kinder an den falschen Mann.«

»Den falschen Mann?«, wiederholte Yella empört.

»Die Ehe mit deinem Vater war kompliziert und meine zweite Hochzeit von Anfang an zum Scheitern verurteilt. Ich dachte wirklich, dass er euch eine stabile Basis bieten kann.«

Ihre Mutter vermied es, den Namen auszusprechen, als könne sie ihren Exmann auf diese Weise aus dem kollektiven Gedächtnis der Familie Thalberg löschen.

»Er hieß Bernhard Seitz, und wir konnten ihn nicht ausstehen«, sagte Yella.

»Ihr habt es ihm schwer gemacht«, sagte Henriette. »Vielleicht hätten wir eine Chance gehabt, wenn ihr ihm gegenüber ein bisschen offener gewesen wärt.«

»Unser Vater war gerade gestorben«, sagte Yella.

Ihre Mutter sah sie an, als hätte sie ihr eine Ohrfeige verpasst.

»Ich war in Trauer«, sagte Henriette. »Ich war hilflos. Ich habe mir nicht zugetraut, alles alleine hinzubekommen.«

Das Taxi fuhr vor. Yella geriet in Panik.

Ihre Mutter erhob sich schwankend. Einen Moment dachte Yella, sie würde umfallen.

»Man sagt immer, dass eine Mutter keine Lieblingskinder haben darf. Aber das stimmt nicht. Du warst schon immer mein Sorgenkind, Yella. Und Sorgenkinder liebt man ganz besonders.«

Yella spürte, wie plötzlich Wut in ihr hochkochte. Sie empfand die Worte ihrer Mutter als Verrat an den Schwestern. Hatte sie nicht Helen auf ähnliche Weise eingelullt?

»Du hast was Besseres verdient, Yella«, sagte sie. »Du hast ein Recht darauf, glücklich zu sein. Warte nicht, bis es zu spät ist.«

Yella war so erschlagen von den Vorwürfen, dass sie sich nicht mehr wehrte, als ihre Mutter das Taxi bestieg und davonrauschte.

29. Land unter

Das Fest war eindeutig vorbei und Amelie hellwach. Yella verschwand türenknallend in ihr Zimmer, ohne irgendwem zu verraten, was draußen zwischen ihr und ihrer Mutter vorgefallen war, Helen verzog sich ins Bett, und Doro musste noch arbeiten. Amelie starrte auf das Display ihres Telefons und wunderte sich über die Vielzahl von Nachrichten. Normalerweise freute sie sich, wenn ihr Postfach überquoll, jetzt hinterließ die Fülle neuer Follower einen schalen Beigeschmack. Was nutzte es ihr, in der virtuellen Welt Erfolg zu haben, wenn ihr wirkliches Leben sich so leer anfühlte? Es war wie immer. Sie hatte dem Aufenthalt in Bergen mit so viel Enthusiasmus entgegengefiebert. Sie hatte Pläne gemacht, was sie mit den Schwestern unternehmen und besprechen wollte, doch mit dem Moment, in dem die anderen auftauchten, wurde sie quasi unsichtbar. Keine ihrer Schwestern schien sich sonderlich für sie zu interessieren. Und ihre Mutter sowieso nicht. Da konnte sie tausendmal behaupten, dass sie eine ganz besondere Verbindung mit ihr verspürte. Amelie hatte sich noch nie wie ein Lieblingskind gefühlt, sondern immer nur wie das fünfte Rad am Wagen. Sie unterstützte ihre Schwestern, wo sie nur konnte, und wurde trotzdem nie wirklich ernst genommen. Fiel überhaupt irgendjemanden auf, dass sie auch noch da war? Doro stellte ihr nie auch nur eine einzige Frage, und Yella und Helen klebten ununterbrochen zusammen und ließen niemanden an ihren Gesprächen teilhaben. Sie hatte nicht einmal mehr Lust, sich mit den alten Fotos zu beschäftigen. Es war ganz einfach. Vermutlich war es früher genauso gewesen wie heute. Amelie spielte in ihrer eigenen Familie eine Nebenrolle. Kein Wunder, dass sie das Gefühl hatte, nie dabei gewesen zu sein. Amelie war zu aufgewühlt, um schlafen zu gehen. Sie beschloss, zu Ludwig und Paul zu stoßen, denen sie Philomenas Einladung zum Comedyabend weitergeleitet hatte. Eine Stunde vor Beginn hatten sie eine Meldung bekommen, in der ihnen der genaue Treffpunkt mitgeteilt worden war.

Die geheime Veranstaltung fand im Hinterzimmer eines Surfladens statt. Der plötzliche Lichtschein lenkte die Aufmerksamkeit der Anwesenden Richtung Tür. Der halbe Raum winkte ihr begeistert zu. Anscheinend hatte sie am Vortag beim Kartenverkauf ganze Arbeit geleistet. Amelie trat in ein Universum mit lauter bekannten Gesichtern. Es tat Amelie so gut, endlich wahrgenommen zu werden. Ohne ihre Schwestern fiel es ihr wesentlich leichter, jemand oder einfach nur sie selbst zu sein.

Die zumeist jungen Besucher drückten sich auf improvisierten Bierbänken herum und nippten an ihren mitgebrachten Getränken. Es war nicht schwer, Ludwigs kräftige Gestalt im Publikum auszumachen. Er überragte sämtliche Besucher um einen Kopf und hatte am Rand Platz genommen, wo er niemanden den Blick blockierte. Paul öffnete gerade ein neues Bier und prostete allen Nachbarn zu. Ganz offensichtlich hatte er sich längst mit den anderen Gästen der Veranstaltung angefreundet.

Mit einem wohligen Gefühl im Magen nahm Amelie auf einem Karton T-Shirts Platz.

Zwischen Surfbrettern und Wetsuits sprang auf einer improvisierten Bühne eine Art junger Rudi Carrell herum, mit knallorangefarbener Hose, blauem Hemd und weißen Turnschuhen.

»Hallo, mein Name ist Patrick, ich komme aus Holland, und wir müssen miteinander reden«, begann er sein Progamm, das sich der Steigung des Meeresspiegels und der »Enthollandisierung der Erde«, wie er es nannte, widmete.

»55 Prozent der Niederlande liegen unter dem Meeresspiegel«, warnte er. »Wenn alle Klimaprognosen wahr sind, geht es nicht mehr darum, ob, sondern wann die Niederlande im Wasser verschwinden. Unsere Regierung hat eine Website ins Leben gerufen, wo wir nachschauen können, wie tief im Wasser wir enden: Overstroomik.nl. Überfluteich.nl. Wenn man da unseren Standort eingibt, kann man sofort sehen, was einen erwartet.«

Er legte eine dramatische Pause ein, bevor er das Ergebnis verkündete: »Hier im Laden müssen wir mit einem halben Meter Hochwasser rechnen.«

Die Besucher blickten suchend um sich, als wollten sie einschätzen, was diese Menge Wasser bedeutete.

»Da steht auch, dass es noch lange dauern kann, bis es so weit ist. Aber es kann auch schon morgen passieren. Liebe Leute, was macht ihr hier noch?«

Ludwigs dröhnendes Lachen übertönte alle und alles. Natürlich machte niemand Anstalten zu gehen. Stattdessen kreisten Bier und Pizza gesellig weiter. Selbst Paul, der äußerlich so gar nicht in den Surfladen passen wollte, amüsierte sich königlich.

»Man fragt sich oft, warum die Holländer so riesig sind.

Das liegt daran, dass sich unsere Körper bereits nach oben entwickeln. Ich mache mich schon mal für meine Flucht bereit. Ich habe im Internet einen Deutschkurs für niederländische Fußballfans gefunden.«

Er zog einen Zettel aus der Hosentasche und sagte die Sätze auf.

»Haben Sie das T-Shirt auch in Orange?«

»Nein, das ist nur für den Eigenbedarf.«

»Können wir vierunddreißig Zimmer nebeneinander bekommen?«

»Eine Niederlage gegen Togo ist wirklich schade.«

»Kann ich Sie mit meinem oranje Schlumpfoutfit ein wenig aufheitern?«

Er legte eine Pause ein.

»Aber was macht ihr, wenn siebzehn Millionen orange Klimaflüchtlinge in Wohnwagen auf der linken Fahrbahn nach Deutschland kommen? Da fragt doch jeder Deutsche: Schaffen wir das?«

Nach Patrick übernahm Philomena das Mikrofon. In ihrem Anzug sah sie aus wie ein Klempner, der sich auf die Bühne verirrt hatte.

»Ich wollte euch eigentlich etwas erzählen über mein Liebesleben«, sagte sie. »Aber jetzt bin ich doch beunruhigt.«

Sie setzte sich auf den Stuhl auf der Bühne, zog ihr Handy heraus und fing an, darauf herumzutippen.

»Die Website gibt es wirklich«, sagte sie verblüfft. »Ich habe meine Postleitzahl eingegeben, und da steht es: Dein Standort wird 1,5 Meter überflutet.«

Sie sah erschrocken ins Publikum.

»Ich bin nur 1,56«, sagte sie. »Wenn ich Glück habe, kann ich durch die Nase atmen.«

Sie stand auf, ließ das Licht anmachen und sah fragend ins Publikum.

»Haben wir heute Abend deutsche Gäste unter uns?«, fragte sie.

Etwa die Hälfte der Hände ging nach oben.

»Ich glaube, ich muss das mit dem Dating ein bisschen anders anpacken«, sagte sie. »Wer von Ihnen würde mich bei sich aufnehmen?«

Amelie meldete sich spontan. Alle lachten. »Du kannst zu mir kommen. Ich nehme gerne eine Holländerin auf.«

»Das war ein schöner Abend«, seufzte Ludwig glücklich, als der letzte Comedian die Bühne verlassen hatte.

»Wir sollten alle mehr lachen!«

»Oder öfter heiraten«, sagte Amelie.

Paul schien die Bemerkung nicht zu gefallen, denn er stand wie von der Tarantel gestochen auf.

»Ich wollte den Kabarettisten noch was fragen«, sagte er und verabschiedete sich in Richtung Patrick.

»Wir sollten uns an den Holländern ein Vorbild nehmen. Wir sollten drohende Katastrophen ernst nehmen. Und gleichzeitig auch mal lachen«, sagte Ludwig, der für seine Begriffe geradezu redselig war. Auch er hatte noch keine Lust, nach Hause zu gehen. Sein Blick flog zu dem Tisch mit den Fanartikeln.

»Ich brauche noch ein T-Shirt für morgen«, sagte er. »Ich bin aus allen Hemden rausgewachsen.«

Amelie, plötzlich alleine, blickte zu Philomena, die dabei war, die Klappstühle wegzuräumen, und immer näher kam.

»War das dein Ernst?«, fragte sie, als sie bei Amelies Ecke angekommen war. »Du würdest mich aufnehmen?«

Amelie nickte.

»Woher weißt du, ob wir zusammenpassen?«, fragte Philomena.

»Wenn ich wissen will, wie sehr ich jemanden mag, stelle ich mir immer vor, wie es ist, mit ihm im Lift stecken zu bleiben.«

»Ich probiere Dinge lieber aus«, wandte Philomena ein. »Dann merke ich automatisch, was ich denke.«

»Und was denkst du jetzt gerade?«, fragte Amelie.

»Dass wir einen Lift suchen könnten«, sagte Philomena.

»Nein.«

»Nein?«

»Ja.«

»Wieso?«

»Die Erfahrung zeigt, dass ich mit Leuten, mit denen ich mir vorstellen kann, im Lift stecken zu bleiben, am allerwenigsten zusammenwohnen kann. Bis jetzt ist es immer schiefgegangen.«

»Es klingt kompliziert, du zu sein«, sagte Philomena.

Amelie winkte ihren beiden Schwagern zu, die gerade den Surfladen verließen.

»Es ist spät«, sagte sie.

»Ich habe noch was für dich«, sagte die Taxifahrerin und hielt ihr eine Tüte hin.

»Schon wieder Kekse?«, fragte Amelie kichernd.

»Schau rein«, sagte Philomena.

Ihre Hände berührten einander, als sie nach dem rätselhaften Paket griff. War das Zufall? Absicht? Wichtig? Sie fühlte sich, als hätte sie Prosecco auf nüchternen Magen getrunken.

Neugierig blickte Amelie in den Umschlag, in dem ein paar Scheine lagen.

»Ich habe extra Bargeld für dich geholt«, sagte Philomena.

»Du? Bezahlst? Mich?«, fragte Amelie überrascht.

»Deine Provision«, sagte sie.

»Ich habe nur ein paar Kekse verteilt.«

»Wir hatten noch nie so viel Publikum«, erklärte Philomena. »Männliches Publikum. Junges männliches Publikum.«

Amelie lachte: »Muss an der *Mannenliefde* liegen.«

»Wir haben den ganzen Sommer Vorstellungen geplant«, sagte Philomena. »Wir könnten einen Promoter gebrauchen, der sich mit Cookies auskennt. Im Leben und im Internet.«

»Ist das ein Angebot?«, fragte Amelie.

»Eine Zwischenlösung«, sagte Philomena. »Bis das Wasser kommt.«

Amelie lachte. »Erst mal meine Mutter verheiraten«, sagte sie. »Dann sehen wir weiter.«

Als Amelie vor die Tür trat und die kühle Nordseeluft einatmete, schickte sie ein Stoßgebet gen Himmel. Vielleicht war Doro am Ende doch eine gute Kupplerin. Hätte ihre Schwester das Taxi bezahlt, hätte Amelie Philomena nie kennengelernt. Und das war viel mehr wert als die 80 Euro, die sie verloren hatte. Auf einmal schien ihr das Morgen sehr viel wichtiger als das Gestern.

30. Der Anfang vom Ende

»Was für ein wunderbarer Tag, um zu heiraten«, freute sich Amelie.

Nach dem vergnügten Abend mit Philomena tanzte sie gut gelaunt durch den Morgen. Im Gegensatz zu Yella. Der Tag der Hochzeit brach an, ohne dass sie etwas erreicht hatte. Unbeeindruckt von ihrer Laune strahlte die Sonne, weiße Wolken zogen in gemütlichem Tempo über einen tiefblauen Himmel. Die Nordsee zeigte sich von ihrer schönsten Seite.

Im Ferienhaus herrschte Hektik. Amelie wühlte sich durch einen Kleiderberg und konnte sich einfach nicht entscheiden, was sie zu dem großen Ereignis anziehen sollte, während Tante Yella, bereits im roten Anzug, sich vergeblich mit der Flechtfrisur abmühte, die Lucy von Pinterest gepflückt hatte. Ab und an tauchte der immer hungrige Ludwig in der Küche auf, verdrehte die Augen, holte eilig eine neue Tasse Kaffee und verzog sich wieder auf die Terrasse, wo er gemütlich in den Morgen paffte. Doro, unangefochtene Stylingexpertin, war bereits im Morgengrauen mit dem fertigen Kleid Richtung Hotel aufgebrochen, und Helen telefonierte mit gedämpfter Stimme mit Paul.

»Ich habe keine Zeit«, sagte sie. »Es geht jetzt nicht.«

Yella konnte Helens Ausweichmanöver nicht mehr länger mitansehen und nahm ihrer kleinen Schwester einfach das Telefon ab.

»Paul?«, sagte sie. »Hier ist Yella.«

»Was soll das?«, sagte Helen empört.

»Sie ist in zehn Minuten bei dir«, sagte sie. »Ich verspreche es.«

»Ich werde nirgendwohin gehen«, wehrte sich Helen. »Nicht eine Stunde vor der Hochzeit.«

»Triff dich mit ihm. Sprich mit ihm, bevor es zu spät ist«, sagte Yella.

»Ich soll Mama mit dem Cabrio abholen«, sagte Helen. »Es ist die letzte Gelegenheit, sie von dieser Schnapsidee abzubringen.«

»Das übernehme ich«, sagte Yella. »Ich bekomme das hin.«

Helen kämpfte mit sich.

»Ich rede mit ihr, und du kümmerst dich um Paul. Er ist extra wegen dir hierhergekommen …«

Helen nickte ergeben.

Yella setzte Helen an Pauls Pension ab, bevor sie den Mini zum Hotel, in dem ihre Mutter wohnte, manövrierte. Sie fühlte sich in ihrem neuen roten Anzug großartig. Doch bei ihrer Mutter hatte Doro sich selbst übertroffen. Es verschlug Yella den Atem, als die Braut durch die Drehtür ins Freie trat. Henriette Thalberg trug einen einfachen weißen Kaschmirpullover und einen weiten hellblauen Rock, auf dessen Stoff sich pastellfarbene Schmetterlinge niedergelassen hatten. Die durchsichtigen Pailletten, die Doro Stunde um Stunde mit der Hand aufgenäht hatte, verliehen dem wogenden Stoff einen zarten Glanz. Zwei Falter hatten sich in die lose Frisur verirrt, die ihr Gesicht perfekt umspielte. Sie sah umwerfend aus, aber ihre Hände zitterten.

»Vielleicht wird es besser, wenn ich mich am Brautstrauß festhalten kann«, sagte sie und stieg ins Auto.

»Wo ist Doro?«, fragte Yella irritiert.

»Doro kommt nach. Sie muss sich noch umziehen«, sagte ihre Mutter.

Schweigend steuerte Yella den Zweisitzer aus dem Dorf hinaus: vorbei am Tiergehege, rein in die lange Allee mit dem Kunstmuseum, zu dessen Eröffnung ihr Vater ein paar Werke im Garten hatte ausstellen dürfen, immer entlang der Reihe historischer Villen mit ihren imposanten Auffahrten und ultramoderner Familienresidenzen für die Superreichen, die diesen Teil des Dorfes erobert hatten. Früher hatte sie sich gemeinsam mit Doro ausgemalt, in eine der Villen einzubrechen und das Leben der Bewohner zu übernehmen: mondän, stilvoll und reich. Die monumentalen Linden, die die Straße zu beiden Seiten säumten, warfen lange Schatten. Ihre Mutter fröstelte sichtlich.

»Du musst nicht alles glauben, was über Thijs erzählt wird«, platzte sie heraus, als sie die Allee am Kreisel verließen und Richtung Strand einbogen.

Yella sah sie überrascht an.

»Bergen ist ein kleines Dorf. Hier spricht sich alles rum. Auch dass ihr bei Fleur aufgetaucht seid.«

Der Vorwurf klang deutlich in ihrer Stimme mit.

»Wenn du so wenig erzählst, müssen wir andere fragen«, sagte Yella.

Sie hatte lange genug um den heißen Brei herumgeredet.

»Seine Ex verbreitet einen Haufen Lügen im Dorf. Sie ist eine bösartige Hexe«, meinte Henriette.

»Immerhin hat er sie geheiratet«, entgegnete Yella. »So schlimm kann sie nicht sein.«

»Sie waren nicht verheiratet«, sagte ihre Mutter.

»Vielleicht hatte sie gute Gründe dafür«, entgegnete Yella.

Ihre Mutter reagierte genervt. »Ich weiß, dass ihr euch Sorgen um mich macht. Aber für mich spielt seine Vergangenheit keine Rolle. Er hat Fehler im Leben gemacht«, sagte sie. »Wer hat das nicht?«

Sie lächelte, aber unter der Schminke wirkte sie angegriffen.

Yella trat energisch auf die Bremse und stoppte den Wagen auf einem Wanderparkplatz. »Was ist wirklich los mit dir?«, fragte sie scharf.

»Fahr weiter«, sagte Henriette. Sie dachte offenbar nicht im Traum daran, ihrer Tochter Rede und Antwort zu stehen.

»Nicht bevor du mir erklärt hast, warum du so überstürzt heiraten willst. Einen Mann, der nicht im Geringsten deinen eigenen Ansprüchen gerecht wird.«

»Worauf soll ich warten?«, sagte sie in Vorwärtsverteidigung. »Darauf, dass ich tot bin? In meinem Alter kommt die Familie nur noch zu Beerdigungen zusammen. Soll das nächste Fest mein eigenes Begräbnis werden?«

»Darum musst du noch lange keinen Mann heiraten, über den so merkwürdige Geschichten rumgehen.«

»Leute reden immer«, antwortete Henriette.

»Er ist nicht der, der er vorgibt zu sein«, versuchte Yella einen vorsichtigen Vorstoß.

»Ich weiß alles, was ich wissen muss«, sagte ihre Mutter und klang trotzig wie ein kleines Mädchen. Sie war anscheinend fest entschlossen, sich kopfüber in eine dritte Ehe zu stürzen, ohne allzu viele kritische Fragen zu stellen.

»Mama, er hat das Foto nicht gefunden«, sagte sie. »Er hat die ganze Jonkmans-Geschichte erfunden.«

»Na und?«, sagte sie kühl und ohne ein Moment der Überraschung.

»Du wusstest das?«

Ihre Mutter öffnete den Mund und schloss ihn wieder.

Yellas Gedanken überschlugen sich.

»Woher wusste er, dass dieses Foto überhaupt existiert?«

Ihre Mutter rang mit sich. Sie hatte sich offensichtlich in ihren Lügen so weit verheddert, dass sie keinen Ausweg mehr wusste.

»Weil ich ihm davon erzählt habe«, sagte sie erschöpft. »Er wollte mir eine Freude machen.«

Yella schnappte nach Luft. Sie musste erst einmal verarbeiten, welche unfassbare Bombe ihre Mutter da gerade hatte platzen lassen. Das Foto stand gar nicht am Anfang ihrer Beziehung? Die ganze Geschichte, wie Thijs auf das Foto gestoßen war, J. Thalberg gegoogelt und sie übers Internet ausfindig gemacht hatte, war erstunken und erlogen. Und ihre Mutter hatte es gewusst es. Von Anfang an.

»Ihr habt euch die Geschichte gemeinsam ausgedacht«, sagte sie fassungslos.

»Thijs hat das Foto gefunden«, sagte ihre Mutter mit falscher Fröhlichkeit. »Ist das nicht großartig?«

»Und wie habt ihr euch wirklich kennengelernt?«, fragte Yella.

»Was tut das zur Sache? Wichtig ist alleine das Heute«, sagte Henriette.

Yella war nicht zufrieden mit ihrer Antwort. Sie würde nicht weiterfahren, bevor ihre Mutter nicht erklärte, wie die Dinge zusammenhingen.

»Warum machst du so ein Geheimnis aus eurer gemeinsamen Geschichte? Wozu die Lügen?«

»Ich habe keine Lust, wegen deiner Fragerei zu spät zu meiner eigenen Trauung zu kommen«, herrschte Henriette sie an. »Fahr endlich weiter, Yella!«

»Nicht, bevor du mir den Rest erzählt hast.«

»Es gibt keinen Rest. Es ist alles verjährt, Schnee von gestern«, sagte sie genervt.

Auf einmal dämmerte Yella die Wahrheit. Es war, als ob eine unsichtbare Hand die losen Puzzlestücke wie in Zeitlupe an den richtigen Platz schob und zu einem Bild zusammenfügte.

»Kanntest du ihn von früher?«, fragte sie.

»Und wenn schon«, sagte Henriette Thalberg. »Was macht es aus?«

»Ihr kanntet euch von früher«, sagte Yella. Auf einmal war sie sich sicher.

»Du kennst ihn von unseren Sommerurlauben«, sagte Yella ihr auf den Kopf zu.

»Ich bin dir keine Erklärung schuldig«, sagte Henriette.

Yella spürte, dass die Kritik ihre Mutter an einer empfindlichen Stelle traf. Warum sonst wurde sie so wütend?

»Habt ihr schon damals etwas miteinander gehabt? Als Papa noch lebte?«, setzte sie nach.

Ihre Mutter hatte genug von den inquisitorischen Fragen. Da Yella keine Anstalten machte weiterzufahren, öffnete sie die Autotür und schälte sich umständlich aus dem Wagen.

»Soll ich auf ewig in der Vergangenheit hängen bleiben?«, sagte sie. »Ich halte mich nicht auf mit dem, was gestern war.«

Sie zog die Seidenschuhe aus und machte sich auf bloßen Füßen auf den Weg Richtung Strand. Sie lief geradewegs aus Yellas Leben.

Yella hatte nicht vor, ihre Mutter so einfach davonkommen zu lassen. Sie stieg aus und schloss mit energischen Schritten zu ihr auf. Mit Konfrontation, das hatte sie gemerkt, würde sie nicht weiterkommen.

»Ich würde so gerne verstehen, warum du dich in diese Ehe stürzt«, sagte sie und versuchte, weniger harsch zu klingen.

»Weil Thijs zu mir passt«, erklärte Henriette. »Dein Vater hatte panische Angst vor dem Leben, er hasste Veränderungen und wollte alles festhalten. Mich, seine Töchter, sogar die ungeliebte Arbeit, den ewig gleichen Urlaub, selbst die Wolken. Aber ich will einmal auch der Wind sein, und endlich habe ich jemanden gefunden, der mit mir zieht.«

»Deswegen musst du ihn doch nicht gleich heiraten«, sagte Yella. »Wozu die Eile?«

»Was interessiert mich die Ewigkeit? Ich will das Leben jetzt genießen. Ich habe keine Zeit mehr zu prüfen«, sagte ihre Mutter erschöpft.

Sie wischte sich Schweißperlen von der Stirn. Einen Moment lang wirkte sie, als würde sie zusammenbrechen. Yellas Alarmglocken schrillten.

»Ich mag ihn, er mag mich. Das reicht für heute«, sagte ihre Mutter mit schwacher Stimme. »Mir bleibt keine Zeit mehr, mich ewig zu prüfen. Je geringer das Ewig, umso entschiedener muss man mit der eigenen Lebenszeit umgehen.«

Yellas Kopf rauchte. Die offensichtliche Inkonsequenz, mit der sie ihre neue Liebe verteidigte, hatte etwas Beängstigendes und passte kein bisschen zu der Mutter, die sie kannte. Die strengen Regeln, die sie für ihre Töchter aufgestellt hatte, galten ganz offensichtlich nicht für sie selbst. Warum warf sie für diesen Mann all ihre Prinzipien über Bord?

»Mama, ist alles in Ordnung mit dir?«, fragte Yella und legte den Arm auf den ihren. Die leise Berührung brachte ihre Mutter endgültig aus dem Konzept. Auf einmal kämpfte sie mit den Tränen.

»Das Schlimmste ist, dass das Leben so schnell vorbei ist, Yella«, sagte sie mit brüchiger Stimme. »Es gibt so viel, was ich noch nicht ausprobiert und erlebt habe. Kannst du das nicht verstehen? Ich will noch einmal Liebe versprechen und mit jeder Faser meines Herzens daran glauben.«

Sie geriet außer Atem, hustete heftig. Pure Verzweiflung blitzte in ihren Augen auf. Und auf einmal ahnte Yella, was mit ihrer Mutter los war. Sie hatte die Anzeichen immer wieder wahrgenommen und genauso oft als harmlos abgetan.

»Hat deine Eile etwas mit deinen Arztterminen zu tun?«, fragte sie.

»Ärzte können sich irren«, sagte die Mutter unerwartet kämpferisch. »Es gibt immer wieder Wunder.«

Yella hörte die Angst hinter den energischen Worten nur zu deutlich heraus. Henriette Thalberg heiratete nicht, weil sie so glücklich war, sondern um das Unglück zu übertünchen.

»Ich will nicht in dem Gefühl sterben, mein wirkliches Leben verpasst zu haben«, schob sie ein wenig leiser nach.

»Du weißt längst, was die Ärztin von dir will«, schloss Yella.

»Ich weiß nur, dass es ernst ist«, sagte sie mit belegter Stimme. »Sehr ernst.«

»Krebs?«, hakte Yella erschrocken nach.

Ihre Mutter nickte. »Die Leber.«

»Hat unsere Ärztin deswegen angerufen?«

»Ich will nichts hören. Nicht jetzt. Nicht heute«, sagte Henriette.

»Du hast den Termin absichtlich verpasst?«, sagte Yella.

»Vielleicht habe ich nicht mehr lange, etwas Schönes zu erleben«, gab ihre Mutter zu. »Wer weiß, vielleicht bleiben mir nur noch Monate.«

»Erst mal musst du wissen, was überhaupt los ist. Wir müssen mit der Ärztin sprechen. Es gibt so viele unterschiedliche Behandlungen.«

»Nicht mit mir«, sagte Henriette entschlossen. »Ich mache den Zirkus nicht mit. Krankenhaus, Chemo, Bestrahlungen, wieder Krankenhaus.«

»Du wirst dich nicht behandeln lassen?«

»Ich habe ein bisschen Gewicht verloren, die Müdigkeit, Schwächeanfälle. Mir geht es gut genug, um mein Leben zu genießen. Für den Rest habe ich Schmerztabletten.«

Yella schnappte nach Atem.

»Es ist nicht schlimm, Yella. Die Krankheit hat mich dazu gebracht, endlich mutig zu werden.«

Yella ging in die Knie. Alles drehte sich. Ihre Mutter reagierte so irrational, weil es um nichts mehr ging. Vielleicht ahnte sie, dass Thijs nicht an ihrer Seite bleiben würde. Aber es war egal, denn bevor es so weit war, würde sie ihn möglicherweise verlassen. Wie krank war ihre Mutter wirklich? Yella nahm sie in den Arm.

»Ich habe mich immer gefragt, wer ich gewesen wäre, wenn ich andere Entscheidungen im Leben gefällt hätte«, gestand Henriette. Ihre Tränen ruinierten ihr Make-up. »Mach dir keine Sorgen um mich. Ich weiß genau, was ich tue. Ich kehre einfach an den Punkt zurück, an dem ich mich verlaufen habe.«

Yella stockte der Atem. »Du kanntest Thijs von früher und hast dich damals gegen ihn entschieden?«, sagte sie tonlos.

»Ich mochte ihn, ja«, sagte Henriette. »Aber ich war verheiratet ...«

Sie stoppte mitten im Gedanken.

»Hast du Kontakt mit ihm aufgenommen?«, fragte sie. »War es in Wirklichkeit andersrum? Du hast ihn nach der Diagnose ausfindig gemacht?«

»Wir haben uns wiedergefunden, das ist alles, was zählt«, wich ihre Mutter aus.

Yella vermutete, dass die Lüge mit dem Schwesternfoto vor allem dazu diente, Fragen über eine mögliche Affäre im Keim zu ersticken. Warum sonst sollten sie behaupten, dass sie sich gerade erst kennengelernt hatten?

»Es gibt Dinge, an denen rührt man besser nicht«, sagte Henriette kryptisch.

Yella kämpfte mit sich. Vielleicht musste sie akzeptieren, dass ihre Mutter ihr nicht sagen wollte, was sich damals zwischen ihr und Thijs zugetragen hatte. Vielleicht ging es sie als Kind auch gar nichts an.

»Das bleibt unter uns«, forderte ihre Mutter sie auf. »Es ist unser kleines Geheimnis. Deine Schwestern haben keine Ahnung. Nicht von der Vergangenheit, nicht von der Krankheit.«

»Und wenn du einen Fehler machst?«, sagte Yella leise. »Was, wenn Thijs eine Agenda hat?«

Dass sie sich offenbar von früher kannten, entlastete Thijs nur bedingt. Sie versuchte, sich so vorsichtig und vage wie möglich auszudrücken.

Ihre Mutter sah die Angelegenheit nüchtern: »Das ist etwas, was du nicht begreifst, Yella«, sagte sie. »Liebe ist immer auch ein Geschäft. Ich helfe ihm finanziell auf die Beine, ich bezahle selbst den Jungen, von dem er sich 1.000 Euro ausgeliehen hat. Dafür hilft er mir, an ein Morgen zu glauben.«

Hatte ihre Mutter Liebe schon immer als Sonderfall des Kapitalismus verstanden?

»Er liebt mich«, sagte ihre Mutter. »Warum, ist mir egal.«

Die Mutter lief zurück zum Wagen und schlüpfte hinter das Lenkrad.

»Kommst du mit?«

Yella winkte ab.

»Ich laufe ein Stück«, sagte sie erschöpft.

31. Im Straßengraben

Yella brauchte die paar Hundert Meter zum Strand, um die Neuigkeiten zu verarbeiten, bevor sie sich traute, ihrer Familie gegenüberzutreten. Ein halbes Leben war sie ihrer Mutter hinterhergelaufen, in der Hoffnung, ihr näherzukommen. Die Frage war, ob sich das je ändern würde.

Zu allem Überfluss hatte Henriette ihr ein fragwürdiges Geschenk hinterlassen, indem sie sich Yella anvertraut hatte. Waren es nicht genau diese Heimlichtuereien, die die Familie vergifteten? Gab es noch mehr Geheimnisse, die sie wie Bomben bei ihren Schwestern deponiert hatte? So wie sie Doro in ihre Hochzeitspläne eingeweiht hatte?

Mama ist krank, hämmerte es in ihrem Kopf. Und sie war fest entschlossen, die wahre Geschichte darüber, was sie wirklich mit Thijs verband, mit ins Grab zu nehmen.

»Jeder Mensch hat ein Recht auf Geheimnisse«, sagte Dr. Deniz immer.

Autos rasten an ihr vorbei, fröhliche Fahrradfahrer holten sie ein. In der Ferne entdeckte sie bereits den Strandaufgang, als sie einen verschwommenen bunten Fleck neben dem grauen Asphalt wahrnahm. Jemand hatte an einem der verkrüppelten Bäume, die an dieser Stelle die Straße säumten, frische Blumen im Straßengraben niedergelegt. An dem Strauß schaukelte ein kleines Grußkärtchen im Wind. *Ich vermisse dich, Papa.* Yella erkannte die Handschrift ihrer Schwester Amelie. Mit einem gewaltigen Stich im Herzen erfasste sie die Bedeutung. Hier, in der letzten Kurve auf dem Weg zum Strandpavillon, war ihr Vater bei regennasser Straße und Windstößen um hundert Kilometer vom Weg abgekommen und mit dem Auto gegen einen Baum geknallt.

Eine Familie radelte an ihr vorbei. Der Wind wehte das fröhliche Geschnatter der Mädchen an ihr Ohr. Sie traten im Gegenwind in die Pedale. Ihre Helme ließen darauf schließen, dass es sich um Touristen handelte. Das Mädchen erinnerte sie an ihr früheres Ich.

Und dann strömten die Tränen. Sie war nie die Yella geworden, die sie ohne den verdammten Unfall hätte werden können. Von Schmerz überwältigt, kauerte Yella am Straßenrand nieder und weinte bitterlich. Um die Mutter, die nicht mehr lange an ihrer Seite sein würde, und um den Vater, den das Schicksal viel zu jung aus ihrem Leben gerissen hatte. Ihm war nicht vergönnt gewesen, seine vier Mädchen als erwachsene Frauen zu erleben, er hatte nie ihre Partner kennengelernt und alle Enkelkinder verpasst. Es war ihm auch vieles erspart geblieben: Altwerden, graue Haare, Knieprobleme, ein Bauch, der wie Soufflé über den Hosenbund hängt, Situationen, in denen einen bereits die Art, wie der Partner morgens den heißen Kaffee schlürft oder das Ei köpft, zur Weißglut bringt, das Auffliegen von Affären, die Scheidung. Yella weinte um ihre allzu schön gefärbten Erinnerungen an eine intakte Familie. Sie hatte noch immer keine wirkliche Vorstellung davon, was sich damals zwischen ihrer Mutter und Thijs und möglicherweise auch ihrem Vater abgespielt hatte. Nur eins wusste sie garantiert. Es war gravierend genug, auch zwanzig Jahre später noch darüber zu lügen. Zum ersten Mal in ihrem Leben begriff sie, dass die Katastrophe auch dann eingetreten wäre, wenn der Unfall nie passiert wäre. Ihre Mutter war schwierig und egozentrisch. In ihrem Leben waren die Männer wichtiger gewesen als ihre Kinder. Immer schon. Vermutlich hatte der Unfall nur beschleunigt, was im Kern bereits angelegt war: das Scheitern der Ehe ihrer Eltern und das Auseinanderfallen der Familie. Es war an der Zeit, sich zu verabschieden. Von alten Vorstellungen, von der heilen Welt der Sommerschwestern, die nur in ihrer Erinnerung existierte, von der alten Yella.

32. Zu Hause

Von der Straße klang lautes Hupen. Yella konnte es kaum fassen, als sie durch die Tränen hindurch das Berliner Kennzeichen erkannte. Aus dem offenen Wagenfenster klang von der Rückbank eine fröhliche Jungenstimme: »Mama! Wir sind da!«

David sprang aus dem Auto und umarmte sie, ohne eine einzige Frage zu stellen. Die Umarmung fühlte sich warm und vertraut an.

»Es tut mir so leid«, sagte David. »Ich hätte dich nie alleine fahren lassen dürfen.«

»Wir sind um Mitternacht aufgestanden«, freute sich Leo.

Er hatte sich für den großen Moment rausgeputzt und sein Elsa-Kostüm angezogen.

»Wir lassen dich nicht alleine«, sagte David. »Nicht, wenn es etwas zu feiern gibt.«

Yella trocknete ihre Tränen und versuchte sich so weit zu fassen, dass sie Leo und Nick begrüßen konnte, ohne ihre kleinen Söhne zu beunruhigen. »Ich habe euch so vermisst«, sagte sie.

Der kleine Nick war wohl gerade eben wach geworden. Seine Wangen glühten noch rot vom Schlaf, das Muster seines Pullovers zeichnete sich auf seinen herrlich runden Wangen ab. Als seine Verwirrung einem breiten Strahlen wich, lag in seinen Augen ein ganz besonderes Zwinkern, aber auch eine Melancholie, die sie sofort erkannte. Ihr Vater war nicht tot. Er lebte bis ans Ende ihrer Tage weiter, in ihr, aber auch in ihren Kindern.

»Die Jungs erwarten eine Hochzeit wie in *Frozen*. Ich hoffe, sie werden nicht enttäuscht«, lachte David.

Yella schob die traurigen Gedanken einen Moment beiseite. Sie würde in diesem Leben ihre Mutter nicht mehr ändern. Das Einzige, was sie entscheiden konnte, war, ob sie weiterhin Teil ihres Lebens sein wollte.

»Ich muss dir so viel erzählen«, sagte Yella.

»Wir reden später«, sagte David leise. »Wir haben alle Zeit der Welt.«

Es klang wie eine Liebeserklärung. Yella nickte dankbar. Lag ihre wahre emotionale Basis nicht längst bei David und ihren beiden Jungen? Sie würde alles daransetzen, Leo und Nick das warme Nest zu bieten, das sie selber bis heute vermisste. Sie würde ihnen zuhören und folgen, wohin ihre Wege sie auch führten. Sie gab alles darum, ihnen zu vermitteln, dass sie wählen durften, was sie sein wollten. Auch Prinzessin Elsa.

Gerührt küsste sie erst ihre Jungs, dann David. Yella strömte über vor Liebe. Hier war ihr Zuhause. Sie wischte ihre Tränen aus dem Gesicht: »Wir müssen uns beeilen«, sagte sie tapfer. »Ich will nicht wieder zu spät kommen.«

Aller Ärger war verflogen, sie war einfach nur dankbar, David an ihrer Seite zu wissen.

33. Geben und Nehmen

Sie kamen gerade noch rechtzeitig. Yella und ihre Familie rutschten auf die leeren Stühle in der letzten Reihe. Neugierig sah sie sich um. *Strandpavillon Zeezicht* ruhte auf Holzstelzen, von beiden Seiten von Dünen umrahmt. Das Hellblau und Mattweiß des malerisch blätternden Anstrichs passte sich perfekt in die Kulisse aus Meer und Himmel ein. Das Gebäude sah so improvisiert aus, als hätte der Eigentümer Treibgut verarbeitet, war aber vermutlich das Ergebnis geschickter Verblendung. Oben konnte man, geschützt vor dem rauen Nordseewind, hinter großen Glasscheiben die Aussicht aufs Meer genießen, unterhalb im Sand erhob sich ein Podest mit einem Holzbogen voller Blüten, künstlicher Schmetterlinge und bunter Lampions, der das Brautpaar umschloss wie der Rahmen eines Gemäldes. Im intimen Halbrund, auf blauen und weißen Klappstühlen, hatte nicht nur die Familie Thalberg Platz genommen. Yella erkannte überrascht Fleurs Sohn, den Besitzer vom *Pannenkoekenhuis,* und ein paar verwegene Seebären, die aussahen, als hätten sie mit Thijs auf der Ölplattform gearbeitet. Selbst Thijs' Exfrau, die sie aus dem Terrassenfilm kannte, war erschienen.

Im Hintergrund rollten die Wellen auf den Strand. Über der aufgepeitschten Nordsee zogen dunkle Wolken auf. Kündigte sich hier etwa Regen an? Yella zeigte versteckt nach oben, Doro zuckte gelassen die Achseln.

»Die tun nichts«, sagte sie. »Die wollen uns nur ein bisschen ärgern.«

Yella lachte lauthals. Über ihre Bemerkung, vor allem aber darüber, dass es Doro gelungen war, mal wieder alle Schwestern zu überstrahlen. Ihr roter Anzug verblasste angesichts Doros Kleiderwahl. Sie trug einen schwarzen Frack mit knielangen Rockschößen, schmale Dreiviertelhosen, dazu Kummerbund, weißes Hemd und eine mit schwarz-weißem Graffito gestaltete Krawatte. Auf ihrem Kopf thronte ein altmodischer Zylinder, der sie fast so groß wirken ließ wie Ludwig. Doro hatte ihr Bestes gegeben, um sicherzugehen, dass sie herausstach. Neben dem auffälligen und unübersehbaren Paar saßen Paul und Helen in ungewohnter Nähe und gewohntem Outfit. Paul griff Helens Hand, und sie zuckte nicht zurück, was vielleicht ein erstes gutes Zeichen war.

Yellas Blick blieb hängen. Entgeistert starrte sie auf einen Platz zu ihrer Linken. Einen Moment glaubte Yella, zwischen den Hochzeitsgästen ihren Vater zu erspähen. Doch als sich die Gestalt nach vorne lehnte, erkannte sie, dass es ihre Schwester Amelie war. Sie hatte am Ende doch noch eine Entscheidung gefällt und war in eines ihrer Blumenkleidchen geschlüpft. Darüber trug sie den löchrigen Wollpullover ihres Vaters. Yella war offenbar nicht die Einzige, die heute einen Papatag hatte. Neben ihr saß eine über alle Ohren strahlende Philomena.

Yella spürte Leos kleine Hand, die sich in die ihre schob. Auf der anderen Seite kuschelte Nick sich an sie. Umgeben von ihren Lieben fühlte sich das Leben ganz leicht an.

Mit der nötigen Distanz, ohne über Gestern und Heute nachzudenken, bildeten Thijs und ihre Mutter ein schönes

Paar. Thijs trug einen eierschalenfarbenen Anzug und neue Schuhe. Doro hatte es geschafft, die beiden gleichermaßen lässig feierlich und umwerfend gut aussehen zu lassen. Das dachten wohl auch die vorbeikommenden Strandbesucher, die ihre Handys zückten, um die romantische Szene zu fotografieren. Ein verirrter Hund, der sich neugierig zwischen das Brautpaar drängte, bot dem Standesbeamten eine wunderbare Steilvorlage. Der Hund rannte kläffend auf Thijs und ihre Mutter zu und brachte die komplette Hochzeitsgesellschaft zum Lachen, bis der aufgelöste Besitzer ihn endlich eingefangen hatte.

»Ich habe ihn auf Video«, rief Lucy begeistert. »Das ist das Beste, was ich jemals für TikTok aufgenommen habe.«

»Was der Himmel zusammenführt, soll kein Dackel trennen«, nahm der Standesbeamte den Faden auf.

»Der ist gestern Abend im Surfladen aufgetreten«, sagte Ludwig voller Erstaunen. »Das ist ein Comedian.«

»Nicht nur. Er ist auch Standesbeamter«, raunte Philomena.

»Das ist ein Witz, oder?«, sagte Paul.

»Das ist Holland«, sagte Philomena. »Hier geht so was: *Buitengewoon Ambtenaar van de Burgerlijke Stand* nennt man so was. Wenn er keine Auftritte hat, kann man ihn für Hochzeiten buchen.«

»Und dann bleibt mir eigentlich nur noch eine einzige Frage«, rief der unkonventionelle Standesbeamte gegen den tosenden Wind an.

Er legte eine viel bedeutende Pause ein und ließ seinen Blick über die kleine Gemeinschaft gleiten, die sich am Strand versammelt hatte. »Hat irgendjemand vielleicht ein Aspirin?«

Philomena sprang auf, als wäre die Nummer abgesprochen. Jemand überreichte ein Glas Wasser.

»Bei *Frozen* war das alles ganz anders«, beschwerte sich Leo.

Der Standesbeamte schluckte die Pille herunter.

»Noch jemand?«, rief er und wedelte mit der Verpackung. »Ich weiß, ich bin nicht der Einzige, dem diese Verbindung Kopfzerbrechen bereitet. Wenn man mit Thijs befreundet ist, bekommt man früher oder später Kopfschmerzen. Es sei denn, man hat einen Dickschädel wie Henriette.«

Henriette Thalberg lachte fröhlich.

»Nicht jeder, der heute auf dem Klappstuhl Platz genommen hat, ist glücklich. Die Hälfte kommt nur für die Häppchen. Aber man darf die Liebe nicht mit Erwartungen überfrachten. Vor allem, wenn man es mit Thijs zu tun hat.«

Yella staunte. Der Standesbeamte schaffte es, mit viel Humor ein lebendiges, vor allem aber ehrliches Bild von Thijs und ihrer Mutter zu zeichnen.

»Für unsere deutschen Freunde ist das manchmal schwierig nachzuvollziehen«, fuhr er fort, »aber wir Holländer sind auf dem Deich geboren, das prägt fürs Leben. Man bewegt sich auf einem schmalen Grat, der Wind pfeift von allen Seiten auf dich ein, und sobald du auch nur ein Stück vom Weg abkommst, geht es abwärts, in beide Richtungen. Man fällt. Und dann klettert man wieder hoch, und das Spiel beginnt von vorne.«

David schenkte Yella einen verschwörerischen Blick, als ob er ihr zu verstehen geben wollte, dass die Worte auch für sie galten. War das typisch holländisch? Das Scheitern mitzudenken? Es musste nicht alles perfekt sein, solange man wieder aufstand. Thijs jedenfalls lachte sein eigenes Versagen weg.

»Viele Ehepaare können nicht erwarten, dass die Gäste weg sind und sie die Geschenke auspacken können. Vor allem die in den Umschlägen. Um die Prozedur abzukürzen, habe ich schon mal eins für euch. Aber vorsichtig. Das Ding hat Zähne.«

Yella prustete. Der Mann hielt allen Ernstes eine Säge hoch.

»Thijs, Henriette: Wann immer ihr in Schwierigkeiten kommt, kauft einen Block Holz und macht ihn gemeinsam klein. Das geht nur im Austausch, Geben und Nehmen.«

»Willst du das?«, fragte Thijs laut.

»Ja«, sagte ihre Mutter laut und vernehmlich. »Ja, ich will.«

»*Ja, ik wil*«, antwortete schließlich auch er auf die zeremonielle Frage.

Seine Augen füllten sich mit Tränen. Zum Glück trug er zwei Taschentücher bei sich, das eine stammte aus der rückwärtigen Tasche seiner Hose und war für ihn bestimmt, das in seiner Reverstasche für Henriette. Merkwürdigerweise war es diese winzige rührende Geste, die Yella für ihn einnahm. Mehr noch als der Hochzeitskuss. Sie hoffte, dass Thijs es auf seine Art und in den Grenzen seiner Möglichkeiten ehrlich mit ihrer Mutter meinte.

»*Ja, ik wil*«, schrie er ein zweites Mal in den Wind, auf dass es jeder mitbekam.

Jubel brandete auf. Vom Strand klatschten wildfremde Zuschauer, die die Zeremonie beobachtet hatten.

Dem offiziellen Teil folgte die allgemeine Verbrüderung. Die Tatsache, dass Thijs Wiederholungstäter war, hielt niemanden davon ab, die ganze Familie Thalberg nach dem Jawort herzlich in ihrer Mitte aufzunehmen. »Man heiratet nicht das Mädchen, man heiratet die Familie«, erklärte der chronisch fröhliche Standesbeamte.

Es wurde geduzt, dreimal auf die Wangen geküsst, es wurde gesungen und getanzt.

»Gefeliciteerd met je moeder en Thijs.«

Jeder beglückwünschte jeden, wie Yella es bereits von holländischen Geburtstagen kannte. Selbst ihre Mutter ergriff das Wort und bedankte sich bei ihren Töchtern. »Ihr habt mir das Leben gerettet. Ohne euch wäre ich nicht mehr da. Ohne euch hätte ich aufgegeben.«

Sie wischte eine Träne weg.

»Das ist das Problem am Älterwerden. Es fällt einem auf, was man alles falsch gemacht hat. Man mag sich immer weniger. Wenn ich euch vier ansehe, hoffe ich, dass ich nicht alles falsch gemacht habe.«

Thijs hatte die *Fanfare van de Eeuwige Liefde,* Fanfare der Ewigen Liebe, eingeladen, ein Amsterdamer Straßenorchester, das aus Blechbläsern und Perkussionisten bestand, die mit Feuer und Leidenschaft alle Hochzeitsgäste nach dem Essen an langen feierlich geschmückten Tafeln von den Stühlen rissen.

Sie spielten alles von osteuropäischen über kubanische Klänge bis Klezmer. Thijs hätte keine passendere Musik auswählen können. Aufbruch und Abschied zugleich schwangen in den Liedern mit.

Schließlich griff Thijs selbst zum Mikrofon und sang einen Text von Woody Guthrie, den er für den Anlass ein bisschen angepasst hatte.

I'm gonna walk in this world
The best I can if I can
I am gonna talk in this world

The best I can if I can
I'm gonna love you in this world
The best I can …

Die Musik schwang mitreißend, aber auch ein bisschen melancholisch über den Strand, mischte sich mit dem Wind und verlor sich in den brechenden Wellen. Gänsehaut kroch über Yellas Körper, als ihr klar wurde, dass Thijs in dieser Sekunde jedes Wort meinte. In der Luft vibrierte das aufrechte Versprechen von jemandem, der um sein Scheitern wusste und dennoch am Morgen wieder aufstand. Seine Absichten klangen so ehrlich, und Yella wollte so gerne an seine Botschaft glauben. Und daran, dass die Ärzte eine Karte auf der Hinterhand hatten. Tränen liefen über ihre Wangen, als sie auf einmal Doros Hand auf ihrer Schulter spürte.

»Es ist alles geregelt«, sagte sie. »Selbst wenn sie ihn morgen loswerden will, hat sie finanziell nichts zu befürchten.«

»Mama hat Krebs«, sagte Yella. Sie war nicht bereit, sich zum Hüter der Geheimnisse ihrer Mutter aufzuschwingen. Ihre Schwestern verdienten die Wahrheit.

Doro nickte einfach nur: »Ich habe mir so was zusammengereimt. Das Krankenhaus, die vielen Untersuchungen, die widersprüchlichen Versionen, die Mail unserer Hausärztin …«

Sie hatte die Mutter in den letzten Tagen hautnah miterlebt, sie hatte ihre Atemnot gesehen und die Schmerztabletten in ihrer Handtasche entdeckt.

»Lass uns feiern«, sagte Doro. »Wer weiß, was morgen auf uns zukommt.«

»Es ist an uns, ihre Wünsche zu respektieren«, sagte Helen. Yella nickte nur.

Und dann zog Thijs Henriette für den Hochzeitstanz in seine Arme.

»Sie geben so ein schönes Paar ab«, seufzte Amelie.

Yella hoffte aufrichtig, dass ihre Mutter in ihrem neuen Ehemann fand, was sie gesucht hatte. Und dass die hastig geschlossene Ehe lange genug hielt. Sie spürte, dass sie bereits dabei war, Abschied zu nehmen. Vielleicht schon seit Jahren. Merkwürdigerweise hatte die Irrationalität ihrer Mutter auch etwas Befreiendes. All die mütterlichen Ratschläge, mit denen Yella überhäuft worden war, sagten wohl mehr über Henriettes Ängste aus als über Yella.

Was hatte Helen gesagt: »Ich will niemanden für mein eigenes Glück verantwortlich machen.«

Vielleicht hatte ihre Schwester recht. Es ging nicht darum, wie ihre Mutter ihr Leben bewertete. Es ging nicht um David und darum, ob sein Roman je fertig werden würde. Sie selbst war für ihr eigenes Glück verantwortlich.

Yella suchte seinen Blick. Er zwinkerte ihr zu und streckte ihr verlegen die Hände entgegen, um sie zum Tanz aufzufordern. Yella zog ihre Schuhe aus und schwebte auf bloßen Füßen mit David über den kühlen Sand, während die Sonne mit einem bombastischen Schauspiel aus Blau- und Rottönen hinter dem kilometerweit entfernten Windpark im Meer unterging.

»Warum haben wir nicht am Strand geheiratet?«, flüsterte David ihr zu.

Yella sah ihn überrascht an. »Soll das ein Antrag sein?«

Er grinste über das ganze Gesicht. »Nein«, sagte er.

»Gott sei Dank«, sagte Yella. »Ich glaube, für den Moment sind wir verheiratet genug. Der Stress fängt schon bei der Einladung an.«

Er lachte: »Dann sind wir uns ja einig.«

Statt einer Antwort schmiegte Yella sich an ihn. Für einen Moment wünschte sie sich, ihn noch einmal wie vor Jahren zum ersten Mal zu sehen. Als sie sich herrlich fremd waren und noch nicht miteinander auskämpfen mussten, wer den Abwasch macht und den Müll runterträgt. Doch dann, zwischen den Umdrehungen, blickte sie stolz auf ihre beiden Jungs, die mit Lucy Marshmallows an den Feuerkörben rösteten. Diese beiden machten mehr wett, als sie vielleicht verloren hatte. Um keinen Preis der Welt würde sie die Zeit zurückdrehen.

Daneben stand Amelie, wie verknotet mit Philomena. Ihre kleine Schwester, die immer so schutzbedürftig wirkte, lehnte über ihr und versenkte ihre Hände in den Anzugtaschen der fröhlichen Taxifahrerin. Was die plötzliche Nähe bedeutete, wusste sie wohl selber noch nicht. Erst jetzt fiel Yella auf, wie wenig Zeit sie bislang für Amelie gehabt hatte. Sie nahm sich fest vor, sich in Zukunft mehr um ihre kleine Schwester, die so gerne in ihrer lauten Familie unterging, zu kümmern. Für heute hatte Philomena diese Rolle übernommen. Der Widerschein der zuckenden Flammen huschte über ihre glücklichen Gesichter. Yella träumte vor sich hin, bis ein energischer Stoß in die Seite sie aus dem Nachdenken riss. Doro! Natürlich! Ihre große Schwester verschaffte sich gemeinsam mit Ludwig Raum auf der sandigen Tanzfläche. Yella lachte einfach. Der gefährlichste Platz lag wie immer zwischen Doro und dem Licht der Scheinwerfer. Innerhalb kürzester Zeit bildete sich ein Kreis um das exzentrische Paar. Es war verblüffend zu sehen, wie unfassbar gelenkig Ludwig war. Er demonstrierte eindrucksvoll, dass es beim Tanzen kein bisschen aufs Gewicht, sondern nur auf das Gefühl ankam: Gute Tänzer gab es in allen Größen. Ludwig strahlte seine Frau an, die ihren Platz im Rampenlicht für sich reklamierte, und die Hochzeitsgäste jubelten ihrer mitreißenden Tanzeinlage zu. Er war weich, sie hatte diese stachlige Außenseite. Kein Wunder, dass die beiden wie Klettband zusammenhielten.

Liebe überströmte Yella. So war sie eben, ihre große Schwester: unmöglich und großartig zugleich. In diesem Moment begriff sie, was sie dieses einzigartige Meer lehren konnte. Die Nordsee lebte von Gegensätzen: von Ebbe und Flut, von Sonnenstunden und Sturmtief, von rauer Natur und lieblichem Licht, von Überlebenskampf und Strandfreuden.

Für einen winzigen Augenblick hielt die Zeit den Atem an und verwandelte sie wieder in die Sommerschwestern von einst. Jede gefangen im eigenen Leben, aber trotz aller Verschiedenheit auf ewig miteinander verbunden.

In diesem Moment ging eine Bildnachricht von Helen auf ihrem Telefon ein. Yella erkannte das Haus auf dem Foto sofort. Paul hatte die Villa mit dem großen Garten und dem unverwechselbaren Erker gefunden, die ihr Vater im letzten Jahr für die Familie gemietet hatte. Yella zoomte ein. *Te huur. Vakantiewoning.* Das Haus, genannt *Villa Vlinder,* wurde offensichtlich immer noch als Ferienhaus vermietet.

Yella sah sich suchend um. Wo um alles in der Welt war Helen abgeblieben? Von ihrer kleinen Schwester war nirgendwo eine Spur zu erkennen. Ebenso wenig wie von Paul. Ganz offensichtlich hatten sie einen sicheren Platz gefunden, wo niemand sie zum Tanzen auffordern konnte. Yella wertete die Tatsache, dass die beiden gemeinsam geflüchtet waren, als gutes Omen. Offenbar verband sie mehr, als sie trennte. Sie selbst vermisste Helen jetzt schon. Die letzten Tage hatten sie einander näher gebracht. Sie wünschte sich, mehr Zeit mit ihrer kleinen Schwester zu verbringen und das gerade erst begonnene Gespräch weiterzuführen.

Auf einmal wusste sie, was zu tun war. Das verlängerte Wochenende in Bergen schmeckte nach mehr. Sie wollte Leo und Nick die Kanäle mit den Schiffen zeigen, sie wollte mit ihnen im Wald Verirren spielen, morgens im Spülsaum nach Muscheln suchen, *krentenbollen* am Strand essen, im Meer schwimmen, fette Pommes in Mayo tunken und im Gegenwind durch die Felder radeln. Sie wollte ihre Söhne an ihren Kindheitserinnerungen teilhaben lassen. Sie wollte ihnen von ihrem Großvater erzählen und mit ihnen im Sand liegen und die Wolken beobachten. Was muss man tun, wenn man sich verirrt hat? Auf die Frage gab es tausend unterschiedliche Antworten. Eine davon war, an den letzten bekannten Ort zurückzukehren. Und David war herzlich eingeladen, sie zu begleiten, wenn es denn in seinen Arbeitsplan passte.

Es hatte keinen Sinn, darauf zu warten, dass er seinen Roman zu Ende brachte und das wirkliche Leben begann. Ebenso wenig sinnvoll war es, darauf zu warten, dass ihre Mutter die Familie vereinte.

Hast du schon Pläne für die großen Ferien?, schrieb sie zurück an Helen. *Sollen wir das Haus mieten? Es sieht aus, als wäre es groß genug für ein paar Sommerschwestern.*

Ja, ich will, schrieb ihre Schwester unerwartet schnell zurück. Helen hatte ihre eigene, quasiwissenschaftliche Erklärung dafür, wie die Familie Thalberg funktionierte: »Wir streiten, und wo Reibung ist, entsteht Wärme. Und die hält uns zusammen.«

Vielleicht stimmte das auch für ihre Mutter. Sie liebte sie doch? Trotz allem? Auf ihre eigene verknotete, schwierige Weise?

Yellas Blick ging dankbar zurück auf die unendliche Weite des Meeres, das Freiheit und die Hoffnung auf etwas Neues versprach. Denn hinter dem Horizont lockten neue Ufer, neue Ziele, eine große weite Welt, die es für Yella noch zu entdecken gab. Ihre Mutter umschlang Thijs, enthusiastisch begrüßt von seinen Weggefährten, bis sie von den Hochzeitsgästen verdeckt wurde. Sie verschwand förmlich in ihrem neuen Freundeskreis und Leben. Aber wenn sie als Tochter nicht gefragt war, konnte sie alles dafür tun, eine gute Mutter, eine geduldigere Partnerin und bessere Schwester zu sein. »The best I can if I can.«

Als sie am Ende des Festes ihre erschöpften Jungs über die sandige Treppe die Düne hochtrugen und auf der Rückbank des Wagens zum Schlafen ablegten, war sie einfach nur glücklich. Wenige Minuten später tauchte die beleuchtete Ruinenkirche vor ihnen auf. Vier Tage war es her, dass sie dort in ihre eigene Vergangenheit eingetaucht war. Ihr Blick hatte sich verändert. Das Bauwerk spiegelte perfekt ihr eigenes Leben: die eine Hälfte Ruine, die andere Hälfte wiederaufgebaut und intakt. Das Nebeneinander von Ruine und Kirche wirkte, obwohl sie nie mehr zu ihrer eigentlichen Größe zurückfinden würde, wie ein harmonisches Ganzes. Wer die Kirche betrat, musste zwangsläufig durch die Trümmer hindurch. Aber genau das verlieh dem Gebäude seine Einzigartigkeit. Ohne den Ruinenteil wäre es eine Kirche wie viele andere auch, erst das Zusammenspiel von Zerstörung und Wiederaufbau erhob diese Kirche zu überregionaler Bedeutung.

»Ich habe dir etwas mitgebracht«, riss David sie aus ihren Gedanken. Er wies auf das Handschuhfach.

»Du hattest Talent«, sagte er. »Du solltest damit weitermachen.«

Verblüfft packte sie ein ledergebundenes Buch aus. Yella erkannte ihr Notizbuch, das sie im Schreibkurs angefangen hatte, das Buch mit den Erinnerungen an ihren Vater. Es gab noch so viel, was sie nicht wusste. So viel, was sie herausfinden konnte. Wie hatte Thijs gesagt? »Die Wahrheit ist ein Haus mit vielen Räumen.« Sie und ihre Mutter bewohnten unterschiedliche Flügel. Ihre Wahrheiten über die Familiengeschichte würden sich vielleicht nie decken. Es war an der Zeit, sich von ihrer Mutter zu verabschieden und ihre eigene Geschichte zu erzählen. Sie wollte sich endlich erinnern, was in jener Augustnacht vorgefallen war. Im nächsten Sommer.

Dank

Alle Figuren in diesem Roman entspringen meiner Fantasie, mit einer einzigen Ausnahme. Patrick aus dem Comedy Club gibt es wirklich. Er heißt Patrick Nederkoorn und ist auch im wirklichen Leben Comedian. Wenn man ihn und sein Programm über Holland und den Klimawandel live sehen will, unbedingt auf https://patricknederkoorn.de nachsehen, ob er gerade in der Nähe auftritt. Einen Dank an ihn, dass er mir gestattet hat, ein paar Sätze aus seinem Programm hier zu übernehmen. Jetzt muss ich ihn nur noch davon überzeugen, Standesbeamter zu werden. Das habe ich ihm nämlich ganz frech angedichtet.

Dank an meine treueste Erstleserin Lotte und an Paul fürs Mitdenken über typisch holländische Vergnügungen.

Dank an alle Kiwis, die sich mit Engagement und Liebe den Sommerschwestern angenommen haben. Allen voran Ulla Brümmer, die immer viel Geduld mit mir hat, und Mona Lang, die schon immer einen Stein bei mir im Brett hatte. Und natürlich: Ein dickes Dankeschön an Kerstin Gleba, die viel mehr ist als eine wunderbare Verlegerin. Danke für deine Ideen, Zeit und Freundschaft.

Und einen Dank an Lotte, Sam und Peter Jan für all die Frühlings-, Sommer-, Herbst- und Wintertage an der holländischen Nordseeküste, die Pate standen für die Sommerschwestern. Ohne euch gäbe es diesen Roman nicht.

Aus Verantwortung für die Umwelt hat sich
der *Verlag Kiepenheuer & Witsch* zu einer
nachhaltigen Buchproduktion verpflichtet.
Der bewusste Umgang mit unseren Ressourcen,
der Schutz unseres Klimas und der Natur gehören
zu unseren obersten Unternehmenszielen.

Gemeinsam mit unseren Partnern und Lieferanten
setzen wir uns für eine klimaneutrale Buchproduktion ein,
die den Erwerb von Klimazertifikaten zur Kompensation
des CO_2-Ausstoßes einschließt.

Weitere Informationen finden Sie unter:
www.klimaneutralerverlag.de

Verlag Kiepenheuer & Witsch, FSC® N001512

3. Auflage 2022

© 2022, Verlag Kiepenheuer & Witsch, Köln
Alle Rechte vorbehalten
Covergestaltung: Barbara Thoben, Köln
Covermotiv: © Silke Schmidt
Gesetzt aus der Adobe Garamond Pro und der Brandon Grotesque
Satz: Buch-Werkstatt GmbH, Bad Aibling
Druck und Bindung: GGP Media GmbH, Pößneck
ISBN 978-3-462-00212-6

Die Dienstagsfrauen – Freundinnen fürs Leben

Leseproben und mehr unter www.kiwi-verlag.de

Ein liebenswürdiger Nerd auf der Suche nach der wahren Liebe

Tom wünscht sich nichts sehnlicher als eine Beziehung. Er vertraut Zahlen mehr als Menschen und begibt sich in die Fänge einer Datingsite, die ihre Kunden nach mathematischen Formeln zusammenbringt. Die Traumfrau ist schnell gefunden. Sie heißt Lisa. Leider ist sie unberechenbar. In der Liebe hilft kein Jonglieren mit Zahlen. Da braucht es Mut, Herz und 28 verrückte Ideen.

Leseproben und mehr unter www.kiwi-verlag.de